세계문학공부

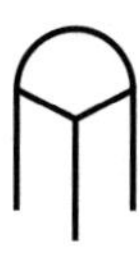

양자오(楊照)
중화권의 대표적인 인문학자.
언론·출판·교육 분야에서 다채롭게 활약하며, 『타임』이 선정한 아시아 최고의 서점인 청핀서점에서 10년 넘게 교양 강의를 하고 있다. 소설가로서 여러 권의 문예평론집을 쓰기도 했다. 라디오 프로그램에서 좋은 책을 소개하며 꾸준히 대중과 소통하는 진행자이기도 하다. 『이야기하는 법』과 『추리소설 읽는 법』 등을 썼고, 동서양 고전을 일반 독자의 눈높이에 맞춘 저술로 독자와 텍스트를 잇는 가교 역할을 하고 있다.

김택규
중국 현대문학 박사이자 전문 번역가. 중국 현대소설 시리즈 '묘보설림'을 기획한 바 있고 『논어를 읽다』를 포함하여 양자오 선생의 중국 고전 강의 시리즈 대부분을 번역했다. 『번역가 되는 법』과 『번역가K가 사는 법』을 썼고 『아Q정전』, 『나 제왕의 생애』 등의 문학 작품을 비롯한 60여 권의 책을 우리말로 옮겼다.

자기 자신에게 성실한 사람

忠於自己靈魂的人：卡繆與《異鄉人》
杨照 著

자기 자신에게 성실한 사람
: 카뮈 읽는 법

양자오 지음

김택규 옮김

유유

알베르 카뮈 읽기 지도

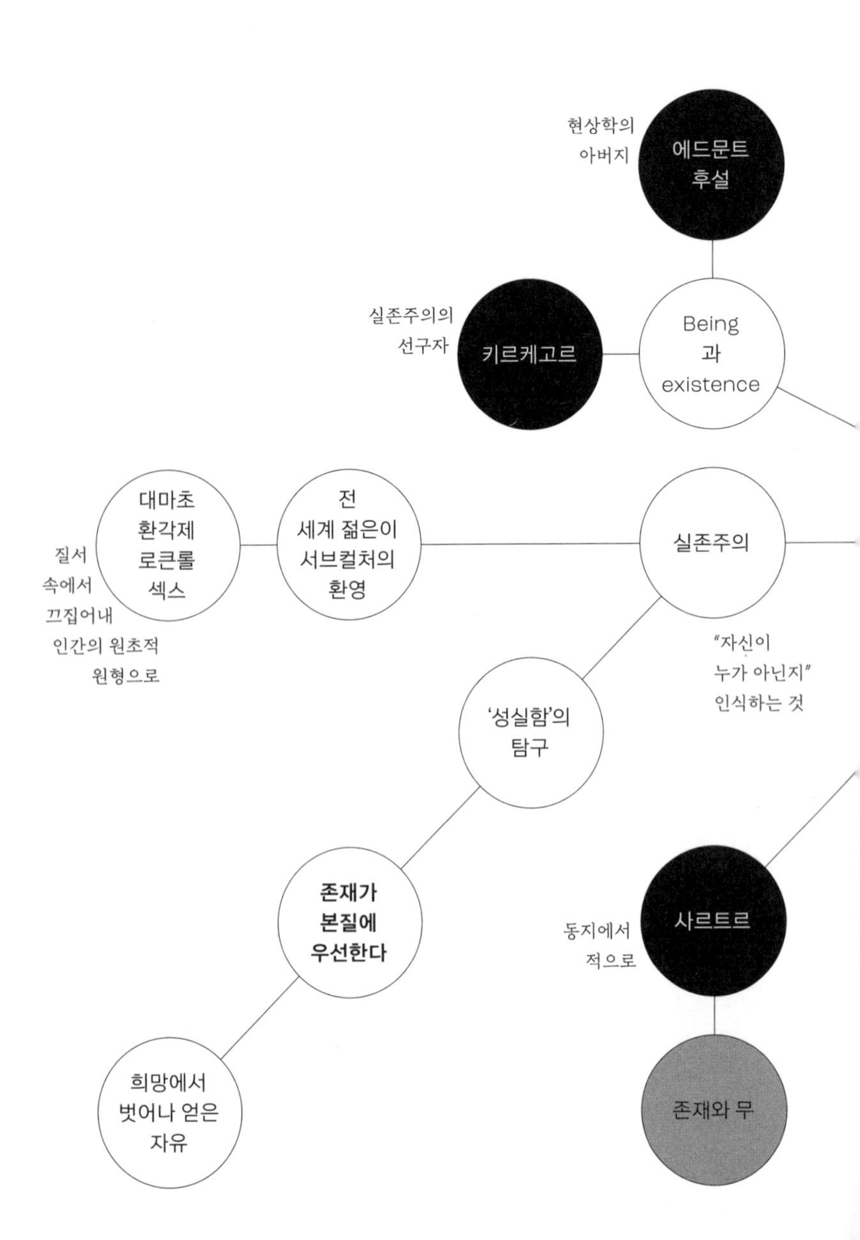
현상학의
아버지
에드문트
후설
실존주의의
선구자
키르케고르
Being
과
existence
대마초
환각제
로큰롤
섹스
질서
속에서
끄집어내
인간의 원초적
원형으로
전
세계 젊은이
서브컬처의
환영
실존주의
"자신이
누가 아닌지"
인식하는 것
'성실함'의
탐구
존재가
본질에
우선한다
사르트르
동지에서
적으로
희망에서
벗어나 얻은
자유
존재와 무

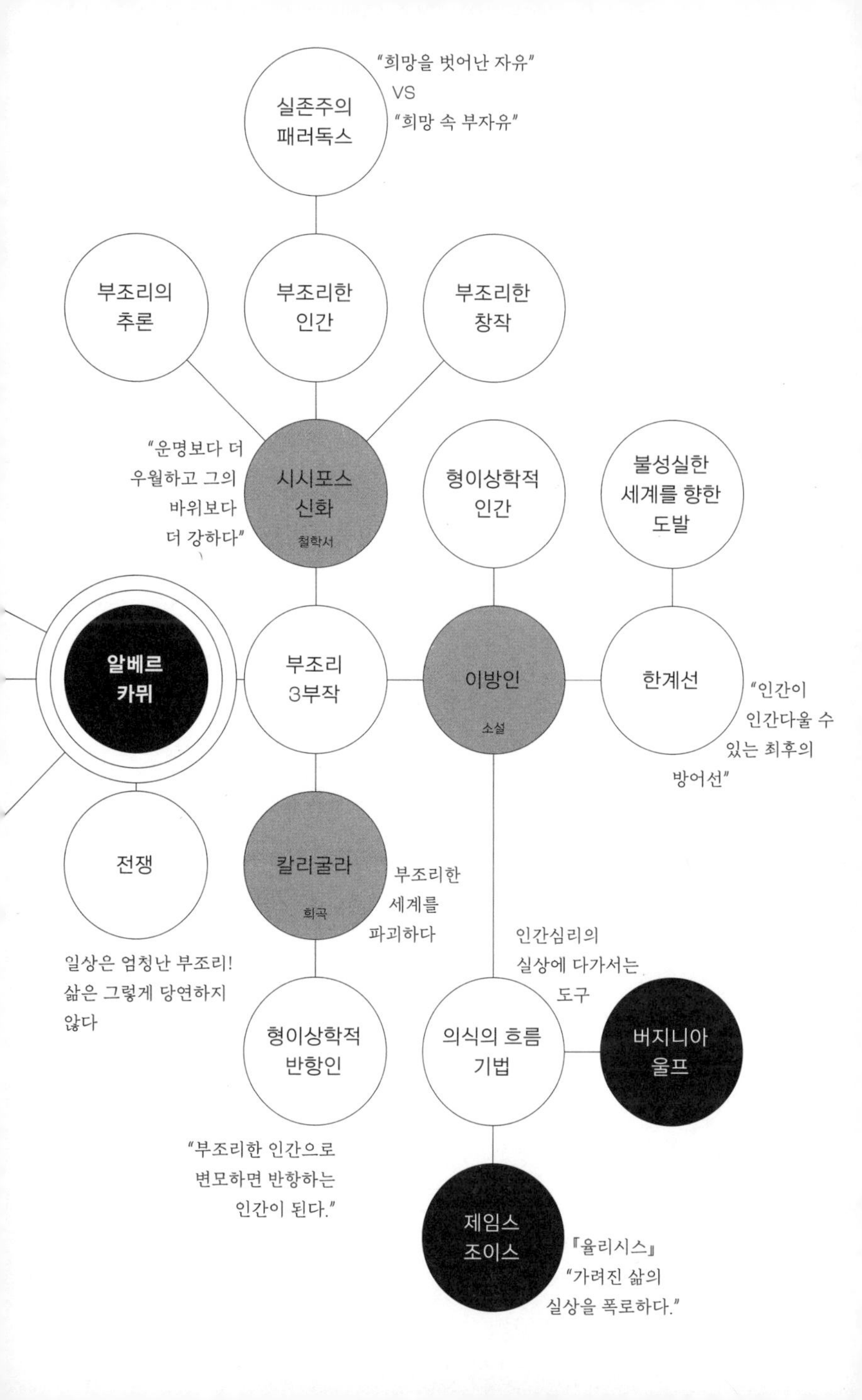

실존주의
패러독스
"희망을 벗어난 자유"
VS
"희망 속 부자유"
부조리의
추론
부조리한
인간
부조리한
창작
"운명보다 더
우월하고 그의
바위보다
더 강하다"
시시포스
신화
철학서
형이상학적
인간
불성실한
세계를 향한
도발
알베르
카뮈
부조리
3부작
이방인
소설
한계선
"인간이
인간다울 수
있는 최후의
방어선"
전쟁
칼리굴라
희곡
부조리한
세계를
파괴하다
인간심리의
실상에 다가서는
도구
일상은 엄청난 부조리!
삶은 그렇게 당연하지
않다
형이상학적
반항인
의식의 흐름
기법
버지니아
울프
"부조리한 인간으로
변모하면 반항하는
인간이 된다."
제임스
조이스
『율리시스』
"가려진 삶의
실상을 폭로하다."

들어가는 말

시야를 넓혀 꽃이 만발한 정원을 보라

고전이 있는 시대에 사는 행운

나는 어렸을 때 바이올린을 배웠다. 바이올린 선생님은 내가 연주 연습을 할 때마다 심각하고 엄숙한 태도로 나지막이 묻곤 했다.

"리밍쥔, 넌 누구지? 넌 누구야?"

'리밍쥔'李明駿은 나의 본명이다. 선생님은 내 이름을 불러 놓고 왜 또 내가 누구냐고 물은 걸까? 나는 '리밍쥔'이 아니란 말인가? 정말 알쏭달쏭한 질문이었다!

선생님께 여러 해 수업을 받으면서 나는 선생님의 그 말이 사실은 질문이 아니라 탄식이라는 것을 점차 깨달았다. 그러고 십여 년이 더 흘러 많은 책을 읽고 제대로 된 인생 경험을 꽤 겪고 나서야 선생님이 도대체 무엇을 탄식했는지 알 수 있었다.

그의 탄식은 음악의 아름다움과 우리 개개인의 천부적인 재질, 능력 사이에 존재하는 거대한 간격에서 비롯되었다. 이 지점에서 매우 단순하지만 스스로 인지하는 사람이 거의 없는 어떤 사실을 떠올려 보기로 하자. 만약 자신의 유한한 천부적 재질과 능력에만 의존했다면 나는 모차르트와 베토벤의 음악을 들을 기회가 없었을 것이다. 나아가 모차르트와 베토벤의 바이올린 곡을 연주할 자격은 더더욱 없었을 것이다.

"넌 누구지?"라는 질문은 겸손함을 잃지 말라고 선생님이 나를 일깨운 방식이었다. 그렇게 아름다운 음악과 만났을 때는 자신이 얼마나 행운아인지 생각해 보라는 것이었다. 나는 절대로 그렇게 아름다운 음악을 만들 수 없었다. 평생을 다 바쳐도 슈베르트의 선율 한 줄조차 만들 수 없었다. 나보다 열 배, 백배는 똑똑한 하이든, 모차르트, 베토벤, 슈베르트, 슈만 등이 있었기에 그런 음악을 들을 수 있었다. 또 나보다 귀가 천배는 민감하고 손재주도 백배는 뛰어난 바이올린 장인과 연주가가 자신들의 결실을 축적했기에 나는 신속히 지판 짚는 법과 활 긋는 법을 배울 수 있고 풍부한 소리를 지닌 바이올린을 사용해 꽤 그럴듯한 연주를 할 수 있었다.

그렇다. 바이올린을 켜는 사람은 나지만 본래 나의 재질과 능력만으로는 가질 수도, 가질 자격도 없는 훌륭한 음악을 내가 연주하고 있다는 사실을 나는 알아야만 했다.

겸손해야 소중히 여길 줄도 안다. 인류의 가장 대단한 특징은 계승하고 축적할 줄 안다는 것이다. 앞사람이 발명하고 창조한 것을 말, 문자, 물건을 통해 뒷사람에게 물려주니 또다시 발명하고 창조할 필요가 없다. 만약 세대마다 되풀이해 바퀴를 발명해야 했다면 오늘날 인류의 생활은 어떤 모습이었을까?

이것이 바로 문명이다. 문명은 우리가 태어난 그 순간부터 이미 수천 년간 축적돼 온 훌륭한 것들을 사용하고 소유하게 해 준다. 바이올린 선생님은 그런 것들이 단지 훌륭할 뿐만 아니라 사실 우리 모두에게 너무나 소중하며 소유의 가치를 훨씬 능가하는 의의가 있다는 것을 내게 알게 해 주고 싶었던 것이다.

고전은 훌륭할 뿐만 아니라 우리 모두에게 너무나 소중하며 소유의 가치를 훨씬 능가하는 책이다. 우리의 능력과 지혜는 그런 생각을 낳고 그런 내용을 만들기에 절대로 부족하지만 다행히도 우리는 이미 고전이 만들어져 존재하는 시대에 살고 있다. 우리의 능력과 지혜가 고전과 아무리 간극이 있더라도 우리는 원하기만 하면 모든 축적의 단계를 건너뛰어 고전의 차원 높은 내용을 직접 흡수할 수 있다.

대가를 우리와 동급으로 보면 안 된다

여기 한 세트의 문제가 있다. 첫 번째 문제는 "우리는 노동을 통해 무엇을 얻는가?"이다. 이런 질문을 받으면 우리는 뭐라고 대답할까? 그리고 두 번째 문제는 "모든 신앙은 이성에 저촉되는가?"이다. 이 질문에는 또 뭐라고 대답할까?

다른 한 세트의 문제도 있다. 첫 번째 문제는 "국가와 정부가 사라지면 우리는 더 자유로워질까?"이다. 그리고 두 번째 문제는 "우리는 모두 진리를 추구할 책임이 있는가?"이다. 이런 문제들에 우리는 또 뭐라고 대답할까? 과연 답을 써낼 수는 있을까?

이 두 세트의 문제는 2012년 프랑스 바칼로레아, 즉 프랑스 대학 입학 자격시험에 출제된 철학 문제이다. 앞 세트는 인문계 학생 대상, 뒤의 세트는 이공계 학생 대상이다. 바꿔 말해 프랑스에서 대학에 다니려면 인문계를 택하든 이공계를 택하든 모두 철학 시험을 봐야 하며, 지금까지 줄곧 그래왔다. 프랑스의 고등학생은 이런 문제에 답해야 대학에 들어갈 수 있다.

프랑스인은 자신만의 독특한 사유 스타일이 있다. 그들이 다른 나라 사람과 사뭇 다른 방식으로 글을 쓰고 사태를 논의하는 것은 절대로 우연이 아니다. 그들의 철학 교육 전통의 배후에는 강력하고 결정적인 힘이 존재한다. 만약에 앞선 두 세트의 문제를 타이완의 일반 고교 졸업생에게 묻는다면 과연 몇 명이나 제대로 된 답을 내놓을까? 우리 사회는 철학 교육이 없고 철학 시험도 없으며 단지 '논술' 시험만 있다. 타이완의 대입 논술 문제를 프랑스의 시험 문제와 비교하면 누구라도 그 사유 수준의 엄청난 차이를 느낄 것이다. 별다른 사유 능력 없이도 '접속 코드' 같은 논술 제목에는 그럭저럭 맞춰서 글을 쓸 수 있다. 하지만 일정한 사유 훈련과 축적이 안 돼 있으면 절대로 "우리는 모두 진리를 추구할 책임이 있는가?" 하는 문제에 답할 수 없다.

하지만 만약 사르트르나 카뮈를 지하에서 불러내 이 철학 문제를 보여 준다면 그들은 틀림없이 "맙소사, 문제가 이렇게 간단하다니! 우리 프랑스 고등학생의 철학 수준이 이 정도로 추락했나?"라고 반응할 것이다.

그들은 충분히 그렇게 탄식할 만하다. 사르트르가 고등사범학교 입학시험에서 푼 철학 문제 중 하나가 "이데아론의 여러 가지 역사적 변형을 정리하라"였다. 열여덟 살 때는 말할 것도 없고 쉰 살이 되어서도 나는 이 문제의 답으로 그저 플라톤의 선구적 이데아론과 그것에 대한 신플라톤주의의 수정 그리고 중세 아퀴나스 신학의 응용을 언급한 뒤, 억지로 스토아학파와 그노시스학파의 조금 다른 관점에 관한 추론을 내놓을 수 있을 뿐이다.

카뮈나 사르트르 또는 다른 프랑스인의 작품을 읽을 때 우리는 철학적 훈련과 사유 방법에서 그들과 우리 사이에 거의 좁히기 힘든 커다란 격차가 존재한다는 느낌이 들곤 한다. 그들의 세계에 들어가 그들의 표현에 익숙해지고 그들의 생각을 흡수하려면 우리는 따로 철학적 사변의 도구를 준비하지 않을 수 없다.

이때는 바이올린 선생님의 충고가 매우 적절하고 유

용하다. 그는 베토벤을 우리와 동급으로 보는 태도로 베토벤의 음악을 들으면 안 된다고 했다. 이와 마찬가지로 카뮈와 사르트르의 머리가 우리와 똑같다는 가설을 갖고 그들의 작품을 읽어서도 안 된다.

지금 나는 그들을 숭배하고 우러러봐야 한다고, 그럴 수밖에 없다고 이야기하는 것은 아니다. 베토벤이 지은 곡의 음표 하나하나까지 다 받아들이고 카뮈와 사르트르가 쓴 작품의 문장 하나하나까지 다 받아들이자는 것도 아니다. 우리에게 없고 우리를 훨씬 능가하는 재능이 그들에게 있었다는 것을 철저히 깨닫고 의식적으로 그 분야에서 우리 자신을 향상하려고 노력해야만 적어도 이해의 차원에서나마(창조의 차원에서는 당연히 불가능하다) 그들과 동등한 위치에 도달할 수 있으므로 이런 말을 하는 것이다. 만일 그런 노력도 안 하면서 멋대로 자기가 베토벤을 알고 카뮈와 사르트르를 이해한다고 생각한다면, 그들을 우리와 똑같은 등급으로 끌어내려 그들의 놀랄 만한 재능을 허비하고 또 음악과 독서에 들이는 우리의 시간과 정력까지 낭비하게 될 뿐이다. 우리 스스로는 절대로 생각해 낼 수 없는 방식으로 베토벤이 화성을 조직하고 강조음의 리듬 효과를 활용했다는 것을 의식해야만 우리는 그의 음악 속 신기한 화성 진행을 경이롭게 듣고 또 베토벤의 음악 스타일에서 강조음이 왜 그토록 분명하게 각인되는지 탄복하며 이해할 수 있다. 마찬가지로 카뮈와 사르트르가 우리로서는 자연스럽게 채택하기 힘든 어떤 철학적 사변의 경로로 세계를 대하고, 옳고 그름을 판단하고, 삶의 선택지를 결정한 것을 의식해야만 우리는 그들이 낡은 고민을 해결하고 새로운 고민을 제기한 데서 오는 심오한 자극을 경이롭게 받아들일 수 있다.

모든 것은 인간의 의식에서 비롯된다

그들이 우리와 다른 인간일 수밖에 없는 결정적인 차이는 철학적 사유의 세밀함에 있다. 우리는 그들이 한 일을 못한다. 할 의지도 없고 할 능력도 없다. 사르트르의 『존재와 무』를 예로 들면 이 책은 삶의 성찰을 담은 에세이도, 조언을 담은 자기계발서도 아닌, 지극히 방대하고 또 지극히 엄밀한 철학 논저이다. 엄격한 철학적 사변으로 우선 가장 미세한 기점으로 돌아가고 나서 거기서부터 한 발 한 발 논리적 증명을 수행하여 실재 세계 전체에 관한 설명 체계를 재

구축한다.

그의 기점은 인간의 '의식'이다. 내가 뭔가를 파악하고 사유의 내용으로 삼을 수 있는 것은 내가 무엇을 느끼는 데서 비롯된다. "나는 이 잔을 느꼈다"나 "나는 내 앞 30센티미터에 잔이 있는 것을 느꼈다"가 모든 것의 기점이다. 내가 잔을 느끼는 것은 결코 거기에 잔이 있다는 것을 필연적으로 증명해 주지는 않는다. 거꾸로 거기에 잔이 있다고 해서 필연적으로 내가 느낄 수 있는 것도 아니다. 잔의 실체와 잔에 대한 나의 느낌은 동일한 일이 아니다. 내가 자신할 수 있는 것은 잔이 아니라 잔에 대한 나의 느낌이다. 마찬가지로 거리감과 '30센티미터'라는 계량도 전부 느낌에서 기인하는 것이지 느낌에 앞서는 사실이 아니다. 마지막까지 분석하면 의식은 우리와 외부 세계의 관계에서 물러서려야 더 물러설 수 없는 기점이다.

모든 것이 '의식'에서 비롯된다. 사르트르는 데카르트의 "나는 생각한다, 고로 나는 존재한다"는 논변에 반대했다. "나는 생각한다, 고로 나는 존재한다"는 달리 말하면 "나는 회의한다, 고로 나는 존재한다"이다. 데카르트는 주장하길 우리는 모든 사물, 모든 현상, 모든 활동에 회의의 태도를 갖고 그 존재의 진실성을 믿지 않을 수 있지만 오직 한 가지 일만은 회의할 수 없다고 했다. 우리가 세계를 회의하고 탐색할 때 없어서는 안 되는 기초이자 기점은 바로 "내가 회의하고 있고" "내가 사유하고 있다"는 사실이다. 나는 나 자신이 지금 회의하고 있고 사유하고 있는 것은 회의할 수 없다. 회의와 사변은 내 존재를 증명해 주며 그다음에야 우리는 비로소 이 존재의 기초 위에서 나 자신부터 우주에 이르기까지 모든 것을 회의하고 사유할 수 있다.

사르트르는 "나는 회의한다, 고로 나는 존재한다"는 시작이 아니라 이미 하나의 추론이라고 비판했다. "나는 회의한다"는 우리가 사유하고 있음을 우리가 이미 의식한다는 것을 표시한다. 기원은 "나는 회의한다"가 아니라, 사유하고 회의하는 자신의 활동을 의식하는 능력이 내게 있는 것이어서 의식이야말로 더 근본적이고 더 배후에 존재하는 기점이라는 것이다.

나는 여기에서 사르트르의 의식 개념에 관해 논의할 생각은 없다. 단지 예를 들어 무엇이 철학적 논변인지, 철학적 논변과 우리의 일반적 사유 습관은 얼마나 큰 차이가 있는지 나타내려는 것뿐이다. 사르트르는 데카르트의 논변을 따라가는 동시에 그것에 도전했다. 그는 데카르트처럼 모든 사유의 논리적 기점을 찾아내야 한다고 믿었지만 이 부분에서 자기가 데카르트보다 더 훌륭하고 적절한 답을 찾았다고 생각했다. '의식론'으로 "나는 생각한다, 고로 나는 존재한다"를 대체함으로써 사르트르는 동시에 모든 사유자에게 도전한 셈이었다. "당신은 의식보다 더 근본적인 사유의 논리적 기점을 찾을 수 있는가?"라고 말이다.

우리는 이런 식으로 생각하지는 않는다. 사유할 때 반드시 어떤 기점이 있어야 한다고 신경 쓰지 않는다. 하지만 그들이 이 문제에 주목하고 이 문제를 추구하면서 보여 준 비범한 능력을 이해한다면 삶에 관한 '실존주의'의 갖가지 의견에 대해 다른 느낌이 들 것이며 그럼으로써 실존주의는 우리에게 몇 마디 경구, 몇 마디 애매모호한 격언을 훨씬 넘어서는, 충격적인 영향을 끼칠 것이다.

두 가지 현실

사르트르는 의식을 기점으로 삼아 새롭게 인간의 세계를 수립했다. 의식은 어떻게 시작될까? 의식은 의식되는 하나의 대상에서 시작된다. 의식은 의식 바깥에 있는 어떤 사물에 맞춰 발생한다. 책에 대한 의식, 탁자에 대한 의식, 시간에 대한 의식, 추억에 대한 의식 등등……. 의식은 하나하나의 서로 다른 대상에 개별적으로 발생한다. 서로 다른 대상이 자극하는 서로 다른 의식 사이에는 결코 필연적인 연관성이 없는데, 다시 말해 수많은 다양한 의식은 그 자체에 의지하여 배후에 통일된 '의식자'로서의 주체가 존재한다는 것을 보증하지는 못한다.

인간 존재는 가장 근본적인 층위에서는 개별적이고 다양한 의식들이다. 나는 이 공간을 의식하고, 공간 속에 100여 명의 사람이 있는 것을 의식하고, 그중의 한 사람을 의식하고, 그가 걸친 옷을 의식하고, 그의 옷이 흰색인 것을 의식한다. 이것들은 모두 의식으로 서로 다른 대상에 맞춰 생겨나는 의식이다. 끝없이 많은 의식은 우리와 외부 세계를 진정으로 연결해 주고, 외부 세계는 의식을 통해 우리 개개인과 관계를 맺는다.

사르트르는 주장하길 다양한 의식이 일차적이고, 이 다양한 의식으로부터 비로소 이차적인 가설, 즉 이 다양한 의식을 받아들이는 '나'의 존재가 마땅히 있고 또 있어야 한다는 가설이 생겨난다고 했다. 대상이 있는 의식은 실재하지만 그 의식들을 통합해 받아들이는 주체인 '나'는 가설이고 허구라는 것이다.

이로부터 사르트르가 주장한 두 가지 현실, 이중의 현실이 생겨난다. 하나는 의식이 구성하는 혼란하고 무질서한 현실이며 다른 하나는 질서를 정리해 내고 그 질서를 '나'와 '자신'으로 가정하는 또 다른 현실이다.

사르트르의 『존재와 무』에 나오는 이런 논증의 기초만 봐도 우리는 이토록 세밀한 철학적 방식으로 우리의 존재를 해부하고 설명한 것이 우리의 일상적 능력을 초월하는 성취임을 인정하지 않을 수 없다. 또한 이런 논변을 창조해 낸 철학적 영혼이 우리가 선망할 만하며 적어도 진지하게 배우고 이해할 만하다는 것 역시 인정하지 않을 수 없다. 이러한 훈련을 받아본 적이 없기에 우리는 더 겸허하게 이 논변의 각 단계를 한 걸음 한 걸음 되밟으며 거기에서 본래 우리의 삶에 없었던 지적 깨달음을 얻어 내야 한다.

작은 창문이 온 세상일 수는 없다

이렇게 대단한 지적 영혼의 산물을 소개하고 해설할 때마다 나는 그런 사유를 접해 본 적이 없는 이들이 그 안의 빛과 불을 발견해 자기 생명의 일부가 불붙은 듯한 느낌이 들 수 있도록 내 유한한 능력을 발휘하고픈 열망을 느낀다. 그리고 최대한 그 복잡한 사유의 가장 훌륭하고 설득력 있는 면을 구현하여 나 자신이 그 저자 또는 그 철학 체계의 대변인으로 탈바꿈하곤 한다.

나는 결코 전적으로 카뮈를 지지하지는 않으며 실존주의의 충성스러운 신도는 더더욱 아니다. 내가 하려는 일은 사람들이 고전적인 저서의 가장 훌륭하고 심오한 내용을 읽어 냄으로써 스스로 판단하고 결정할 수 있게 돕는 것이다. 카뮈와 실존주의를 받아들이든 받아들이지 않든, 적어도 우리는 제대로 이해하지 못한 상태에서 판단하고 결정해서는 안 된다. 그리고 카뮈와 실존주의의 껍데기만 접하고서 성급히 긍정적이거나 부정적인 판단과 결정을 내리는 것은 더더욱 안 된다.

내가 진정으로 믿는 것은 사람들이 갖가지 다양한 삶의 견해를 접할 기회를 추구하고 소중히 여기는 한편, 가능한 한 시야를 넓혀 그 꽃이 만발한 정원을 보고서 가장 아름답고 자신과 어울린다고 생각하는 풍경을 선택해야 한다는 것이다. 그리고 내가 가장 불안해하는 것은 몇몇 사람이 작디작은 현실 생활의 창을 통해 밖을 보고서 온 세상을 그 창과 동일시하는 것이다. 그는 그 조그만 창 안에서 이게 좋다는 둥, 저게 좋다는 둥 저울질한다. 그것을 보고 있으면 우리는 애가 타서 그에게 말하고 싶다. "당신이 아직 보지 못한 게 얼마나 많은데 어떻게 그게 가장 훌륭하고 당신에게 맞는 거라 확신하는 거죠?"라고 말이다. 또 어떤 사람은 심지어 창문도 아닌, 왜곡되고 퇴색한 그림엽서를 보고서 어떤 풍경이 아름답다거나 적당하다며 고르는 시늉을 한다. 우리는 그런 이에게도 어이없어하며 "당신은 아예 진짜 풍경도 못 봤고 진짜 풍경과 그림엽서의 차이도 모르면서 뭘 고른다는 거죠?"라고 말한다.

실존주의는 시대에 뒤떨어진 적이 없다

2012년, 나는 '청핀誠品 아카데미'의 '현대 고전 자세히 읽기' 강좌에서 프랑스를 주제로 하는 6권의 책을 골랐다. 그리고 연간 커리큘럼 소개에서 아래와 같이 언급했다.

> 우리는 분명하게 표현하기는 힘들지만 일종의 특수한 '프랑스다움'Frenchness이 문학, 철학, 영화 그리고 파리인의

삶을 관통한다고 느낍니다. …… 올해의 커리큘럼에서는 몇 권의 책을 통해 이 '프랑스다움'을 규명해 보려 합니다. 모더니즘, 실존주의, 구조주의 등의 측면에서 파고들 겁니다. 제1기에는 먼저 보들레르의 『악의 꽃』과 플로베르의 『마담 보바리』를 택해 읽을 것이며 제2기에는 실존주의를 사유의 중심으로 삼은 카뮈의 『이방인』과 사르트르의 『존재와 무』를 읽을 겁니다. 그리고 제3기에는 레비스트로스의 『슬픈 열대』, 데리다의 『글쓰기와 차이』를 프랑스 구조주의 사상의 주요 텍스트로 삼아 읽겠습니다. 다양한 시대의 여러 텍스트를 통해 '프랑스다움'이 어떻게 구축되었는지 접근하고 설명하는 한편, 책 읽기를 통해 우리와 '프랑스다움'의 관계를 탐색하고자 합니다.

『이방인』과 『존재의 무』를 해설하는 초기 커리큘럼과 관련해 따로 간단한 소개를 쓰기도 했다.

'실존주의'는 인류 역사상 가장 환영받은 철학 사조일 겁니다. 20세기 중반, 프랑스에서 유래해 전 세계로 확산하였습니다. 대단히 난해하고 상식에 어긋나는 것처럼 보이는 이 사상과 주장이 어떻게 들판의 불길처럼 서구의 한 세대 젊은이 사이에서 휘몰아치고 서구 이외의 지역까지 번질 수 있었을까요? 이 질문의 답은 20세기를 이해하는 핵심일 뿐만 아니라 프랑스의 현대 사회와 문화를 이해하는 핵심이기도 합니다. 실존주의에 접근하려면 카뮈의 소설과 사르트르의 철학적 논변이 똑같이 중요합니다. 양자를 대조해 읽으며 서로를 비추게 할 수 있습니다. 카뮈와 사르트르의 작품을 읽으며 실존주의를 정리하다 보면 실존주의는 유행에서 멀어졌을지는 몰라도 시대에 뒤떨어진 적은 없다는 것을 필연적으로 깨닫게 됩니다.

카뮈의 작품과 사상을 논의하고 해설하는 이 작은 책은 청핀 아카데미의 강의 내용을 다듬어 완성한 것이다. 당시 커리큘럼을 설계했던 여러 생각을 여기에 적어 넣으면서 한편으로는 카뮈의 작품과 사상의 기원에 유의했으며 다른 한편으로는 『이방인』을 읽고 싶어 하는 독자에게 약간의 도움이 되고자 했다.

이 글을 서문으로 삼는다.

읽어도 이해 안 가는 책

이해 안 가는 책을 읽는 것이 이해 가는 책을 읽는 것보다 중요하고 가치가 있다는 것이 나의 일관된 믿음이다.

이 시대에 우리는 어떤 지극히 당연하게 생각하는 습관이 생겼다. 이해 안 가는 것과 마주치면 아무렇지도 않게 피해 버리거나 심지어 대뜸 혐오감을 표출한다. 하지만 우리는 짚고 넘어가야 한다. 인류의 기나긴 역사와 문명 속에 놓고 비교해 보면 우리가 지극히 당연하게 생각하는 그런 태도는 사실 그렇게 당연하지 않은 것이다. 대부분의 시간 동안 대다수 인류 사회는 그런 태도로 이해 안 가는 사물을 대하지 않았다. 우리는 소수, 심지어 극소수의 예외이다.

손 가는 대로 책을 집어 펼쳤는데 뭐라고 쓴 것인지 재깍 이해가 안 가거나 티브이에서 막 시작된 영화가 본 지 일 분 만에 썰렁하게 느껴지면 우리는 어떤 반응을 보이는가? 보통은 즉시 책을 덮고 익숙한 작가의 쉬워 보이는 책을 찾거나 즉시 채널을 바꿔 뉴스나 드라마를 본다.

그러면 우리는 삶의 경험을 넓힐 기회를 놓치고 본래의 익숙한 영역으로 도피하는 셈이다. 확실히 세상에는 읽어도 이해 안 가는 책, 봐도 무엇을 하는지 뭘 표현하는지 아리송한 영화가 많다. 그리고 더욱 중요한 것은, 세상에는 우리가 두 가지 서로 다른 태도로 받아들이고 읽게끔 만드는 책과 영화들이 있다는 사실이다.

한 가지 태도는 책과 영화가 말하려는 것이 우리에게 익숙한 일이라고 받아들이는 것으로, 기존의 삶의 경험을 통해 이해하는 것이다. 또 다른 태도는 먼저 책과 영화가 말하려는 것이 그렇게 단순하거나 우리의 관성적 이해에 부합하는 내용이 아님을 받아들여서 낯설게, 거리를 두고, 숨은 의미를 밝혀내는 방식으로 읽는 것이다. 그러면 우리는 매우 색다른 체험을 얻게 되는데, 어려웠던 만큼 그것은 더 깊이 오래 남는다.

장 폴 사르트르*의 『존재와 무』는 확실히 우리가 이해하기 힘든 책이다. 단 한 문단도, 아니 단 한 마디도 수월하게 넘어갈 만한 게 없다. 모든 말과 문단에 관문이 설치되어 크든 작든, 높든 낮든, 끊임없이 독서의 발걸음을 막고 멈춰 서서 생각하게 만든다.

그리고 알베르 카뮈**의 『이방인』은 특이한 '다초점' 텍스트이다. 독자가 초점 거리를 조금 흐릿하게 조절해 빠르게 쓱 지나가는 것을 용납하면서도 초점 거리를 계속 가까이 조절하는 것도 허용한다. 그래서 읽을수록 읽는 속도가 느려지고 읽으면서 묻고 생각하게 만든다.

『존재와 무』를 읽을 때 주도권은 작가에게 있다. 사르트르는 그가 요구하는 논리력과 철학적 배경을 갖춘 사람만이 자기가 설치한 독서의 장애물을 뛰어넘어 자신의 독특한 사유의 풍경을 보도록 규정하였다. 그런데 『이방인』을 읽을 때의 결정권은 독자에게 있다. 우리가 어떤 방식으로 접근해 이 책에 관해 의문을 제기하든 그 선택은 온전히 우리의 몫이다.

---

* Jean-Paul Sartre(1905~1980). 프랑스의 사상가이며 대표적 실존주의자. 1946년에 노벨문학상 수상자로 선정되었지만 상을 거절했다. 그의 대표작 『존재와 무』는 실존주의의 최고 걸작이다.

** Albert Camus(1913~1960). 프랑스의 소설가. 본인은 실존주의자임을 부정했지만 대표적 실존주의자로 꼽힌다. 1957년에 노벨문학상을 받았으며 대표작 『이방인』은 불후의 명작으로 평가받는다.

본래의 목적에 어긋나는 행위

살면서 나는 두 가지를 가장 싫어한다. 하나는 뜨겁지 않고 미지근한 열탕이며 다른 하나는 무성의한 박수이다. 이 두 가지 공통점은 본래 목적에 어긋난다는 것이다.

열탕에 들어가 신체의 급속한 온도 변화를 즐길 게 아니라면 왜 굳이 사우나에 가서 힘을 빼겠는가? 우리의 생활 속에는 힘들이지 않고도 소폭의 온도 변화를 일으키는 것들이 가득하다. 만약 조금 차가워지고 싶거나 뜨거워지고 싶으면 얼음을 만들어 먹거나 탕을 끓여 먹으면 된다.

한편 박수는, 특히 오늘날 우리가 익숙해진 집단적 박수의 방식은 어디에서 왔을까? 어느 견해에 따르면 유럽 르네상스 시대에 일어난 극장의 변화에서 비롯되었다고 한다. 중세 시대에는 오직 한 종류의 극장만 있었다. 바로 성경의 내용이나 성자의 일화를 그대로 재연해 신앙심을 강화시키는 '종교 극장'이었으며 교회와 밀접한 관계가 있었다. 그런데 왜 연극으로 표현했을까? "진리를 모방한" 상황을 창출하여 사람들을 잠시 속세의 '인간 세상'에서 '하느님 나라'로 보내 하느님 나라의 신성함과 고귀함을 엿보게 하려 했다. 그럼으로써 사람들이 그 대조를 통해 하느님 나라를 더 동경하고 인간 세상에 미련을 못 가지게 할 생각이었다.

연극의 본질은 '옮겨 놓는 것'transportation이다. 스토리와 연기를 통해 관객을 현실의 시공간에서 잠시 무대가 재현하는 시공간 속으로 데리고 가는 것이다. 그런데 르네상스 시대에 예수나 사도, 성자를 소재로 다루지 않는 새로운 연극, 즉 '세속극'이 출현하면서 그런 개념과 관련해 심각한 문제가 발생했다.

똑같은 극장, 똑같은 무대 효과였다면 세속극은 종교극과는 달리 사람들의 영혼을 세속적 상황 속으로 빨려 들어가게 하지 않았을까? 영혼이 종교극에 사로잡히는 것과 세속극에 사로잡히는 것은 근본적인 차이가 있었다. 종교극을 보고 몰입해 정신을 못 차리는 것은 괜찮았다. 심지어 좋은 일이기까지 했다. 누가 성 프란치스코의 삶을 묘사한 연극을 보고 더럽고 타락한 현실을 참지 못해 성 프란치스코처럼 살면, 비록 정신병처럼 보이긴 해도 그것은 좋은 정신병인 동시에 하느님에 더 가까워지는 생활 방식이었다.

하지만 세속극을 보고 정신을 못 차리는 것은 전혀 다른 일이었다. 그 시대의 소설인 세르반테스의 『돈키호테』를 보라. 기사도 소설을 너무 많이 보는 바람에 급기야 자신이 '편력 기사'라고 믿게 된 인물의 이야기가 아닌가? 기사의 세계에 빠져 헤어나지 못하게 된 돈키호테는 갖가지 황당한 사건을 일으킨다. 소설을 보고도 이렇게 될 수 있는데 하물며 연극은 소설보다 더 강렬하고 직접적인 호소력을 갖고 있지 않은가!

교회는 세속극에 대한 염려가 많았고 반감도 느꼈다. 그것은 본래 신성한 내용을 담던 형식이 세속화된 것에 대한 반감이었고 수많은 사람이 연극을 보다가 정신을 빼앗길 것에 대한 염려였다. 그래서 맨 처음에 세속극은 교회의 금지와 처벌을 피해 암암리에 발전했다. 하지만 실로 너무나 매력적이어서 금세 교회의 방어선을 뚫고 각지에서 인기를 구가했으며 그 과정에서 박수를, 특히 공연이 끝난 뒤 단체로 박수를 치는 습관을 남겼다.

박수는 무엇인가? 왜 박수를 쳐야 하는가? 역사의 설명에 따르면 박수는 영혼을 불러 돌아오게 하는 행위라고 한다. 그것은 연극과 현실 사이의 경계선이다. 연극이 끝나면 크고 시끄러운 소리로 사람들에게 현실로 돌아왔다는 것을 알림으로써 연극의 시공간에 빠져 있던 그들의 영혼이 잠에서 깨듯 각성하게 하는 것이다.

박수는 그 자체의 기능과 필요성이 있다. 무대 위의 공연이 너무 훌륭해 넋이 나갈수록 관중은 더 열심히 "영혼을 불러" 자신을 현실로 돌아오게 해야 한다. 무대의 시공간에 심취해 집으로 돌아오는 길을 잃어버리면 안 된다.

무성의한 박수는 높은 사람이 강단에 올라 전혀 끌리지 않는 허튼소리를 잔뜩 늘어놓았을 때 장내의 사람들이 치곤 한다. 역사의 본의에서 벗어나 형식으로 전락한 그것은 더 이상 자신의 영혼을 불러오기 위한 자발적 행위가 아니라 성실하지 못한 자기기만 행위일 뿐이다.

자기 영혼에 충실하지 않은 인간

카뮈의 『시시포스의 신화』를 보면 연극을 하고 연극을 보는 것에 대해 기본적으로 적대적인 교회의 입장을 언급하는 단락이 있다. 카뮈는 배우가 어떤 인간인지 우리에게 일깨워 주는데, 그들은 자기 영혼에 충실하지 않은 인간으로 평생 한 가지 영혼으로만 사는 것을 거부한다고 했다. 그리고 교회는 자신을 다른 캐릭터, 다른 삶 속에 바꿔 넣으면서 끊임없이 갖가지 욕망의 행위를 실험하는 그런 인간을 도저히 참아줄 수 없다고도 한다.

교회가 중시하는 것은 영원함인데 영원함과 연극은 병존하지 못한다. 배우는 겨우 3시간이면 무대 위의 일생을 마친다. 또는 그들이 구현하는 삶은 길이가 겨우 3시간이어서 무대를 떠나면 존재하지 않고 존재할 수 없으며 영원함과 첨예하게 대립한다.

캐릭터는 인간이므로 역시 영혼이 있다. 하지만 캐릭터의 영혼은 겨우 3시간의 '감상 시한'이 있는 데다 매우 특정한 조건에서만 존재할 수 있다. 캐릭터는 '나중에'라는 게 없다. 연극이 끝나는 찰나, 그와 그의 영혼도 끝이 난다. 사후도 없어서 영혼이 천당에 올라가거나 지옥에 떨어질 일도 없다. 이처럼 영혼과 영원에 대한 교회의 관점과 철저히 반대된다. 우리는 이렇게 수명이 짧고 존재감이 희박한 영혼을 어떻게 이해하고 상대해야 할까?

연극의 캐릭터는 인간이면서도 인간이 아니다. 그럼에도 그것은 교회의 권위에 도전했고 나아가 기독교 교리의 근본에 도전했다. 영원하지 않고 사후에 심판도 받지 않는 영혼이 존재한다면 기독교는 기독교일 수 없게 된다. 원죄, 구원, 회개 같은 일련의 기본 신념은 모두 영혼과 영원함에서 비롯되었기 때문이다. 역사의 끝에서 심판을 받는 영혼이 없다면 교회는 무슨 수로 사람들에게 믿음을 요구하고 또 무엇으로 권위를 보장받는단 말인가.

『신곡』에서 단테는 지옥, 연옥, 천당을 들르는 불가사의하고 초월적인 여정을 소화한다. 그런데 어디를 가든 그는 우리에게 거기에서 누구누구를 만났다고 보고한다. 이것은 사람이 살아 있을 때의 정체성이 계속 남아 지옥, 연옥, 천당에 가서 벌이나 상을 받는다는 것을 뚜렷하게 보여준다. 영원하고 불변하는 영혼이 없다면 어떻게 지옥, 연옥, 천당이 있을 수 있겠는가.

연극과 배우를 통해 카뮈는 기독교의 갖가지 가설을 지적한다. "극도로 사악한 그 직업은 거대한 정신적 투쟁을 불러일으키곤 했다. 모든 연극은 다 기본적으로 그런 선택이었다"라는 말을 한 다음에 어느 프랑스 여배우의 이야기를 덧붙이기도 한다. 그 여배우는 임종을 앞두고 신부에게 세례를 받고 고해하고 싶어 했다. 그런데 마지막 순간이 왔는데도 그녀는 배우의 정체성을 포기하려 하지 않았고 이에 신부는 그녀에게 사후에 구원받을 수 있도록 하는 고해의 의식을 베풀기를 거절했다. 이에 대해 카뮈는 그녀가 열정을 택하고 신을 포기했다고 말한다. 그렇게 그녀는 죽음을 앞둔 고통 속에서도 눈물을 흘리며 자신이 인정하는 예술을 저버리기를 거부함으로써 과거, 무대 위에서는 도달하지 못했던 위대함을 표현했다.

그 시대의 배우들은 자신들이 교회로부터 파문당했음을

알고 있었다. 그 직업에 뛰어드는 것은 의심의 여지없이 지옥을 택하는 것이었다. 교회는 그들이 가장 사악한 적이라고 생각했다. 그러면 그들은 어떤 대가를 얻었을까? 명성을 얻었다. 하지만 배우들의 명성은 지극히 짧았다.

그러나 무대극을 공연하는 배우의 연기와 그 매력은 단지 무대 위에 있을 때만 존재한다. 막이 오르고 막이 내리기까지 딱 그사이 시간에 불과하다. 그들은 오로지 그 짧은 시간 동안 관객들과 관계를 맺는다.

지금을 중시하고 영원을 거부하는 인간

배우와 교회, 신, 영원한 가치의 관계에 대한 카뮈의 견해는 『시시포스의 신화』에서 「부조리한 인간」이라는 제목의 글에 담겨 있다. 이 글은 세 종류의 부조리한 인간에 관해 이야기한다. 배우에 앞서 카뮈가 예로 든 부조리한 인간은 '돈 후안'이다. 돈 후안은 쉴 새 없이 여성을 정복하는 정욕의 화신으로 사랑과 섹스의 끝없는 관능적 자극에 탐닉하는 인물의 전형이다. 겉으로 볼 때 이런 남성의 삶은 대단히 요란하다. 남들은 평생 걸려 세 명의 여자와 사귄다면 그들은 언제나 최소 세 명의 여자와 동시에 사귀고 평생 3백 명의 여자를 만나 정복한다. 그런데 카뮈는 돈 후안의 가장 큰 특징인 성격이 사실 '무료함을 두려워하지 않는 것'이었다고 말한다. 그런 남자들이 바라는 것은 진짜 요란한 변화가 아니라 거의 무한에 가까운 반복이라는 것이다. 그들은 왜 쉬지 않고 구애하는 걸까? 그들이 바라는 것은 단지 구애 과정에서 생기는 관능sensuality뿐이기 때문이다. 그들은 그런 관능밖에 모르고 그것만 즐긴다. 하지만 구애가 성공하면 필연적으로 여성과의 관계가 변화하고 관능 이외의 성질이 끼어들게 마련이다. 그들은 그런 변화에 익숙지 않고 심지어 두려워해서 어쩔 수 없이 곧 다가올 변화를 피해 달아난다. 달아나서 자신이 유일하게 잘 알고 능숙하게 처리할 수 있는 연애와 정복의 과정 속으로 돌아간다.

사실 반복과 무료함을 두려워하지 않는 사람이야말로 돈 후안이 될 수 있고 여러 여자 곁을 떠도는 생활을 할 수 있다. 그는 구애의 성공으로 얻은 애정 관계를 감히 원하지도 잘 처리하지도 못해서 오직 과정만을, 단지 그 한 가지만 맛보기를 바란다. 그는 계속 반복해서 똑같은 과정에 돌입해도 저항하거나 싫증 내는 법이 없다. 바로 이것이 카뮈가 서술한 첫 번째 부조리한 인간이다.

'배우'는 두 번째 부조리한 인간이다. 배우는 끊임없이 다른 사람의 삶에 몰입한다. 그 과정에서 자신의 영혼을 못 돌보고 심지어 돌보는 것을 포기하기까지 한다. 각종 캐릭터의 영혼에 드나들 수 있는 특권을 갖기 위해서라면 그들은 신을 배반할 수도 있고 지옥의 형벌을 감수할 수도 있다.

세 번째 부조리한 인간은 '정복자'이다. 책에서 이에 관한 부분은 앞의 두 부조리한 인간에 관한 부분과는 상이한 글쓰기 방법을 보인다. 카뮈의 설명과 서술 대신 가상의 정복자가 말하는 일인칭 자술로 전달된다. 카뮈는 분명 이 가상의 정복자를 고안할 때 역사상의 알렉산드로스 대왕을 원형으로 삼았다. 알렉산드로스 대왕은 가장 정복자다운 정복자로 겨우 삼십여 년을 살면서 그 절반 이상을 정복의 노정에서 보내는 것을 결코 멈추지 않았다. 혹은 멈출 방도가 없었다.

방대한 마케도니아 제국을 세우긴 했지만 알렉산드로스 대왕은 절대 제국의 창립자는 아니었다. 제국은 정복의 부산물일 뿐이었으며 정복은 그 자체가 목적이지 제국을 세우기 위해 택한 수단이 아니었다. 그는 멈춰 서서 제국을 관리할 인내심이 없었다. 심지어 자신의 제국을 유지하고 보유하는 것조차 관심이 없었다. 그가 죽은 뒤 마케도니아 제국이 무너지고 쪼개져 멸망에 이른 것은 제국을 통치하고 운영하기에 충분한 메커니즘을 그가 제대로 마련해 놓은 적이 없었기 때문이다. 그것은 그가 하려던 일이 아니었다. 그는 눈앞의 아직 정복하지 못한 땅만 줄기차게 바라보았다. 이미 정복한 땅을 돌아보는 일은 없었고, 하고 싶어 하지도 않았다.

돈 후안, 배우, 정복자, 이 세 종류의 부조리한 인간들에게는 어떤 공통점이 있을까? 그들의 부조리를 어떻게 이해해야 할까?

그들은 모두 현재와 지금을 미래와 영원함보다 더 중요하게 생각한다. 그들의 삶은 토막토막 잘라 봐도 어느 토막이든 전부 현재이며 지금이다.

돈 후안은 연이은 구애 속에 살면서 구애가 성공하면 내려놓고 다시 새로운 구애를 시작한다. 배우는 연이은 무대 연기로 다른 사람의 삶에 들어가 살면서 짧게 존재하는 영혼을 자기 안에 담지만, 연기가 끝나면 바로 내려놓고 또 다른 캐릭터를 연기한다. 그리고 정복자는 연이은 대항과 투쟁 속에 살면서 승리하면 내려놓고 다시 그다음 정복 대상을 찾아 나선다. 그들에게는 하나하나의 짧은 지금이 인생인 동시에 진정한 삶이다. 무수한 지금으로 이뤄진 기나긴 시간은 그들이 장악할 수 없고 장악할 마음도 없다.

지금을 중시하므로 그들은 영원을 거부한다. 그래서 부조리한 인간은 필연적으로 종교적인 믿음과 강하게 충돌한다. 종교는 어느 종교든 간에 기본적으로 삶의 유한함에 대한 인간의 두려움을 위로하기 위해 생겨났으며 필연적으로 사람들에게 영원함을 보장함으로써 흐르는 시간에 대한 궁극적인 슬픔과 공포를 씻어 내게 한다.

그들을 부조리한 인간이라 칭하는 데에는 이중의 의미가 있다. 한편으로 그런 인간은 일반인이 보기에 매우 부조리하다. 그들은 '보통의' '정상적인' 사람은 이해할 수 없고 동의할 수는 더더욱 없는 삶을 살아간다. 다른 한편으로 그렇게 지금을 중시하고 영원을 거부하는 태도를 가진 사람은 보통의 정상적인 세계에 많은 부조리가 있다는 것을 꿰뚫어 본다. 그들의 남다른 삶의 선택이 보통의 정상적인 것들 밑에 숨겨진 부조리를 대조적으로 드러내 보여 주기 때문이다.

『이방인』을 읽으려면 부조리에 대한 카뮈의 견해를 이해해야 하고 또 카뮈의 사상 체계 속에서 부조리가 도대체 무엇인지도 이해해야 한다. 『이방인』을 창작한 시기에 카뮈가 가장 관심을 두고서 나타내고 표현하려 했던 것이 바로 부조리이다.

카뮈의 창작 의도에 따르면 『이방인』은 '부조리 3부작' 중 한 권이다. 부조리 3부작은 3권의 책을 뜻하지만 3권의 소설은 아니다. 그중 『이방인』만 소설이고 나머지 2권은 희곡과 철학서이다. 이것은 카뮈가 특별히 설계한 구조로 그는 서로 다른 장르의 표현 방식으로 한 가지 주제를 다루면서 다각적인 상호텍스트적 탐색을 수행했다.

부조리 3부작은 바로 희곡 『칼리굴라』와 소설 『이방인』 그리고 철학서 『시시포스의 신화』이다.

실존주의는 왜 실존주의라고 불릴까

카뮈 세대의 사람들은 프랑스의 특수한 엘리트 교육을 받으며 성장했다. 그것은 우리의 사회적, 문화적 전통에서는 상상하기 어려운 교육이었다. 교육의 핵심과 교육에서 가장 중요한 내용이 철학적 사변이었다. 복잡한 철학적 사변을 파악할 수 있어야만 최고의 고등교육기관에 들어갈 수 있었고 들어가서도 신선하고 차원 높은 철학적 논증을 제시할 수 있어야만 엘리트들 사이에서 두각을 나타내고 또 사회에 나가 큰 명성을 얻을 수 있었다.

가장 성적이 좋고 시험을 잘 본 젊은이는 당연히 철학

을 공부했다. 그 시대의 프랑스 사회는 그렇게 구성되고 배치되었다. 가장 상위의 고등사범학교에 들어가려면 반드시 철학 시험을 잘 봐야 했다. 다른 과목을 아무리 잘 봐도 철학 시험을 망치면 고등사범학교나 기타 엘리트 대학에는 들어갈 수 없었다. 정반대로 수학이나 화학, 라틴어, 그리스어는 시험 성적이 좀 안 좋아도 철학만 특별히 성적이 좋다면 당당히 그런 대학에 들어갈 수 있었다.

이런 특이한 엘리트 교육이 20세기 프랑스가 왜 그렇게 특이한 국가가 되었으며 프랑스인이 왜 그렇게 사고하고 왜 그렇게 생활하는지 상당 부분 결정지었다. 카뮈, 사르트르, 시몬 드 보부아르*, 나아가 푸코**, 데리다*** 등을 읽을 때 우리는 이런 점을 토대로 두고 이해해야 한다. 사르트르가 일찌감치 프랑스에서 두각을 나타낸 것은 그가 고등사범학교 입학시험에서 최고점을 받았기 때문이다. 같은 기수에서 그의 뒤를 이은 2등이 시몬 드 보부아르였다. 이런 성취는 당연히 그 두 사람의 전공을 결정지었다.

---

* Simone de Beauvoir(1908~1986). 프랑스의 작가이자 철학자. 페미니즘 운동의 중요한 이론가 겸 창시자이기도 하다. 그녀의 『제2의 성』은 현대 페미니즘의 기틀이 된 작품이다.

** Michel Foucault(1926~1984). 프랑스 후기 구조주의 사상가. 그의 연구는 여러 학문 분야를 초월했으며 '권력'과 '지식'이 그가 필생의 노력을 기울여 연구한 영역이다. 저서로 『광기의 역사』 등이 있다.

*** Jacques Derrida(1930~2004). 프랑스 철학자. 모든 철학적 전통을 형이상학이라고 규정했다. 대표적인 해체주의 철학자이다. 저서로 『글쓰기와 차이』, 『마르크스의 유령들』 등이 있다.

물론 모두 철학이었고 철학일 수밖에 없었다.

하지만 그렇게 육성된 프랑스 사회의 엘리트는 다른 사회의 엘리트 교육이 육성해 낸 엘리트와 마찬가지로 그런 당연함을 결코 좋아하지 않았다. 그들은 자신들이 받은 엘리트 교육에 대해 자주 반항적 태도를 드러내곤 했다. 그런 태도는 신기할 것도, 이상할 것도 없었으며 어쨌든 그들 같은 엘리트만이 "그 망할 교육 같으니!"라고 돌이켜 비판할 자격이 있었다. 만일 엘리트 교육 체제에 들어가 본 적도 없는 사람이 그런 말을 한다면 다들 무시하거나 멋모르는 소리로 치부했을 것이다. 하지만 엘리트 교육을 받고 최고의 경험을 얻은 덕에 높은 사회적 지위를 차지한 사람이 그 교육을 비판한다면 그의 말은 결코 경시할 수 없는 힘을 가졌을 것이다.

만약 우샹휘吳祥輝가 과거에 명문 젠궈建國고등학교에 다니지 못했다면 『대학시험을 거부한 아이』*가 그렇게 선풍적인 인기를 끌지는 못했을 것이다. 명문 학교 학생이 아닌 다른 누가 "나는 대학시험을 안 볼 거야. 대학에 안 들어가겠어!"라고 말했으면 어땠을까? 사람들은 떨떠름해서는 속으로 '합격할 수 없어서 시험을 못 치는 주제에 무슨 허풍을 떠는 거야?'라고 생각했을 것이다. 하지만 우샹휘의 젠

* 拒絶聯考的小子. 1975년 출판된 타이완 작가 우샹휘의 첫 소설. 대학시험을 거부한 명문 타이베이 시립 젠궈고등학교 학생의 이야기를 그려 당시 많은 논란을 불러일으켰다. 작가인 우샹휘는 실제로 그 고등학교 학생으로 대학시험을 거부했으며 졸업 후 바로 입대했다.

귀고등학교 학력 자체가 이미 그에게 일류 대학에 들어갈 입장권을 준 셈이었기 때문에 그가 "나는 대학시험을 안 볼 거야. 대학에 안 들어가겠어!"라고 말했을 때 이 사회는 그를 주목하고 열띤 토론을 벌이지 않을 수 없었다.

또 『들비둘기의 황혼』野鴿子的黃昏을 쓴 왕상이*는 이미 타이완대 의예과 학생 출신이었기 때문에 의학 교육을 혐오하고 의학 교육의 피해자라는 타이틀이 타이완 사회에서 중시될 수 있었다. 가수 뤄다유**도 의예과 출신으로 타이베이의학원에서 공부했지만 일찌감치 그 분야에서 성공하기를 포기했으며, 졸업하기는 했어도 당시 기본적으로 가는 사람이 적었던 방사선과에서 그럭저럭 시간을 때웠다. 이와 달리 허우원융***은 타이완대 의예과를 졸업하고 한때 마취과 의사로 일했다. 그래서 허우원융과 뤄다유는 둘 다 의사의 길을 포기했고 또 의학 교육에 관한 나름의 의견이 있었지만, 이 사회는 확실히 뤄다유의 의견보다는 허우

* 王尙義(1936~1963). 타이완의 소설가. 의예과(치과) 전공이지만 철학과 문학에 관심이 있었고 바이올린, 유화, 전각 등에 능했다. 유급을 두 번이나 당한 끝에 겨우 의예과를 졸업했지만, 졸업 후 얼마 안 돼 간암으로 요절했다. 1966년 친지들이 정리해 출판한 그의 유고집 여섯 권 중 소설 『들비둘기의 황혼』이 수십만 부가 팔렸다.

** 羅大佑(1954~). 타이완을 대표하는 대중음악 가수 겸 작곡가. 창의적인 록, 민요, 유행가로 타이완, 중국, 홍콩 등 중국어 문화권의 대중음악에 지대한 영향을 끼쳤다. 특히 록과 동양 음악을 결합하고 사회 비판과 시대 계몽 의식을 가사에 담은 것으로 유명하다.

*** 侯文詠(1962~). 의사이며 타이베이의학원 부교수였지만 현재는 전업 작가로 소설가 겸 에세이스트로 활동 중이다. TV 프로그램 단골 패널로도 활약한다.

원융의 의견에 훨씬 더 귀 기울인다.

대부분의 사람은 그런 최상급 엘리트 교육을 받을 기회가 없으므로 실제로 그 교육을 받은 소수의 엘리트만 그 교육에 저항하고 비판할 자격이 있다. 더욱이 그 교육 체계 속에서 활약이 뛰어났고 나중에 높은 위치까지 올라간 사람일수록 그의 저항과 비판의 목소리는 더 존중받는다.

마찬가지로 20세기 중반 프랑스에서도 그런 엘리트 철학 교육을 받은 사람들 사이에서 저항과 비판의 목소리가 나오자 역시 사회의 존중을 받았다. 어떤 관점에서 보면 실존주의는 바로 그들이 프랑스의 규범적 철학 교육에 저항하고 비판과 거부의 태도를 취하면서 제기한 주장이자 색다른 해답이다.

프랑스를 통틀어 가장 똑똑했던 그 사람들은 장기간의 철학적 훈련을 통해 오히려 철학의 무력함과 허망함을 간파할 수 있었다. 철학은 이 세계에 대해 여러 가지 '근본적인' 설명을 제시했지만 개인의 정말로 가장 근본적인 문제, 즉 실제 존재의 문제에 대해서는 그러지 못했다. 나는 왜 살아가는가? 나는 어떻게 세계를 감지하는가? 나는 왜 항상 곤혹과 불안을 느끼는가? 나는 어떻게 다른 사람과 나의 차이를 대해야 하는가? 나와 다른 이들 사이에서 어떤 편안한 관계를 찾아낼 수 있는가? 규범적 철학 교육이 가르치는 내용은 확실히 이런 질문들에 답할 수가 없었다.

실존주의existentialism는 왜 실존주의라고 불리는 걸까? '존재'든 '실존'이든 모두 'existence'와 'existential'의 함의에 딱 맞는 번역어는 아니다. 'existence'와 'existential'의 제기는 대문자로 시작되는 'Being'(역시 '존재'나 '유'有로 번역된다)에 대응해 비롯되었다. 'Being'은 철학에서 전칭全稱의 존재, 추상적인 존재 또는 존재를 총괄하는 일련의 원리, 어떤 추상적인 존재 주체를 의미한다. 'Being'은 서양철학의 주된 관심사인 동시에 과제였다. 오랜 세월 동안 철학과 신학이 나란히 공존하면서 신학의 핵심은 'God'이었고 이에 상응하는 철학의 핵심은 바로 'Being'이었다. 아울러 신학의 궁극적인 목적은 '신'을 설명하는 것이었고 이에 상응하는 철학의 궁극적인 목적은 바로 'Being'을 설명하는 것이었다.

프랑스의 그 똑똑한 엘리트 청년들은 십수 년간 엘리트 철학 교육을 받으면서 'Being'에 대한 철학사의 이해와 지식을 흡수하고 어떻게 'Being'을 논의하고 설명할 것인지에 관한 갖가지 방법을 습득했다. 하지만 그런 지식과 훈련이 자신들을 돕고 또 다른 사람들이 삶과 가장 밀접한 혼란과 고통을 처리하도록 돕기에는 부족하다는 것을 깨달았다. 내가 세계 전체의 운행 원리를 설명할 수 있더라도 그것은 나 자신의 하루 생활을 설계하는 데는 도움이 안 된다. 또 내가 가장 복잡한 형이상학적 사유를 탐구하더라도 그것은 내가 무단결석을 하고 여자 점원을 쫓아갈지, 아니면 얌전히 시간 맞춰 강의에 들어갈지 결정하는 데는 역시 도움이 안 된다.

좀 더 확장해서 생각해 보자. 스무 살 남짓의 청년이 실연을 당하면 그 고통에 완전히 속수무책이다. 그리고 그 당시 사람들은 제2차 세계대전을 겪으면서 전쟁의 그 방대한 참화 앞에 더더욱 속수무책이었다. 이런 문제들은 전칭의 추상적인 'Being'이 아니라 자신과 자아와 더 없이 구체적이고 실제적인 'existence'에서 비롯된다. 바로 개별적이고, 소문자로 써지고, 다양하기 그지없는 단칭單稱의 존재(실존)이다.

인간의 실제 존재와 존재 속의 실제 느낌을 철학은 설명하지 못했다. 또는 철학의 주류는 그런 문제에 답하지 못했다. 주류 철학에 해박했던 엘리트 청년들은 그런 결함이 무척 못마땅했다. 지금 나의 이 확실한 존재가 왜 모든 인간, 모든 시간의 보편적 존재 속의 일개 미미한 사례로 단순화되고 개성과 특수성까지 박탈당한 채 철학 속에서 식별되지도 논의되지도 못하는 걸까?

철학은 왜 모든 인간이 존재하고 또 모든 인간이 어떻게 그 존재를 대하는지 설명할 뿐이었다. 개체로서의 내가 어떻게 존재하고, 또 어떻게 개체로서의 실제적인 존재를 대하는지는 설명하지 못했다. '나'에게, 특히 커피숍에 앉아 사유하고 있는 젊은 사회적 엘리트에게 가장 중요한 것은 당연히 지금 창문 밖에서 걸어오는 행인 A와 행인 B와 나 사이 존재의 공통점일 리 없다. 정반대로, 가장 관심 있고 또 가장 절박하게 알고 싶은 것은 행인 A와 행인 B와 나의 서로 다른 점이며 또 그들과 나, 모든 사람과 나의 서로 다른 개별적 느낌과 개별적인 문제를 어떻게 대해야 하느냐는 것이다.

키르케고르와 후설

이것이 'existence'이다. 그리고 'Being'을 떠나 'existence'를 대하자는 것이 실존주의의 근본 주장이자 근본 입장이다. 이런 입장에서 출발하여 그 젊은 엘리트들은 주류 철학을 내버리고 철학사의 주변부와 이단 속에서 몇몇 인물, 몇몇 견해를 찾아내 새롭게 존재와 실존주의의 전통을 구축했다.

예를 들면 키르케고르*가 그들이 찾은 실존주의의 선구자 중 한 명이었다. 키르케고르는 말하길, "인간은 자신이 신을 인식하고 모든 법칙을 인식할 수 있다고 생각하는 오만함을 버려야 한다. 답을 찾을 수 있다고 생각하는 그런 긍정과 위로에서 멀어져 자신이 의지할 데 없는 허공 속에서 있음을 깨닫고 두려움과 떨림(『두려움과 떨림』은 키르케고르의 유명한 저서이다)을 느껴야만 우리는 비로소 진정으로 사유를 시작해 답을 찾는 여정에 오를 수 있다"고 했다.

희한하게도 답을 찾을 수 있다고 믿는 사람은 하나같이 찾지 못한다. 오로지 절망에 이르러 "나는 답할 수 없다"라고 느끼고, 또 자신이 얼마나 공허하고 보잘것없는지 느끼고 고통과 무기력과 당황 속에서 스스로 답을 못 찾았음을 인정해야만 비로소 참된 '두려움과 떨림'이 생기고 답을 찾을 수 있다.

이것이 삶의 태도에서 실존주의가 갖는 맥락이다. 실존주의는 사유의 논리에서 또 다른 맥락이 있으며 그것은 에드문트 후설**과 현상학에서 비롯되었다. 과거의 철학은 표면적이고 계속 변화하는 '현상'을 경시하고 현상 뒤에

---

* Søren Aabye Kierkegaard(1813~1855). 덴마크의 철학자. 쇼펜하우어, 니체 등과 함께 대표적인 실존주의 철학자로 손꼽힌다.

** Edmund Husserl(1859~1938). 독일의 철학자. 현상학의 아버지로 불린다.

서 현상의 변화를 좇지 않는 어떤 것만을 오매불망 추구했다. 후설은 그런 태도에 도전했다. 그는 우리가 현상의 배후에 현상보다 항구적인 어떤 것, 예컨대 힘이나 원리나 질서 같은 것이 필연적으로 존재한다는 것은 증명할 수 없다는 것을 논증했다. 우리가 정말로 접촉하고 파악할 수 있는 것은 언제나 현상뿐이다. 그렇다면 왜 계속 자신을 속이면서 그런 것들을 찾고 또 찾았다고 공언하는가? 정말로 찾은 게 맞기는 할까? 누구도 판정할 수 없다. 이렇게 스스로를 속이며 한자리에서 맴도느니 차라리 성실하게 그런 노력을 포기하고 현상으로 돌아가는 게 낫다.

모든 사유와 추론은 다 의식에서 비롯된다. 의식은 바로 외부 세계의 현상이 우리에게 주는 자극이고 우리에게 생기는 현상이다. 이것이 전부이다. 현상과 의식 밖에 또 다른 철학의 대상이 있다고 가정해서는 안 되며 가정할 필요도 없다.

키르케고르와 후설의 견해를 카뮈, 사르트르 등은 대단히 친밀하게 느꼈으며 실존주의의 선구적 의견으로 받아들였다. 그 견해들을 하나로 조직하여 그들은 더 확실하고 자신감 있게 주장을 펼쳤다. 과거의 철학은 모두 길을 잘못 들어 쓸모가 없다고, 적어도 자기가 존재하는 현상에 대해서는 전혀 쓸모가 없다고 했다.

철학에 반대하는 철학

엘리트 교육을 받은 사람이 자기가 받은 엘리트 교육을 반대할 때, 반대 의견을 구축하는 과정에서 아이러니하게도 그 엘리트 교육의 영향에서 못 벗어나는 경우가 있다. 20세기 초, 중국의 문인 전통에 반대한 수많은 문인이 중국의 어문을 개혁해 구어문으로 문어문을 대체하자고 제창했다. 그러나 문어문에 반대하고 구어문에 찬성한 그들의 글은 대부분 문어문으로 써졌다. 그들은 어떻게 구어문을 쓰는지 몰랐고 구어문에 아직 선천적인 저항감이 있어서 그것을 써야 하는 데도 쓰지 못했다. '5·4 신문화운동'에서 후스*가 차지한 특별한 위치는 어느 정도 그가 구어문을 쓰기를 바랐고 또 쓸 줄 알았던 데에서 비롯되었다. 그는 잡지 『신청년』에서 분명하고 이해하기 쉬운 구어문을 사용해 어문 혁명을 해야 하는 이유를 설명했다. 그 시대에 이런 인물은 극히 드물었다.

마찬가지로, 엘리트 교육을 받은 그 프랑스 젊은이들은 비록 과거의 철학을 뒤집기로 마음을 먹긴 했지만 그들이 취한 방법은 철학을 버리는 것이 아니라 또 다른 철학을

---

* 胡適(1891~1962) 중국의 사상가이자 교육가. 1917년에 잡지 『신청년』에 「문학개량추의」文學改良芻議라는 제목으로 발표한 글에서 구어문 사용을 주장했다.

택하고 구축하는 것이었다.

당연히 "철학이 쓸모없다고 말해 놓고서 당신들은 왜 다른 어떤 것이 아닌, 또 다른 철학을 우리에게 권하는가?"라는 비판과 의문의 목소리가 실존주의를 겨냥하곤 했다. 물론 사르트르는 철학적 논술 대신 연극으로 표현을 시도한 바 있고 카뮈의 『이방인』은 소설이었지만 끝내 그들은 철학의 체계적 토론과 구축으로 다시 돌아가야만 했다. 어쩔 수 없었다. 엘리트의 뿌리 깊은 가치관 속에서 철학의 지위는 연극과 소설보다 높았다. 그들은 가치의 높고 낮음에 대한 계산을 못 내려놓았다.

사르트르처럼 영민한 사람이 실존주의 진영의 그런 모순을 몰랐을 리는 없었다. 그는 언젠가 중요한 전기 작품을 쓴 적이 있는데 그 작품의 주인공이 장 주네*였다. 장 주네는 누구일까? 절도범이었다. 그것도 여러 차례 교도소를 드나든 상습범이었다. 사르트르는 플로베르와 보들레르에 관해서도 글을 쓴 적이 있지만 그런 문호들에 관한 글보다 절도범 장 주네에 관한 글이 훨씬 더 훌륭하다. 장 주네는 실존주의의 철학 언어를 입에 담은 적은 없어도 일종의 실존주의적 삶을 살았기 때문이다. 장 주네는 '실존주의의 대

---

* Jean Genet(1910~1986). 프랑스의 소설가, 극작가, 시인. 사생아로 태어나 파리의 빈민구제소에서 자랐다. 절도 등 자잘한 범죄로 수감되며 밑바닥 생활을 하다 1942년 복역하면서 낸 첫 시집 『사형수』를 계기로 장 콕도의 후원을 받는다. 1947년 절도죄로 종신형을 받았으나 콕도, 사르트르, 피카소 등의 탄원으로 풀려났다.

가' 사르트르보다 더 실존주의가 필요했다. 그의 실존주의는 '삶의 실존'에서 실행되었다. 말이나 글에서 표현된 게 아니었다. 이것이야말로 실존주의의 본래 표현 방식이어야 했다.

실존주의의 본질은 마땅히 철학에 반대하고 철학을 멀리하는 것으로서 '성실한' 삶의 태도여야 했다. 또 다른 철학의 형식이면 곤란했다. 하지만 사르트르는 장 주네처럼 그렇게 삶에 성실할 수 없었다. 그가 할 수 있고, 할 줄 알고, 남들보다 뛰어나게 잘한 것은 역시 그런 삶의 태도를 어떤 철학 체계로 만드는 것이었다. 그는 장 주네를 부러워했지만 그가 할 수 있는 일은 결코 철학을 버리고 장 주네처럼 사회적 제약을 무시한 채 자신에게 충실한 삶을 사는 것이 아니었다. 장 주네를 예로 삼아 세상 사람에게 무엇이 실존주의적 인생인지 설명하는 것이 그의 일이었다.

세월이 흘러 지금에 와서 돌아보면, 당시 그들이 그런 모순을 안은 채 철학에 반대하는 견해에서 출발해 애써 또 다른 철학 체계를 수립한 것은 매우 다행스러운 일이다.

만약 그들이 단순히 삶에 관한 관점과 방식만 제시했다고 생각해 보자. 사실 그런 것은 범속화되기vulgarized 쉽고 일단 범속화되면 보통 본래의 면모를 회복하지 못한다.

사람들은 자신들이 말하는 성실함과 용감함이 무질서와 무규범의 방종과 무슨 차이가 있는지 구별하기 어려워한다. 그래도 다행히 복잡하고 심오한 철학적 주장이 남아 있어서 우리는 도대체 무엇이 진정한 실존주의인지 대조하고 검증할 수 있으며 수많은 방종의 짝퉁 사이에서 끊임없이 진짜와 가짜를 구분할 수도 있다.

또 다른 장점도 있다. 만약 실존주의가 삶의 방식일 뿐이었다면 우리처럼 실존주의의 신도가 아니거나 실존주의적 삶을 실천할 생각은 더더욱 없는 사람들은 실존주의와 아무 인연도 없고 접촉할 일도 없었을 것이다. 하지만 철학체계가 있으므로 우리는 시공간적 거리에도 불구하고 지식의 이해를 통해 실존주의에 진입하여 구체적이면서도 직접적으로 그 자극을 느낄 수 있다. 그 자극을 느끼면 우리는 이런 생각을 하게 될 것이다. 내가 사는 방식은 실존주의자가 주장한 성실하고 용감한 삶과 얼마나 큰 차이가 있고 그 차이는 어떻게 생길까? 또 그 차이는 중요한 것일까?

작품 뒤에 숨겨진 전쟁의 그림자

카뮈를 읽으려면 위의 철학적 배경을 염두에 둬야 한다. 그리고 한 가지 더 기억해 둬야 하는 것은 그가 전쟁의 시대에 살았다는 사실이다. 카뮈의 『이방인』은 1942년에 출판되었고 사르트르의 대표작 『존재와 무』는 1년 뒤인 1943년에 출판되었다. 모두 제2차 세계대전 기간이었다.

겉으로만 보면 『이방인』 속에는 전쟁이 없고 『존재와 무』도 마찬가지다. 하지만 그렇다고 해서 그들이 글을 쓸 때 전쟁을 잊었던 것은 아니며 전쟁이 그 작품들 속에서 어떤 위치와 작용이 없는 것도 아니다. 반대로 그 두 작품의 심층적인 의미 속에는 전쟁이 곳곳에 깃들어 있다.

카뮈는 1913년에 태어났고 그 이듬해에 제1차 세계대전이 일어났다. 그가 스물여섯 살이 되던 해에는 또 제2차 세계대전이 일어났다. 서른 살이 되기도 전에 그는 이미 두 차례의 거대하고 참혹한 전쟁의 경험과 기억을 갖게 된 것이다.

제1차 세계대전은 당시 모든 유럽인을 변화시킨 전환점이었다. 그 전쟁은 유럽인이 본래 갖고 있던 낙관적이고 진보적인 신념과 자신감을 철저히 파괴했다. 화약과 무기의 발달로 그 전쟁은 초유의 많은 사상자를 낳았다. 그런데 더 중요한 점은 많은 사람이 죽은 데 있는 게 아니라, 어떤 사람들이 어떤 방식으로 목숨을 잃었는지에 있다.

우선 그때 전장에서 죽은 사람들은 용병이 아니었다.

그들은 전투를 직업으로 택한 이들이 아니어서 전투에 익숙하지 않았으며 전투에 돌입하면 어떤 상황이 닥치는지도 잘 몰랐다. 용병은 고용되어 전투에 나선다. 어떤 이유에서든 그것은 그들의 삶의 선택이다. 그런데 제1차 세계대전의 전선에 나선 이들은 국가가 징집한 수백만 명의 젊은이였다. 그들은 본래 하고 있던 일과 학업을 내려놓고 정상적인 삶을 떠나 병사로 변모했다.

더욱이 그들은 인류 역사상 전례 없이 낙관적이었던 19세기 말과 20세기 초에 성장한 젊은이들이었다. 19세기에 주류를 이룬 '진보 사관'은 인류의 문명이 계속 진보하고 있어서 오늘이 어제보다 낫고 내일도 필경 오늘보다 나을 것이라고 믿었다. 그들이 사는 하루하루는 진보 사관의 신념에 따르면 모두 인류 역사상 가장 좋은 하루였다. 올해가 작년보다 낫고 그 시대도 이전 시대보다 나았다. 그래서 그 시대 사람들도 이전 시대 사람들보다 더 나았다.

제1차 세계대전 중에 무더기로 죽어간 이들은 바로 그 시대의 젊은이들이었다. 그들은 나라에서 가장 똑똑하고 우수한 세대인 동시에 유럽 역사상, 아니 인류 역사상 가장 진보적이고 훌륭한 세대였다.

하지만 그들은 미처 인류에게 어떠한 새로운 성취도

가져다주지 못했고 심지어 자기 삶도 빛내 보지 못한 채 그 짧디짧은 몇 년 사이에 참호 속 시체 더미로 변하고 말았다.

그들은 용병이 아니었다. 전쟁은 그들의 정상적인 삶이 아니었으며 그들은 기존의 명확한 삶의 습관과 기억 그리고 미래에 대한 계획과 꿈을 가진 채 전장에 나갔다. 또한 기존 사회에서 교육과 훈련을 받으며 획득한 능력과 수완과 성취를 가진 채 전장에 나가기도 했다.

그 세대의 갑작스러운 파멸이 유럽에 가져온 충격은 그야말로 묘사하기가 불가능할 정도였다. 지난날 그들 중 누구는 가장 복잡하고 난해한 물리학적 사유를 하고 있었고 누구는 전대미문의 산업 공정에 종사하고 있었으며 누구는 감동적인 시와 소설을 쓰고 있었다. 하지만 그들의 아름답고 빛나던 삶은 이제 종료되고 사라져 버렸으며 미완성의 물리학적 사유와 산업 공정과 시와 소설도 전부 뒤따라 소멸하였다. 게다가 그렇게 미완성으로 실현되지 못한 것들이 도대체 얼마나 큰 손실이었는지는 누구도 추산할 수 없었다.

정말 불가사의한 일이었다. 똑같이 100명이 죽었어도 100명의 용병이 죽은 것과 100명의 가장 똑똑하고 우수한 젊은이가 죽은 것은 의미가 완전히 달랐으며 그 심적인 충격과 영향의 차이도 보통의 기준으로는 측정할 수 없었다. 양쪽 모두 똑같은 100명의 목숨이라는 등식은 절대로 성립하지 않았다.

런던에서 멋대로 거리를 거닐다가 가장 오래된 지하철역인 베이커 스트리트 역에 이르면 역 안에 오래된 무쇠 문틀이 남아 있고 그 옆에는 이름이 가득 새겨진 석벽이 있다. 그것은 베이커 스트리트가 있는 구역에서 제1차 세계대전에 참전해 죽은 이들의 이름이다. 그 석벽이 거기에 남겨진 지 거의 백 년의 세월이 흘렀다. 당시 그 기념물을 만든 것은 사람들이 영원히 그들을 기억하게 하는 한편, 그런 부득이한 보상으로 산 자들의 당혹감을, 그들이 그렇게 영원히 떠난 것을 믿을 수도 받아들일 수도 없는 애석함을 위무하려는 의도였을 것이다.

이와 비슷한 기념비와 추모의 벽이 유럽에는 너무나도 많다. 그것들에는 그 시대 유럽이 겪은 집단적 트라우마가 뚜렷하게 반영되어 있다. 그때의 기억은 어쨌든 세월이 흐르면서 사라졌지만 충격과 경악과 불가사의한 느낌은 기념비와 추모의 벽을 통해 보존되었다.

살아가는 것은 그렇게 당연하지 않다

카뮈와 사르트르는 직접적으로 그 충격과 경악과 불가사의한 느낌을 경험한 세대에 속했다. 그들은 달아날 수도 피할 수도 없는 그림자 속에서 성장했으며 어떤 사람도, 어떤 일도 그들이 전 세대 젊은이들처럼 산 사람에서 순식간에 비석과 담벼락의 이름으로 변할 리 없다고 보증해 주지는 못했다.

그것은 무상함의 그림자였다. 삶의 길은 지금의 현실에서 앞으로 뻗어나가고 어떤 관성적인 방향, 자신이 기대하고 희망하는 방향을 갖고 있었으나 그 길은 언제 끊기고, 구부러지고, 물거품이 될지 몰랐다. 그들보다 앞 세대의 유럽 젊은이들은 순진한 눈으로 눈앞의 길을 바라보고 있다가 그만 멋모르고 전쟁에 먹혀 버리지 않았던가.

운 좋게 전쟁터에서 살아 돌아온 사람도 예외 없이 전쟁 때문에 철저히 바뀌었다. 전쟁 중에 작곡을 하다가 160마디까지 써 놓고 자야 할 시간이 됐다고 치자. 악보 곁을 떠나는 순간, 이튿날 161번째 마디를 쓸 기회가 있을지 없을지 전혀 확신하지 못한다. 일상생활에서는 오늘이 가면 내일이 오고 내일은 오늘의 연속이어서 우리는 오늘의 경험을 통해 내일을 예상하고 계획할 수 있다. 하지만 전쟁 중에는 도저히 그럴 수 없다.

매년 11월만 되면 청핀 아카데미에서 일하는 친구들이 자연스레 내게 묻는다. 내년에는 어떤 수업을 열고 또 어떤 현대의 고전으로 강의를 할 것인지. 그러면 나도 자연스레 열심히 생각하고 계획을 세워 그들에게 구체적인 의견을 준다. 이것이 일상이고 정상이다. 하지만 그런 전쟁 속에서 살았거나 전쟁의 충격과 경악과 불가사의함 속에서 자란 사람은 "내년은 어떨까"라고 생각하기만 해도 즉시 집요하고 고압적인 어떤 목소리에 사고가 마비된다. 그 목소리는 그에게 "네가 내년을 생각할 자격이 있어?", "네가 생각하고 상상하는 내년이 의미가 있나?", "무슨 근거로 네게 내년이 있다고 생각하지?"라고 묻는다.

카뮈와 사르트르는 제1차 세계대전의 충격 아래 자랐고 성년이 돼서는 곧장 제2차 세계대전과 맞닥뜨렸다. 그래서 전쟁이 가져온 무상함의 그림자가 수시로 그들의 작품 속에 나타나고 작품이 추구하는 가치의 배경이 되었다. 그들은 미래가 의심되고 또 미래가 어떻게 될지 바짝 신경이 곤두선 상태에서 현실에 대응해야만 했다.

"나는 서른 살 전에 결혼할 거야", "나는 10년 안에 타이베이에 집을 마련할 거야", "나는 5년 뒤에 부교수로 승진하겠어" 하는 말들처럼 우리에게는 지극히 일반적이고 일상적인 말이 카뮈의 귀에는 지극히 부조리하게 들렸을 것이다.

당신은 뭘 믿고 자신이 서른 살까지 살 수 있다고 생각하는가? 또 뭘 믿고 당신에게 5년 후, 10년 후가 있다고 생각하는가? 무슨 보장이라도 있는가? 불가능하다! 당신에게는 그저 막연한 가정이 있을 뿐이다. 그렇지 않은가? 그런데도 당신은 그런 불확실한 일을 너무나 당연하다는 듯이 장담하고 있다.

더욱이 당신은 그 불확실한 시간적 조건들을 전혀 생각하지 않고 살아간다. 우리가 살아가는 것은 그렇게 당연한 일이 아니다. 우리는 대부분의 시간을 그저 생각하지 않고 눈과 귀를 닫아서 너무나 단순하게, 너무나 당연하다는 듯이 살아간다. 삶 속에는 아직 검증되지 않고 검증을 견뎌낼 수 없는 전제와 가설이 가득한데도 말이다.

비록 우리 모두 "인간은 반드시 죽는다"는 사실을 알고 있고 또 받아들이고 있지만 진정으로 "인간은 반드시 죽는다"는 사실을 대면하고 살지는 않는다. "나는 언젠가 죽겠지만 내일 죽을 리는 없다"나 "내가 언젠가 죽겠지만 내년에 죽을 리는 없다"는 것이야말로 우리가 자기최면을 통해 진정으로 받아들인 전제와 가설이다. 이 가설에서 벗어나면 우리는 어떻게 살아야 할지 막막해진다. 일단 이 가설에서 벗어나면 우리는 더 이상 "나는 서른 살 전에 결혼할 거야", "나는 10년 안에 타이베이에 집을 마련할 거야", "나는 5년 뒤에 부교수로 승진하겠어"라고 말할 수 없다.

우리는 자신을 속이며 직관적으로 가정하길, "나는 인간이어서 영원히 살아갈 리는 없지만 예견할 수 있는 장래에는 죽을 리 없다"고 가정한다. 그래서 이 가정을 이용해 마음 놓고 계속 장래를 예견하며 또 자신이 예견한 장래에 맞춰 현재를 배치한다. 이에 따라 상응하는 또 하나의 가정이 필연적으로 나란히 존재하는데, 그것은 바로 "나는 내가 언제 죽을지 모르며 또 절대로 그 일은 생각하지 않을 것이며 생각하고 싶지도 않다"는 것이다.

엘리아스 카네티*는 언젠가 그런 삶의 태도를 다음과 같이 또 다른 방식으로 한층 더 명쾌하게 설명한 바 있다.

> 만약 우리가 이마에 죽을 날이 새겨진 채 태어났다면 분명 인생은 전혀 다른 것이 됐을 것이며 심지어 인류의 역사와 문명도 존재하지 않았을 것이다. 만약 일찌감치 죽

* Elias Canetti(1905~1994). 불가리아에서 태어나 독일 등 여러 나라를 전전했으며 훗날 스위스 취리히에 정착했다. 빈 대학에서 화학으로 박사 학위까지 받았지만 철학과 문학에 더 흥미를 느꼈다. 여러 언어에 능통했으나 평생 독일어로만 글을 썼으며 1991년 노벨문학상을 받았다.

을 날을 안다면 하루하루가 새로운 날일 것이며 우리는 "아, 또 하루가 줄고 죽음이 또 하루 가까워졌다!"라고 생각할 것이다. 사실 하루하루는 본래 우리를 죽음에 더 가까이 데려가지만 우리는 자신이 언제 죽을지 모르고 또 그것을 알기를 거부하므로 수시로 "또 하루가 줄었다"며 계산할 리 없고 그래서 태연하게 기대와 활력에 가득 차 아침을 대하고 새로운 하루하루를 대한다.

전쟁은 무상한 고통과 교훈 그리고 일상에 대한 강한 의문을 가져왔다. 모든 것이 덧없다는 깊은 무상감 속에서 갖가지 가설과 핑계와 자기기만과 속임수로 점철된 일상은 엄청난 부조리라는 것이 간파되었다. 그래서 부조리한 인간은 그 거대한 부조리를 꿰뚫어 보고 부조리한 삶을 거부했지만, 그들의 그런 선택과 행위가 보통 사람의 눈에는 지극히 부조리해 보였다. 바로 이것이 기괴한 이중의 부조리한 관계를 형성했다.

제3장 『시시포스의 신화』 다시 읽기

알제의 아랍인

『이방인』을 읽으려면 먼저 『시시포스의 신화』부터 읽어야 한다. 『시시포스의 신화』는 『이방인』보다 읽기도 어렵고 이해하기도 어렵다. 게다가 『시시포스의 신화』를 읽고 『이방인』이 읽기 쉽거나 이해하기 쉽다는 생각이 드는 것도 아니다.

『시시포스의 신화』는 부조리에 관해 논한 세 편의 글, 즉 「부조리의 추론」, 「부조리한 인간」, 「부조리한 창작」으로 구성되어 있다. 그런데 먼저 그의 초기 에세이 한 편을 읽으면 이 글들에 접근하는 데 도움이 된다.

그 에세이의 제목은 「알제의 여름」이다. 카뮈가 아직 파리로 이주하기 전인 1936년에 스물세 살의 나이로 쓴 글이다. 프랑스의 북아프리카 식민지였던 알제리의 몽도비에서 태어나 수도 알제에서 자란 그는 이 에세이에서 자신의 고향에 관해 이야기한다.

식민지 거류민인 그가 알제리의 '비프랑스성'을 어떻게 표현했을까? 아랍인에 관한 그의 서술을 살펴보자.

> 그 아랍 젊은이들에게서 보이는 특수한 표지는 바로 쾌락의 재능, 방탕의 재능이다. 하지만 방탕한 나날은 빨리 왔다 빨리 가 버린다. 그들은 젊어서 결혼하고 가정을 이뤄 10년이면 평생의 경험을 다 해 버린다. 한 서른 살의 노동자는 벌써 자기 손의 패를 다 써 버린 셈이며 아내와 자식들 사이에서 종말이 오기를 기다린다. 그의 삶은 쾌락처럼 가차 없이 빨리 왔다 빨리 가 버린다. 그는 모든 은혜가 결국에는 박탈되고 마는 고장에서 자기가 살고 있음을 깨닫는다.

그가 묘사한 알제의 아랍인은 프랑스인보다 성급하게 인생을 산다. 서둘러 인생을 태우고 또 다 타버릴 테면 다

타버리라는 식이다. 인생을 늦추는 방법 같은 건 궁리해 볼 리 없으며 인생이 빨리 끝난 뒤에 무엇이 있을 수 있고 무엇이 있어야 하는지에 대해서도 그다지 생각이 없다.

> 어떤 종족들은 삶과 긍지를 위해 태어나고 제멋대로 무의미한 재능을 추구한다. 그런데 죽음에 대한 그들의 태도는 아주 특별하다. …… 그런 종족에게 묘지만큼 무시무시한 곳은 없다. 세상에서 가장 아름다운 풍경을 마주하고 있는 브뤼가의 묘지는 검은색 담장 안에 끔찍한 우울함이 가득하다. 그곳의 묘지명에는 '모든 것은 시들며 추억만이 남는다'라고 적혀 있다.

그 아랍인들은 사후에 영혼이 있다는 것도 믿지 않았다. 그래서 "모든 것은 시들며 추억만이 남는다"라고 말했다. 사람이 죽으면, 나아가 모든 것이 사멸하면 오직 추억만 남는다는 것은 영혼을 믿으며 사후 세계에 대한 기대를 위안으로 삼아 살아가는 기독교인에게는 대단히 두려운 일이다. 오직 추억만 남고 다른 것은 아무것도 없다는 것을, 인간 세상 이외의 초월적인 영역도, 궁극적인 심판도, 영원한 시간도 없다는 것을 상상해 보라.

어이없어하며 카뮈는 어느 묘지의 묘비에 새겨진, "절대로 그대의 무덤에 꽃이 끊길 날은 없도록 하리라"는 문구를 인용하기도 한다. 그 묘비에는 여러 송이의 꽃이 새겨져 있어서 확실히 꽃이 끊길 날이 없기는 했다!

그렇다. 그 종족은 죽음을 전혀 신성시하지 않았다. 카뮈는 이어서 장의사 종업원이 영구차를 몰고 가다가 길을 지나가는 어여쁜 처녀들을 향해 "아가씨, 태워줄까?" 하고 소리치는 광경을 묘사한다. 산 자에게는 불손하고 죽은 자에게는 모독까지 일삼는 게 아닌가?

"종교도 없고 우상도 없는" 그들은 죽음에 대해 신성한 태도를 갖추지 않았으니 삶과 죽음을 세속과 신성으로 철저히 가를 일도 없었다. 마치 죽음의 영역에 산 자를 들일 수도 있는 것처럼 말이다.

> 그런데 아랍의 젊은 여인들은 바로 그 묘지의 담장 밑에서 다른 사람에게 키스와 애무를 받는다. 나는 이런 종족이 모든 사람에게 이해받을 수는 없음을 깊이 이해한다. 지성과 총명함은 여기에서는 아무 쓸모가 없다. 그들은 거칠고 육체적이며 전혀 부드럽거나 살뜰한 구석이 없는, 그리고 가식적이거나 인위적인 면도 없는 종족이다. 하

지만 그것은 실제로는 나를 감동시키고 내게 평안함을 가져다주는 시이다. 문명국가와는 상대적으로 그들의 국가는 창조성을 지닌 국가다. 바닷가에서 한가로이 노는 그 야만인들은 실제로는 어떤 문화의 이미지를 그려 내고 있다. …… 무정한 여름 하늘 아래에서 진상을 드러내지 않는 것은 세상에 없다. 그 아래에서는 그 어떤 기만적인 신도 희망이나 구원의 신호를 암시하지 못하며 그 무한한 창공과 그것을 향한 숱한 얼굴들 속에는 그 어떤 문학도 신화도 윤리도 종교도 없다. 있는 것이라곤 돌과 육체와 별들과 손에 닿는 진리뿐이다.

카뮈는 프랑스인이 이해할 수 있는 경시와 조소의 말투로 아랍인을 묘사하기 시작했지만 중간에 태도를 바꿔 프랑스인에게 훈계한다. 아랍인의 그런 태도는 아름답고 감동적인 '시'라고 말이다.

알제에서 자란 경험으로 카뮈는 아랍인을 보았고 비기독교 전통의 상이한 삶의 태도를 보았다. 그들에게는 미래가 그렇게 중요하지 않았다. 짧은 십 년간, 인생을 다 불태우면서 그들은 절대 "늙으면 나는 어떻게 되는 거지?"라고 생각하지 않았다. 늙으면 늙는 것이고 늙고 나면 인생이 끝나기를 기다리는 게 전부였다. 젊을 때 그들은 늙고 나면 어떻게 해야 하는지 생각하지 않았고 생각할 필요도 없었다. 그들에게는 미래에 대한 감수성이 없었고 신화도, 문학도, 윤리도, 종교도 없었다. 오직 지금 현실의 감각적 느낌만 있었다.

카뮈는 아랍인에게서 세계를 대하는 다원적인 자산을 얻었다. 그들과 함께 살았던 경험은 그에게 여느 프랑스인과는 다른 시각을 부여했다. 훗날 파리에 가서 정착하기는 했지만 그는 파리의 번화함과 파리인의 잔재주에 정신이 혼미해지지 않았으며 그들의 삶이 그렇게 당연하다고도 생각하지 않았다.

인간은 왜 자살할까

『시시포스의 신화』 제1장은 「부조리의 추론」이다. 여기에서 카뮈는 우리에게 무엇이 부조리인지 알려 주고 우리가 부조리를 볼 수 있게 도와준다. 부조리의 가장 부조리한 점은 그것이 정상 속에 숨어 있고 심지어 정상을 대신함으로써 우리가 그것이 정상이라고 생각하게 하는 것이다.

비록 사르트르가 "이것은 좋은 철학이 아니다"라고 말하긴 했지만 카뮈의 추론은 사유 훈련의 훌륭한 모범이라고 할 수 있다. '자살'에서 시작해 보자. 인간은 왜 자살할까? 만약 모든 자살 사례의 배후에 하나의 공통적인 이유 또는 설명이 존재한다면 그것은 아마도 "사는 게 의미가 없어서"일 것이다. 사는 게 의미가 없어서, 꼭 죽어야 하는 게 아닌데도 더 살지 않는 쪽을 택한다는 것이다. 이것은 우리가 매우 이해하기 쉽고 받아들이기도 쉬운 설명이다. 하지만 철학 엘리트였던 카뮈가 이렇게 직접적이고 단순한 해석을 받아들였을 리가 없다.

만약 사는 게 의미가 없어서 인간이 자살을 하는 것이라면, 그것은 원래는 인간이 사는 것은 의미 있다는 것을 뜻한다. 혹은 자살하지 않고 사는 모든 인간은 다 사는 게 의미가 있어서 살아간다는 것을 뜻한다. 인간이 사는 게 의미가 없어서 자살한다고 믿고 주장하려면 먼저 인간이 사는 것은 의미가 있어서라는 것을 반드시 검증하고 증명해야만 한다. 일반적인 상태에서 인간은 모두 살아가는 의미가 있으며 그래서 일단 의미가 사라지면 더 살 수가 없어 차라리 자살하고 만다고 다들 생각한다.

카뮈는 도전적으로 "당신은 본래 인간이 사는 게 정말 의미가 있다고 자신하는가?"라고 묻는다. 당신은 처음부터 인간이 존재하고 사는 것이 의미가 있어서라고 어떻게 확신할 수 있는가? 먼저 내게 증명해 보라, 자살하는 인간이 본래는 사는 게 의미가 있었다는 것을. 혹은 더 확대하여 당신이 평소에 아주 잘 살고 있어서 전혀 자살할 마음이 없을 때 과연 의미 있는 삶을 살고 있는지 증명해 보라.

만약 우리가 진지하게 이 도전적인 물음에 응해 성실하게 증명을 수행하고자 하면 카뮈는 또 "당신은 자기가 왜 사는가에 관해 제시할 수 있는 절대다수의 이유가 사실은 전부 검증을 이겨낼 수 없다는 것을 깨달을 것이다"라고 우리를 일깨울 것이다. 당신은 자신이 가족을 위해 산다고 생각하지만 언젠가 가족이 부재하고 사라지면 정말로 더 살 수 없을까? 당신은 자신이 자유를 위해 산다고 생각하지만 언젠가 자유를 빼앗겨 감옥에 갇힌다면 정말로 더 살지 못할까? 당신은 자신이 성공을 위해, 부를 위해 산다고 생각하지만 언젠가 파산해서 무일푼이 되면 정말로 죽음을 택할까? 아마도 당신은 말할 것이다. 그래도 나에게는 희망이 있고 희망이 내가 의지하는 의미라고. 하지만 당신은 그 희망이 진정한 이유인지, 아니면 당신이 계속 살기 위해 억지로 갖다 붙인 핑계인지 어떻게 구별할 수 있는가?

카뮈가 지적하려던 것은 절대다수의 사람이 절대다수의 경우에 모두 살아가는 의미를 확고히 갖고 있지는 않다는 점이었다. 그런데도 그들은 자살하지 않고 평소처럼 일상적으로 살아가는 것에 일말의 의심도 없이, 기껏해야 누가 따져 물을 때나 조금 애를 써서 몇 가지 핑계를 찾아 자신과 남에게 변명할 뿐이다.

우리는 여태껏 확고한 의미를 근거로 살았던 적이 없다. 이른바 의미란 실은 일련의 허망한 동의에서 비롯된 가설일 뿐이다. 예컨대 나는 내일 죽을 리 없고, 내년에도 죽을 리 없어서 미래의 계획과 추구를 위해 살아간다고 허망하게 동의한다. 또한 다른 사람이 내가 살아 있는 데에 신경을 쓰고 내가 살아 있는 것과 죽은 것의 차이를 느낄 수 있으므로 나는 다른 사람과의 관계를 위해 살아간다고 허망하게 동의한다…….

허망한 동의에 의존하는 이런 답들과 불확실한 핑계를 제거하면 더 무엇이 남을까? 사람이 사는 것은 별다른 의미가 없고, 사람이 사는 건 의미가 있어서 사는 게 아니라는, 등골이 오싹해지는 정직한 결론만 남을 것이다. 그렇다면 인간은 의미가 없거나 의미가 부족해서 죽음을 결정하는 것일 리도 없다.

자살에 관한 우리의 해석은 확고하지 못하다. 왜냐하면 살아가는 것에 대한 우리의 이해가 확고하지 못하기 때문이다. 확고한 논리는 사실 이것이다. 사는 것은 별다른 의미가 없는데도 우리는 갖가지 핑계를 찾아 사는 게 의미가 있다고 스스로 생각하고 믿는다는 것이다. 그렇게 믿으면서 핑계를 굳이 들추지 않으면 인간은 계속 살아갈 수 있다. 그러면 인간은 어째서 자살을 하는 걸까? 핑계를 더 유지할 수 없기 때문이다. 어떤 계기로 말미암아 자의 또는 타의로 핑계가 들춰져 저 깊은 곳의 무의미가 드러나 눈에 들어오고 그러니 참을 수 없어 더는 못 살게 된 것이다.

카뮈가 보기에 그것은 위축되고 부조리한 존재 방식이었다. 그래서 그는 이렇게 묻고자 했다. 인간은 부조리하게 살지 않을 수 있을까? 핑곗거리를 없애고 또 사는 게 무의미하다는 것을 명확히 인식하고도 자살하지 않고 용감하고 성실하게 계속 살아갈 수 있을까?

당신은 용감하게 성실한 삶을 살고 있나

『시시포스의 신화』 전체에서 부조리와 함께 몇 번이고 되풀이되는 말은 '성실함'이다. 인간은 가장 절실하고 근본적인 존재의 층위에서 가장 많은 거짓말을 쌓는다. 그중 가장 심각한 거짓말은 남을 속이는 게 아니라 자신을 속이는 것이다. 각양각색의 거짓말로 자신이 삶에서 가장 중요한 일을 똑똑히 보지 못하게 만든다. 이것은 부조리하지 않은가?

교통 체증으로 지각을 했다고 다른 사람에게 거짓말을 하면 우리는 내심 한 가닥 죄책감을 느낀다. 혹시 들키기라도 하면 도덕적 결함이라고 생각하기도 한다. 이런 작은 거짓말에 대해서도 우리는 죄책감이 가동하고 이를 관할하는 도덕의식이 있는 것이다. 그런데 이런 일보다 수천 배는 더 중요한, 우리가 왜 사느냐와 관련된 문제에서는 우리가 자신에게 하는 말과 수시로 의식하는 것들 전부가 대부분 거짓말이다. 하지만 그사이에는 죄책감이 없으며 도덕적 원칙 같은 것은 더더욱 없다. 이것은 부조리하지 않은가?

카뮈의 「부조리의 추론」에 따르면 우리가 사는 것은 본래 의미가 없다. 우리는 성실하게 이 사실을 인정할 수 있을까? 우리는 성실하게 이 사실을 인정하고 이 사실을 마주한 채 계속 담대하게 살아갈 수 있을까? 이것이야말로 가장 큰 문제인 동시에 가장 큰 도전이다.

부조리와 한데 묶어 카뮈가 언급하는 성실함은 존재 차원의 성실함이며 극단까지 밀고 가면 바로 모든 희망을 포기하는 것이다. 카뮈가 부조리에 관해 논하는 글에서 '희망'이라는, 우리가 그토록 긍정적으로 바라보는 이 단어는 거의 부정적인 의미로 나타난다. 부조리의 한 가지 원천은 곧 인간이 습관적으로 희망에 의존해 사는 것이다. 희망은 우리가 가장 신뢰하는 거짓말로서 가장 강력한 기만과 마취 효과를 가졌다.

앞에서 누구는 자기가 자유 때문에 산다고 믿지만 막상 감옥에 갇혀 자유를 뺏기더라도 계속 살 것이라는 예를 들었다. 그 사람은 희망을 품자고, 언젠가는 다시 자유를 찾을 것이라고 자신에게 스스로 설득할 것이다. 성공을 위해, 부를 위해 산다고 믿다가 파산해 무일푼이 됐는데도 계속 살아가는 사람 역시 마찬가지다. 언젠가 재기할 날이 있을 것이라고 스스로 다짐할 것이다. 이것이 희망의 작용이다.

우리가 여러 가지 희망을 계속 번갈아 가며 품고 사는 것은 스스로를 가장 진실하지 못한 거짓말로 감싸는 행위이다. 『시시포스의 신화』에서 카뮈는 자기가 『이방인』에서 주인공 뫼르소의 삶을 통해 그것을 은유적으로 표현했다고 밝힌 바 있다. 그는 부릅뜬 눈으로 우리 독자들을 한 명 한 명 응시하며 싸우듯이 묻는다.

"당신은 성실한가? 당신은 이 사실과 대면할 수 있는가? 당신은 희망에 기대지 않고 당신의 힘만으로 성실하게 살아갈 수 있는가?"

그는 우리가 회피할 것이라고 예견했다. 어쨌든 우리는 희망과 거짓말에 의존하는 방식으로 평생을 살아왔는데 왜 그의 도전과 도발에 휘말려 그것을 바꾸겠는가? 하지만 그는 동시에 자신 있게 예견하길, 우리가 진정으로 피하지는 못해서 자신의 도전과 도발이 우리의 마음속에 남을 것이라고 했다. 왜냐하면 일정 간격을 두고 우리의 희망이, 그것이 무슨 희망이든 간에 숨겨진 기만의 얼굴을 드러내 우리를 실망시킬 테고 그러면 우리는 카뮈의 그 '실존주의의 눈'의 응시와 "당신은 희망에 기대지 않고 당신의 힘만으로 성실하게 살아갈 수 있는가?"라는 질문이 떠오를 것이기 때문이다.

실존주의는 마치 메스와도 같다. 철학과 사유 방법으로 세밀하게 조직된 그 메스는 우리가 본래 갖고 있던 삶의 의의를 한 겹 한 겹 해체해 믿을 수 없고 의지할 수 없는 그 내용을 보여 준다. 삶은 우리가 생각하고 믿고 싶어 하는 것처럼 그렇게 의미가 있지는 않다. 적어도 우리가 인정하는 의미 중 대부분은 높은 의존성을 갖고 있어서 우리는 아예 그것을 소유할 자격이 없다.

비록 전통적인 주류 철학에 반대하기는 했어도 이들

이 구축한 실존주의는 역시 하나의 철학적 사유 체계로서 일반인보다 더 정밀하고 정확한 철학적 사변을 기초로 우리의 느슨하고 취약한 삶의 원칙에 도전했다.

성실하게 살고 또 의존할 수 없는 어떠한 희망에도 의존하지 않고 살려면 용기가 필요하다. 그런데 이것은 일종의 특별한 용기이다. 용감하게 자아에 대한 '본질적 상상', 즉 내가 누구이고 어떤 삶을 사느냐에 대한 상상을 제거하고서 사실 그대로 똑똑히 '존재'를 보는 것이다. 용감하게 지금 내가 파악할 수 있고 책임질 수 있는 일만 보고 결정하며 미래의 어떠한 허구적 상상에도 도움을 받지 않는 것이다. 그리고 지금의 이 참된 존재에만 의지하여 그런 참된 삶을 가장 풍부하고 충실하게 살아내는 것이다. 이것이 '인간 존재'이며 이래야만 카뮈가 생각한 '성실한 삶'에 부합한다.

영원히 끝나지 않는 형벌

『시시포스의 신화』에서 가장 많은 분량을 차지하는 앞부분의 글 세 편, 즉 「부조리의 추론」, 「부조리한 인간」, 「부조리한 창작」에는 모두 '시시포스'라는 말이 안 나온다. 시시포스는 그 세 편의 글 다음의, 분량이 훨씬 적은 네 번째 글에 나온다. 이 글의 제목은 책 제목과 같은 「시시포스의 신화」이다.

카뮈는 스스로 자신의 3부작이 한 권의 극본, 한 권의 소설, 한 권의 철학서를 포괄한다고 말했다. 사실 사르트르의 엄격한 철학적 기준에 따르면 『시시포스의 신화』는 철학서로 보기 힘들다. 논리적 방법부터 추론의 절차까지, 여기에 구조와 배치도 너무 느슨하고 혼란스럽다. 하지만 나는 사르트르의 의견을 좇아 이런 느슨함과 혼란함을 카뮈의 결점으로 간주하기보다는 차라리 이 점이 카뮈와 사르트르의 근본적인 차이이며 심지어 사르트르가 배우려 해도 배울 수 없었던 카뮈 특유의 마력이자 매력이라고 보고 싶다. 그것은 매력적인 모호함과 애매함이다. 이 매력적인 모호함과 애매함 덕분에 그는 프랑스와 프랑스 이외의 지역에서 사르트르보다 더 넓고 더 깊은 영향력을 발휘했다.

사르트르의 글은 대단히 어려워 보인다. 그런데 그 어려움은 보통 우리에게 낯선 그의 추론 방식과 그가 사용하거나 발명한 철학적 명사와 개념에서 비롯되며 이로 인해 우리는 그가 공들여 만들어 낸 그 순수 사유의 세계에 들어가기 힘들다. 하지만 일단 준비를 마치고 방법을 찾아내 들어가기만 하면 그 세계가 사실 사르트르의 방법에 따라 대단히 질서정연하게 배치되어 있음을 깨닫는다. 우리는 사르트르의 세계 밖에서 머리 없는 파리처럼 좌충우돌하거나, 아니면 그 세계에 들어가서 그 안의 체계적인 질서에 놀라고 감동한다. 다시 말해 사르트르의 철학을 읽으면 우리는 아예 까맣게 이해하지 못하거나, 아니면 완벽하게 이해한다. 알 듯 말 듯한 중간의 회색 상태 같은 것은 존재하지 않는다.

카뮈는 그렇지 않다. 사르트르의 문학이 기본적으로 그의 철학에서 나온 부산품인 것에 반해 카뮈는 철학이 그의 문학에서 나온 파생물이자 보충재였다. 카뮈가 스스로 '철학서'라고 내세운 작품은 모두 문학적 스타일과 취향이 가득하다.

사르트르가 지은 철학서의 제목은 『존재와 무』이며 책 전체에 걸쳐 '존재'가 무엇인지 착실하게 설명한 뒤, 존재에 대한 그 탐색으로부터 인간이 '무'의 태도로 존재를 대할 수밖에 없다는 결론을 얻어 낸다. 그런데 카뮈가 지은 철학서의 제목은 『시시포스의 신화』이며 주요 이론이 다 설명된 뒤에야 비로소 책 이름에 부각된 '시시포스'가 겨우 서너 페이지밖에 안 되는 단문에 등장한다.

사르트르가 추구한 것은 명확한 논리이고 카뮈가 원

한 것은 모호한 은유, 상호텍스트, 대조, 호응의 효과이다. 「시시포스의 신화」라는 글로 부조리에 관한 앞의 갖가지 논리를 총결한 것은 곧 카뮈의 문학적 감각을 증명한다.

그리스 신화에서 시시포스는 신에게 받은 벌로 유명하다. 제우스는 그에게 큰 바위를 산 정상까지 밀어 올리는 벌을 내렸는데, 항상 산 정상에만 이르면 바위가 밑으로 굴러떨어졌다. 시시포스는 할 수 없이 산을 내려가 다시 바위를 밀어 올리고 또 바위가 굴러떨어지면 다시 내려가 바위를 밀어 올리는, 영원히 끝나지 않는 벌을 수행해야 했다.

시시포스와 또 한 명의 주요 신화 캐릭터인 프로메테우스 또한 그리스인이 상상해 낸 가장 잔혹한 벌을 받았으며 그 벌은 영원히 끝나지 않았다. 끝이 있는 벌은 아무리 무서워도 가장 잔혹하다고는 할 수 없다. 그리스인과 비교하면, 특히 그리스인이 상상한 저 올림포스산의 신들과 비교하면 현대인은 훨씬 자애롭다. 우리가 오늘날 설계할 수 있는 최고형은 겨우 사형, 그러니까 사람의 생명을 빼앗는 것에 불과하다. 사형은 무섭긴 해도 끝이 있다. 사형이 바로 끝이며 형이 집행되고 나면 그 벌은 없어져 버린다.

그리스인이 상상해 낸 또 하나의 잔혹한 벌은 프로메테우스를 바위에 묶고 독수리가 날아와 그의 간을 쪼아 먹게 한 것이다. 하지만 그는 죽지 않았고 독수리가 날아가는 순간에 간도 다시 자라나기 시작해서 독수리는 다시 돌아와 또 그의 간을 쪼아 먹는다. 이렇게 영원히 형벌이 반복된다.

프로메테우스의 간은 끝도 없이 복원되므로 독수리에게 쪼아 먹히는 고통도 끝날 리가 없다. 여기에는 그리스인의 어떤 통찰이 반영되어 있다. 그들은 일찌감치 인간의 가장 중요한 자기 보호 기제인 망각과 마비를 꿰뚫어 본 것이다. 인간의 감수성은 한계 효용 체감의 법칙을 따른다. 쾌락이든 고통이든 처음 맛볼 때의 강도가 두 번째보다 세고 두 번째 맛볼 때의 강도는 또 세 번째보다 세다. 가장 크고 강렬한 쾌락이나 고통은 모두 처음 한 번에 국한된다. 두 번째는 그렇게 크고 강렬하지 않다. 그리고 여러 번 반복되고 나서는 본래의 쾌락이나 고통이 전부 습관으로 변해 자극적인 작용을 상실한다.

따라서 가장 잔혹한 벌은 끝없이 영원히 이어지면서도 결코 단순히 반복되어서는 안 된다. 반복되는 벌은 처음에는 아프고 괴로워도 나중에는 마비되어 느낌이 없다. 가장 잔혹한 벌은 끝없이 반복되는 고통이 마찬가지로 끝없이 복원되는 신체에 가해지는 것이다. 그러면 모든 고통이

맨 처음처럼 강렬하다.

프로메테우스는 그토록 영원하고 극단적인 벌을 받은, 그리스 신화에서 가장 비참하고 비장한 캐릭터이다. 그가 그런 수난을 당한 것은 천계의 금령을 어기고 신성하고 고귀한 불을 훔쳐 인간에게 전함으로써 인간의 능력과 지위를 크게 높여 주었기 때문이다. 그가 신보다도 인간을 사랑한 것은 신들이 보기에 절대 용서할 수 없는 죄였다.

그러면 시시포스는 어땠을까? 시시포스는 무슨 잘못을 했길래 프로메테우스처럼 영겁의 형벌을 받은 걸까?

그는 바위보다 더 강하다

신화 속 시시포스는 영리한 인물이다. 때로는 신보다 영리했다. 그는 신의 어떤 비밀을 알고서 그 비밀을 이용해 또 다른 신을 꾀었다. 자기가 다스리는 코린토스에 샘을 만들어 주면 그 비밀을 가르쳐 주겠다며 그는 신과 거래를 했는데 그가 요구한 조건은 자신이 아니라 일반 시민을 위한 것이었다. 이 점에서 그의 태도는 프로메테우스와 비슷한 점이 있다.

시시포스는 죽음의 신이 찾아왔을 때도 영리하게 머리를 써서 그 신을 감금했다. 그 바람에 갑자기 세상에서 죽음이 사라져 버렸다. 그래서 전쟁도, 살인도, 결투도 무료해져 버렸다. 아무리 싸우고 죽여도 적도 원수도 죽지 않았기 때문이다. 노인과 병자는 사는 게 고통이어도 죽을 수가 없었고, 제물로 바치는 소와 양이 죽지 않아 신에 바치는 제사도 치를 방법이 없었다. 결국에는 저승까지 썰렁해져 버렸다.

또 다른 이야기도 있다. 시시포스는 죽기 직전, 문득 아내를 시험해 보고픈 생각이 들었다. 그래서 아내에게 자기가 죽은 뒤 시체를 매장하지 말고 강물에 빠뜨리라고 분부했다. 나중에 죽어서 저승에 들어갈 때 그는 자기가 정말로 차디찬 강물에 실려 저승으로 흘러드는 것을 깨닫고 크게 분노했다. 아내가 그렇게 무정하게 정말로 장례를 안 치를 줄은 몰랐다. 이에 그는 저승의 신 하데스에게 잠시 인간 세상에 가서 아내에게 불만을 토로하고 오게 해달라고 간청했다. 하데스는 그의 처지를 동정해 그것을 허락했다. 하지만 인간 세상으로 돌아온 뒤 시시포스는 삶을 탐한 나머지 하데스와의 약속을 잊고 마음껏 살았다. 훗날 제우스가 사자를 파견해 그를 저승으로 압송해 갈 때까지 장수를 누렸다.

전통적인 해석에 따르면 시시포스의 기질과 지난 잘

못 때문에 제우스가 그에게 "사는 게 죽는 것만 못한" 벌을 내리기로 결정했다고 한다. 그의 삶에는 딱 한 가지 일만 남았다. 그 일이 바로 영원히 쉬지 않고 바위를 산 정상으로 밀어 올리는 것이었다.

하지만 시시포스 신화에 대해 카뮈는 시시포스가 신을 경시하고, 죽음을 미워하고, 삶을 사랑했기 때문에 벌을 받은 것이라고 해석했다. 그는 '부조리한 영웅'으로서 그의 열정과 그가 받은 고통은 모두 부조리를 지향했다고 보았다. 그가 영원히 헛수고를 거듭하는 벌을 받은 것은 인간 세상을 사랑하고 인간 세상 밖의 죽음과 천상계를 거부한 탓에 치른 대가라는 것이다.

이어서 카뮈는 대가를 치르고 벌을 받는 시시포스를 구체적으로 묘사한다. 온몸의 근육 하나하나가 당겨진 채 힘껏 바위를 밀어 올리는 그의 표정은 잔뜩 찌푸려져 있고, 뺨은 바위에 밀착되어 있고, 어깨는 바위의 무게를 지탱하고 있으며, 걸을 때마다 발은 땅속에 푹푹 빠지고, 진흙투성이인 두 손은 바위를 꽉 움켜쥐고 있다. 그렇게 헤아릴 수 없는 시간과 먼 거리를 지나 그는 마침내 목적을 이룬다. 그런데 그의 눈앞에서 바위는 순식간에 산 아래로 굴러떨어져 원래 있던 깊은 계곡으로 돌아간다. 그는 다시 산을 내려가 바위를 밀어 올려야 한다.

그는 산에서 내려가기 시작한다. 그런데 카뮈는 그 순간에, 시시포스가 산 정상에서 아래로 내려가야 하는 그 순간에 몹시 마음이 끌렸다. 그 순간의 시시포스는 막 악전고투를 마친 직후이지만 두 뺨은 그야말로 바위와 다를 바 없고 일정하게 내딛는 발걸음은 언제 끝날지 모르는 시련을 향하고 있다. 그 순간은 그의 힘든 수고와 마찬가지로 끊임없이 되풀이될 운명이다.

카뮈는 우리가 흔히 놓치게 마련인 단순한 사실을 발견했다. 거듭 반복해서 바위를 산 위로 밀어 올리려면 시시포스는 당연히 반복해서 산에서 내려가야 한다. 그는 산에서 내려가야만 비로소 다시 바위를 밀어 올릴 수 있다. 우리는 그가 산 위로 바위를 밀어 올리는 고통은 쉽게 감지하지만 바위가 굴러떨어지는 것을 보고 나서 그가 다시 산에서 내려가야 하는 순간은 거의 의식하거나 상상하지 못한다.

카뮈는 이렇게 상상하고 단언했다. "산꼭대기를 떠나 신들의 처소로 점차 깊숙이 내려가는 순간순간 시시포스는 자신의 운명보다 우월하다. 그는 자신의 바위보다 더 강하다."

이것은 무엇 때문일까? 그 순간이 '의식의 순간'이기

때문이다. 시시포스는 자신의 운명을 똑똑히 의식한다. 바위가 굴러떨어지는 것을 바라보는 그 순간, 그는 더할 나위 없이 잘 알고 있다. 자신의 앞선 노력이 헛수고였고 과거와 미래의 모든 노력이 다 헛수고가 될 운명이라는 것을. 바위를 밀어 올릴 때는, 그런 노력의 과정에서는 사람은 뭔가 계획대로 움직이고 있다고 착각하게 마련이지만 굴러떨어지는 바위와 깊고 어두운 계곡을 마주하면 그 착각은 사라져 버린다. 시시포스는 자신이 헛수고할 운명이라는 것을, 끝없이 희망 없고 의미 없는 노력을 반복하리라는 것을 의식한다.

그 순간, 그에게는 희망이 사라지고 운명적인 사실만 눈앞에 남는다. 다시 말해 그는 희망에 의존할 수도, 의존할 필요도 없다. 이제 운명을 직시하며 살아가는 그는 "운명보다 더 우월하고 자신의 바위보다 더 강하다."

오이디푸스의 비극

카뮈는 특별히 시시포스의 신화가 짙은 비극성을 띠고 있다고 일깨운다. 그 비극성과 비극적인 느낌은 어디에서 비롯될까? 자기가 산 정상에 바위를 올려 놓기를 실패할 운명이라는 것을, 산에 올라가도 다시 내려올 운명이라는 것을 그 스스로 똑똑히 알고 있는 데서 비롯된다. 성공할 수도 있다는 희망을 품고서 그가 바위를 밀어 올린다면 비극이라고 할 만한 게 있을 수 있을까?

여기에서 카뮈가 말하는 '비극'은 확실히 고대 그리스의 비극이다. 우리는 흔히 그것을 이해하기 어려워하고 또 오해하곤 한다. 비극이란 무엇일까? 고대 그리스인에게 비극은 남자 친구와 헤어지거나 강아지가 갑자기 죽거나 차가 길에서 퍼지는 등의 무슨 재수 없는 일 같은 게 아니었다. 그리스 비극은 인간과 신과 운명 사이의 관계에서 나왔다. 그중 운명이 가장 강력하고 무서워서 신조차 운명의 조종에 저항할 수 없었다. 그리고 인간은 운명에 휘둘리는 것 외에 천상의 신에게도 희롱당했다. 때로는 신의 노여움을 샀고 때로는 신의 변덕에 희생되었다. 인간의 삶과 처지는 스스로 결정하고 주관할 수 없는 게 너무나 많았다.

하지만 그리스인이 비극을 통해 표현하려던 것은 인간이 인간일 수 있는 까닭, 즉 결정할 수 없고 주관할 수 없다는 것을 알면서도 어떻게든 자기 삶을 결정하고 주관하려 노력한다는 것이다. 반항하고 거부해도 전혀 소용없다는 것을 알면서도 항상 몸부림치며 반항하고 거부했다. 이것이 바로 비극이었다. 안 된다는 것을 알면서도 할 뿐만 아니라, 하면서도 끊임없이 안 된다는 일깨움을 받는 것이다. 이런 비극관에 따라 카뮈는 유명한 그리스 비극인 오이디푸스 이야기를 끌어 썼다.

오이디푸스는 테베에서 태어났는데 아버지는 테베의 국왕, 어머니는 왕후였다. 그런데 불행히도 그는 태어나자마자, 아버지를 죽이고 어머니를 아내로 삼을 것이라는 예언을 들었다. 그것은 정말 무시무시한 예언이었다. 예언이 실현되는 것을 막기 위해 아버지는 그를 부하에게 맡겨 먼 곳으로 데려가 죽이라고 했다. 오이디푸스가 죽으면 당연히 그가 아버지를 죽이고 어머니를 아내로 삼는 것도 불가능했다.

하지만 그 부하는 차마 그렇게 어린 오이디푸스를 죽일 수가 없어서 산속에 살던 양치기에게 맡겼고 그 양치기는 또 슬하에 자식이 없던 코린토스의 왕에게 맡겼다. 그래서 오이디푸스는 코린토스 왕자의 신분으로 성장했다. 그런데 어른이 되고 나서 또다시 자신이 아버지를 죽이고 어머니를 아내로 삼을 것이라는 신탁을 받는 바람에 그는 깜짝 놀라 코린토스를 떠나기로 결심했다. 그렇게 평생 부모를 보지 않는 것으로 예언이 실현될 여지를 없애려 했다.

집을 떠나 유랑을 하던 오이디푸스는 세 갈래로 길이

나뉘는 곳에서 시종들을 데리고 다니는 한 사람과 마주쳤다. 그런데 그 시종 중 한 명과 시비가 붙은 그가 격분을 참지 못하고 그들 모두를 몰살시켜 버렸다. 이때 그가 죽인 사람 중 한 명이 바로 그의 생부인 테베의 왕이었다.

오이디푸스는 계속 유랑을 하다가 테베성에 이르렀다. 당시 테베는 마침 재난의 공포에 떨고 있었는데, 사자의 몸과 사람의 얼굴을 가진 괴물이 성문 앞에 도사리고 있었다. 그 괴물은 성문을 드나드는 사람에게 수수께끼를 내서 풀지 못하면 잡아먹어 버렸다. 그 수수께끼는 "어려서는 발이 네 개이고 자라서는 발이 두 개이며 늙어서는 발이 세 개인 동물이 무엇이냐?"는 것이었다. 테베성 사람들은 모두 수수께끼를 풀지 못하고 차례로 수난을 당했다. 하지만 오이디푸스는 재깍 "그것은 사람이다!"라고 답하여 테베를 위기에서 구해 주었다.

테베 사람들은 오이디푸스를 영웅으로 보았고 게다가 왕이 막 죽은 상황이어서 그를 왕위에 앉혔다. 왕위에 오르며 그는 본래의 왕후를 아내로 삼았으니, 그 왕후가 곧 그의 생모였다.

10년이 흐른 뒤, 테베성에는 또 다른 재난이 닥쳤다. 성안에 전염병이 돈 것이다. 이때 신탁이 내리길, 테베인이 선대왕의 원수를 갚지 못하고 그를 죽인 범인도 잡지 못해 재난이 생긴 것이라고 했다. 이에 오이디푸스는 자신이 진상을 밝혀 테베인을 위해 전염병의 재난을 없애겠다고 맹세했다. 그 후, 그의 끈질긴 조사로 진상이 드러났다. 그 자신이 바로 범인이었고 나아가 그는 아버지를 죽였을 뿐만 아니라 어머니를 아내로 삼기까지 한 것이다.

오이디푸스는 "아버지를 죽이고 어머니를 아내로 삼을" 운명이었다. 이 일은 일찍부터 예언의 형식으로 전해졌으므로 예언과 관련된 자들은 이 불가사의한 화를 피하고 되돌리기 위해 온갖 노력을 다 기울였다. 하지만 모든 일이 끝나고 나서 보니 그들이 스스로 옳다고 생각해 실행한 일들은 전부 예외 없이 오이디푸스가 아무것도 모르는 상황에서 생부를 죽이고 생모를 아내로 삼도록 부채질한 것이 되었다.

오이디푸스의 이야기가 널리 알려지고 중요해진 것은 소포클레스*가 쓴 훌륭한 비극 작품 덕분이다. 그런데 『오이디푸스 왕』이라는 그 유명한 희곡 작품은 전염병이 퍼진 뒤의 테베성을 무대로 설정했다. 시간상 오이디푸스에 대한 운명적 저주가 이미 발생한 뒤였고 그는 그보다 10년 전에 아버지를 죽이고 어머니를 아내로 삼은 상태였다. 그래

* Sophokles(B.C.496~B.C.406). 고대 그리스 3대 비극 작가 중 한 명으로 꼽힌다. 작품으로 『오이디푸스 왕』, 『안티고네』 등이 있다.

서 극의 포인트와 긴장은 그가 어떻게 그 사실을 알고 또 자신이 운명의 장난을 피할 수 없다는 것을 아느냐, 하는 것에 있다.

카뮈는 우리에게 일깨우길, 오이디푸스의 가장 큰 비극은 운명의 수중에 떨어져 "아버지를 죽이고 어머니를 아내로 삼는" 짓을 저지른 것이 아니라 운명에 의해 나중에 그 일을 의식하고 지각한 것이라고 말한다. 만약 세 갈래로 길이 나뉘는 곳에서 자기가 죽인 사람이 자신의 생부임을 끝내 몰랐다면, 또 자기가 테베성에 가서 아내로 삼은 왕후가 자신의 생모임을 끝내 몰랐다면 오이디푸스는 아무것도 모른 채 편안히 살 수 있었을 것이다. 하지만 그는 알았고 깊디깊은 절망 속에 던져졌다.

카뮈가 중시하고 부각시키려 한 것은 오이디푸스의 그 절망이다. 고통 속에서 스스로 두 눈을 찔러 멀게 하고 홀로 방랑에 나서긴 했지만 그는 계속 살아갔다. 이때 그의 삶의 상태를 사실을 알기 전과 비교하면, 가장 큰 차이는 '절망'이다. 오이디푸스의 삶에는 어떤 희망도 존재하지 않았다. 모든 희망이 제거되어 그와 함께하는 것은 가장 어둡고 고통스러운 절망뿐이었다.

이는 마치 시시포스와 같다. 특히나 바위가 다시 굴러

떨어진 사실을 받아들이고서 그가 추호도 스스로를 속이지 않고 성큼성큼 산 아래로 향할 때와 같다. 카뮈의 설명에 따르면 그 순간 그는 성실하고 용감하다. 비극도 운명도 신의 형벌도 절망을 대하고 받아들이는 그의 성실함과 용기를 앗아 가지 못한다. 그래서 "우리는 행복해하는 시시포스를 상상해야 한다."

희망에 대한 의존에서 벗어난 자유

이렇게 시시포스에 관해 서술하고 추론하는 과정에서 카뮈는 지나가는 말처럼 "매일 똑같은 일을 하는 현대인의 운명은 상대적으로 결코 부조리하지 않다고는 할 수 없다"라고 덧붙인다. 비록 한마디에 불과하지만 우리는 카뮈가 시시포스 신화와 우리의 관계를 어떻게 생각하는지 깨닫고 등골이 서늘해진다. 어떤 의미에서 우리는 모두 시시포스로서 아침에 출근하고 저녁에 퇴근하며 똑같은 일을 반복하고 있다는 것이다. 생각해 보면 우리와 시시포스가 무슨 차이가 있을까? 필시 우리는 일을 하면서 온몸이 진흙투성이가 되거나 수시로 힘을 쓰느라 인상을 잔뜩 찌푸릴 필요는 없다. 하지만 이것은 진정한 차이, 중요한 차이는 아니다. 진정한 차이는 자신이 반복적으로 헛수고한다는 것을 잘 모르거나 그것을 인정하고 싶어 하지 않는 데 있다. 우리는 성공의 희망을 품은 채 우리가 매일 하는 일이 다 의미가 있다고 자신을 스스로 속인다.

우리의 부조리는 삶의 부조리를 모르고 인정하지 않는 데 있다. 그래서 우리의 삶 속에는 시시포스가 바위가 굴러떨어지는 것을 보면서 성실하게 헛수고와 희망 없음을 마주하는 그 순간이 없고 시시포스의 그 성실함과 용감함도 없다. 그러니 시시포스의 그 궁극적인 행복도 당연히 없다.

시시포스를 동정할 필요는 없으며 그의 처지에 호들갑을 떨 필요는 더더욱 없다. 그러기 전에 먼저 생각해 보자. '내가 바로 하루 또 하루 산 위로 바위를 밀어 올리는 시시포스인데도 여태 그 사실을 인정하지 못하고 거짓과 기만의 희망 속에서 사는 것은 아닐까?'

시시포스는 자신이 부자유하다는 것을, 구속과 형벌을 받는다는 것을 알고 있었다. 하지만 우리는 그것을 알지 못하고 알려고도 하지 않는다. 차라리 갖은 변명을 다해 자기가 자유롭다고 믿는다.

이것이 실존주의의 패러독스이다. 시시포스는 용감하게 자신이 부자유하다는 것을 알고 인정하여 자기 자신에게 특별한 자유를 주고 성실함과 용감함이 가져다주는 행복을 획득했다. 그런데 우리 보통 사람은 자신의 부자유와 대면하는 게 두려워 갖가지 연막과 희망 속에서 살면서 오히려 더 자유롭지 못하다.

카뮈의 실존주의는 시종일관 도발적이고 도전적인 의미를 띠고 있다. 그는 우리의 눈을 찾아내 뚫어지게 응시하며 우리가 회피하지 못하게 한 뒤 "당신이 감히 볼 수 있는지 두고 보겠어!"라고 다그친다. 우리가 익숙한 연막과 희망에서 과감히 벗어나 잔혹한 실상을 보도록 도발하고 도전하는 것이다.

소포클레스의 『오이디푸스 왕』을 보면 장님 예언가를 데려와 도대체 누가 테베의 선대왕을 죽였는지 묻는 장면이 나온다. 장님 예언가는 오이디푸스에게 묻지 말라고 하며 입을 다문다. 하지만 오이디푸스는 집요하게 말을 시키면서 심지어 "네가 말을 안 하면 그건 네가 범인이라는 뜻이다!"라고 협박한다. 이에 격노한 예언가는 결국 '누구도 감당할 수 없는 진실'을, 즉 범인은 오이디푸스라고 폭로한다.

『오이디푸스 왕』에는 왕후가 코린토스에서 온 사신의 얘기를 옆에서 듣고 진상을 짐작하는 장면도 나온다. 그녀는 고통스러워하며 오이디푸스에게 "더 묻지 마세요, 당신은 그런 것을 알 필요가 없어요"라고 권한다. 하지만 오이디푸스는 끝까지 캐물으려 한다.

『오이디푸스 왕』을 다 읽고 결과를 알고 나서 위의 두 부분을 떠올리면 우리 마음속에는 어떤 의문의 목소리가 또렷이 울려 퍼질 것이다. '그래, 더 안 묻고 더 조사 안 해도 됐잖아. 왜 굳이 알려고 한 거지? 몰랐으면 아무 일도 없었을 것 아냐.'

카뮈는 특별히 우리 마음속의 이 목소리를 겨냥해 질문을 던진다. "당신은 차라리 모르기를 원하는가? 당신은 차라리 모르고 또 모르는 척하기를 원하는가? 당신은 얼마나 알기를 원하는가? 당신은 감히 얼마나 알고 있는가? 당신은 감히 자신에 대해 어느 정도나 성실히 인정하고 있는가?"

아는 것과 모르는 것은 서로 완전히 다른 두 가지 인생을 낳는다. 인생의 다른 사실들이 전부 똑같이 유지되더라도 그렇다. 오이디푸스가 그 명백한 증거이다. 그의 인생은 결코 "아버지를 죽이고 어머니를 아내로 삼은" 날에 바뀐 것이 아니다. 자기가 "아버지를 죽이고 어머니를 아내로 삼은" 것을 안 날에 바뀌었다. 마찬가지로, 다시 엘리아스 카네티의 말을 인용해 설명한다면 똑같은 수명을 살아도 자기가 언제 죽을지 알 때와 전혀 모르거나 알기를 원치 않을 때 우리가 사는 방식은 완전히 다를 수밖에 없다. 이것은 오늘날까지 논쟁이 끝나지 않은 의학 윤리상의 문제이기도 하다. 환자에게 완전히 솔직하게 병세를 통보해야 하는가? 자기가 암 말기라는 것을 환자에게 알려야 하는가, 아니면 숨기고 가족에게만 말해 줘야 하는가? 이 문제가 해결되지 않는 것은 확실히 아느냐 모르느냐가 인간의 태도와 행위에 지대한 영향을 끼치기 때문이다.

시시포스에게는 어떤 자유가 있는데 그것은 희망에 대한 의존에서 벗어난 자유 또는 자기 자신에 대한 거짓말과 기만에서 벗어난 자유이다. 그는 바위를 미는 일이 형벌이고 저주임을 알고 있고 바위를 산 정상에 올리는 일이 성공할 리 없다는 것을, 산 정상에 올려도 금세 굴러떨어지는 바위를 따라 다시 산 밑으로 내려가야 한다는 것을 똑똑히 잘 알고 있다.

그는 "이번에 바위를 정상에 올리면 똑바로 잘 고정되어 임무를 완성할 수 있을지도 몰라. 그러면 내 노력과 노고는 결과와 성취, 의미가 있게 될 거야"라며 거짓으로 믿는 척하지 않는다. "오늘도 바위를 밀고 내일도 바위를 밀어야 하지만 45세가 되면 그만두고 더 안 밀어도 될 거야"라고 스스로 핑계를 대지도 않는다. 나중에 45세가 돼서도 계속 바위를 밀고 있을 때 또 다른 핑계를 찾아 "부모님이 연로하시고 아이가 아직 어려서 좀 더 바위를 밀어야 하지만 60세가 되면 정말로 그만둘 수 있을 거야"라고 둘러댈 필요도 없다.

카뮈의 판단에 따르면 기만하지 않고 핑계 대지 않는 자유를 갖는 것이 희망과 핑계로 위선적인 자유를 지어내는 것보다 더 고귀하고 가치 있다. "우리가 행복해하는 시시포스를 상상해야 하는" 까닭은, 성실한 삶을 살며 바위가 굴러떨어지는 것을 보면서 그 스스로 기만하지 않는 것을 의식하고 스스로 만족스러워할 때 '행복'이라는 말이 아니고서는 그런 느낌을 상상할 수 없기 때문이다. 바위가 굴러떨어지는 것은 제우스가 내린 형벌이다. 우리는 그것이 무섭고 힘들며 고통스러운 과정이면서도 아무것도 얻지 못하는 헛수고라는 걸 알고 있다. 하지만 카뮈는 그것이 어째서 아무것도 얻지 못하는 헛수고냐고 되묻는다. 그 순간에 시시포스는 삶의 성실함과 거대한 용기를 얻고 자신의 운명을 똑바로 응시하지 않는가? 그런 느낌을 우리는 진정으로 경험해 본 적이 없다. 왜냐하면 우리 중 누구도 시시포스처럼 그렇게 비참한 상황에 빠져보지 않았기 때문이다. 하지만 우리는 상상할 수는 있다. 상상 속에서 '행복'이라고 그 느낌을 명명할 수 있다.

확실히 우리는 시시포스의 상황을 겪어본 적이 없으며 이런 방식으로 시시포스를 바라본 적도 없다. 단지 그가 비참하고 불쌍하다고 생각했을 뿐이다. 그런데 희한하게도 카뮈의 이런 분석을 통해 우리는 정말로 성실함과 용감함이 가져다주는 그 자기만족을 상상하고 이해할 수 있고 또 "우리는 행복해하는 시시포스를 상상해야 한다"는 것에 동의하게 된다.

"해야 한다"라는 것에는 이것이 철학적 사유에서 비롯된 필연적인 결론이지 우연이 아니라는 의미가 깃들어 있다. 오늘 산 정상이 따뜻해서 시시포스가 행복해한다든가, 원래 성격이 활달해서 그가 행복해한다든가 하는 것과 같은, 다른 변수의 영향을 받는 경험적 원칙이 아니라는 것이다. 이런 행복은 삶의 가치에 대한 논리적 사유에 의해 한 단계, 한 단계 추론된 것으로서 필연적으로 그러하고 그럴 수밖에 없다.

카뮈가 말하는 성실함은 우리가 흔히 말하는 상식적인 성실함보다 백배는 더 철저하다. 그것은 타인에 대한 성실함, 자기 자신에 대한 성실함일 뿐만 아니라 자신이 가장 인정하고 싶지 않은 삶의 고통 그리고 운명의 횡포함과 맹목적인 저주를 모두 다 성실하게 대하는 것이기도 하다.

제4장 자학에 가까울 만큼 용감한 실존주의 철학

일상에서 벗어나기 위한 창작

『시시포스의 신화』 세 번째 글은 「부조리한 창작」이다. 이 글은 '창작'에 관해, 그중에서도 '소설 창작'에 관해 언급한다. 카뮈는 부조리의 개념을 통해 창작이 도대체 어떤 것인지 새롭게 정리하고 정의를 내린다.

우리는 부조리 속에서 사는데도 왜 과거에는 그 부조리를 자각하지 못했을까? 삶에서 부조리는 다 어디에 숨어 있는 걸까?

부조리는 일상 속에 숨어 있어 우리는 보지 못하고 느끼지 못한다. 일상과 부조리의 관계에 대해서는 사르트르가 카뮈보다 더 분명하게 말한 바 있다. 그는 『존재와 무』에서 설명하길, 의식은 본래 개별적이고 혼란하므로 그 개별적이고 혼란한 의식들 속에서 의식하는 사람을 찾아내려면 인간은 반드시 의식의 개별성과 우연성을 제거하고 '무화'無化시켜 어떤 질서로 대체해야만 한다고 했다. 그래야만 우리는 비로소 안심하고 느낄 수 있다는 것이다. 모든 의식을 받아들이고 있는 하나의 '주체', 하나의 '자아'가 바로 우리 자아의 기원이다.

사르트르의 비교적 엄밀한 철학적 추론을 통해 보면 부조리는 어디에 숨어 있을까? 각 개인의 자아 형성 과정에 숨어 있다. 우리는 반드시 본래의 사실적이고 무질서한 혼란을 제거하고 그것을 체계적인 질서로 대체해야만 비로소 자아를 지각하고 의식하는 한편, 그 혼잡한 의식의 한쪽 끝에 하나의 총체적인 '자아'의 존재가 있다는 것을 확인하고 믿을 수 있다. 부조리의 혼란한 현실은 우리의 자아의식에 저촉되므로 그것을 정리해 숨기지 않으면 자아가 있을 수 없다. 적어도 견고하고 안정적이며 삶의 근거로 기능하는 자아는 있을 수 없다.

카뮈는 부조리가 어디에 있는지 사르트르처럼 그렇게 정면으로 설명하지는 않고 전혀 다른 방향에서 논의를 전개한다. 인간은 왜 창작을 하고, 또 언제, 어떤 상황에서 창작을 할까? 그는 인간이 일상에서 벗어나기 위해, 평소의 습관적인 상태에서 벗어나기 위해 창작을 한다고 말한다. 일상과 습관적인 상태는 참되지 않으며 우리 스스로 만들어 낸 희망과 거짓말로 가득하다. 창작은 특별히 예술 창작을 가리키며 우리를 일상에서 떼어 내면서 동시에 그 끝없는 거짓말에서 멀어지게 한다.

인간에게 창작의 욕망이 있고 인간의 환경 속에 예술이 존재하는 것은 우리와 일상 사이의 긴장을 의미한다. 스스로 느끼지는 못하더라도 우리는 정말로 일상 속에서 항상 편안히 머물지는 못한다. 왜냐하면 그것은 진실이 아니라 희망과 거짓말로 복잡하고 면밀하게 구축된 허구의 질서이기 때문이다. 하지만 아무리 복잡하고 면밀하더라도 진실이 아닌 일상은 허점과 비정상적인 부분이 있게 마련이다. 예술은 일상에서 벗어나고 일상에 충격을 주므로 예술 속에서 우리는 일상으로 가려진 부조리를 감지할 기회를 잡는다.

글에서 카뮈는 특별히 창작이 뭔가를 바꾸지는 못한다고 강조한다. 하지만 그렇다고 해서 그가 창작이 허망하다거나 무의미하다고 주장하는 것은 아니다. 단지 그가 보기에 창작의 목적과 효과는 새롭고 존재한 적이 없는 어떤 것을 만드는 데 있는 게 아니라 우리가 부조리를 보게 하는 데 있다는 것이다. 부조리는 창작자가 만들어 내는 것이 아니고 일찍부터 그 자리에 있었다. 그런데 일상에 눌리고 가려지는 바람에 우리는 창작에 의지해 인간을 일상에서 떼어 내야 비로소 그것을 밖으로 드러낼 수 있다. 이는 마치 힘을 들여 침대를 옮겨야 침대 밑에 숨겨진 뭔가를 찾아낼 수 있는 것과 같다. 그리고 그렇게 힘을 들이는 것은 당연히 본래 침대 밑에 없던 것을 만들어 내기 위한 것이 아니다.

인간에게 작품을 보여 주는 것이 아니라 부조리를 보여 주는 것이 카뮈가 주장하고 추구한 창작의 가치이다. 창작은 목적으로 변할 수도 없고 변해서도 안 된다. 목적으로 변하는 순간, 창작도 인간에게 새로운 희망을 제공하고 기만에 참여하게 한다. 카뮈가 보기에는 희망을 제공하지 않고 부조리를 밝히고 드러내는 데만 주력하는 창작만이 진정한 창작으로서 가치를 지닌 것이다.

확실히 카뮈는 이런 관점으로 자신의 창작을 대했다. 그의 주관적 가치 안에서 『이방인』은 틀림없이 인간을 일상에서 떼어 내 부조리를 볼 수 있도록 돕는 예술 창작이었을 것이다.

시간 맞춰 기차를 타려 하는 벌레

『시시포스의 신화』에서 카뮈가 직접적으로 자신의 『이방인』을 언급하는 부분은 없다. 그런데 카프카에 관해 이야기한 글이 한 편 실려 있다.

프란츠 카프카*의 가장 유명한 소설은 「변신」이다. 그레고르 잠자는 어느 날 잠에서 깨어나 자신이 거대한 벌레로 변해 있는 것을 깨닫는다. 누운 채 아무리 다리를 버둥대도 몸이 뒤집히지 않았다. 그는 마음이 조급했다. 어서 몸을 뒤집지 않으면 기차를 놓칠 것 같았기 때문이다. 시간 맞춰 기차를 타려 하는 벌레라니!

이런 서두를 보면 우리는 무심코 "너무 부조리해!"라고 말하기 쉽다. 하지만 잠시 멈추고 진지하게 자기 자신에게 물어보자. 우리는 "너무 부조리해!"에서 '부조리하다'는 말을 어떤 뜻으로 하는 것일까? 소설 속의 어떤 내용 또는 어떤 성격이 우리에게 그것이 부조리하다고 여기게 한 걸까?

카프카가 현실에서는 있을 수 없는 이야기를 썼고 스토리와 현실의 간극이 너무 커서 부조리한 것일까? 확실히 우리 중 누구도 살다가 갑자기 벌레로 변할 리는 없다. 하지만 비현실적인 것은 서술한다고 해서 전부 「변신」을 읽

---

*Franz Kafka(1883~1924). 오스트리아·헝가리 제국 보헤미아의 프라하 출신 유대인 작가. 사르트르와 카뮈가 실존주의 문학의 대표 작가로 평가했다.

었을 때처럼 부조리한 느낌을 자아내는 것은 아니다. 예를 들어 『해리 포터』를 보면 호그와트 마법학교에서 열린 퀴디치 경기에서 여러 학교 선수들이 마법 빗자루를 타고 하늘을 날아다니는 광경이 나온다. 이것도 당연히 현실에서는 있을 수 없는 일인데도 우리가 『해리 포터』를 읽으며 부조리하다고 느끼지는 않는다. 오히려 해리 포터가 그 약삭빠른 골든 스니치를 찾고 쫓아다니는 것을 신이 나서 응원한다.

「변신」의 부조리함은 대부분 잠자의 반응에서 기인한다. 벌레로 변했는데도 그는 여전히 기차를 타고 출근할 생각을 하고 있는 것이다! 거대한 벌레가 가죽가방을 들고 기차를 타고 가서 사무실에 들어가는 것을 상상해 보라. 우리는 마음속으로 '너무 황당해!'라고 소리치지 않을 수 없을 것이다. 어째서 그는 자기가 벌레가 됐다는, 이 엄청나고 절실한 일부터 걱정하지 않는 걸까? 어째서 그는 경악하며 "도대체 내 몸에 무슨 일이 생긴 거지?", "어떻게 해야 정상적인 인간으로 돌아갈 수 있는 거야?"라고 묻는 대신에 출근 기차를 놓치는 것만 염려하는 걸까?

카프카의 문학적 힘은 우리 마음속의 그 부조리한 느낌을 일깨우는 데 있다. 극적인 과장으로 카프카는 우리 마음속 깊은 곳의, 스스로 인정하고 싶지 않고 용감하게 대면하고 싶지 않은 어느 은밀한 곳에 의심의 씨앗을 뿌린다.

"그런데 내 보통 일상생활의 판단에도 비슷한 부조리가 있지는 않을까? 입장을 바꿔 내가 아침에 일어나 벌레로 변해도 잠자처럼 회사에 늦어 상사에게 싫은 소리를 들을까 봐 염려하지 않는다는 보장이 있을까? 그런 부조리는 정말로 나와 거리가 멀까? 부조리와 일상, 이 양자 사이에 단단해서 뚫릴 리도 무너질 리도 없는 장벽이 서 있는 게 맞을까?"

그 순간에 한 인간, 적어도 인간의 의식을 가진 존재였던 잠자에게 가장 특별하고 유일무이했던 일은 자신이 벌레로 변한 것이었다. 하지만 그가 생각하고 신경 쓴 일은 그게 아니었다. 거꾸로 자신과 다른 수백, 수천만의 샐러리맨에게 동일한 일, 즉 어떻게 출근하고, 어떻게 지각하지 않고, 만일 지각하거나 심지어 결근하면 어떻게 상사에게 해명할 것인지에 계속 집중했다. 그 순간에 그는 자기 자신을 뛰어넘고 자신의 실질적이면서도 특수한 존재를 뛰어넘고서 단지 '보통의 샐러리맨'이라는 정체성으로 계속 존재했다.

이것은 매우 부조리하다. 그때 잠자는 자기 삶을 제어

할 능력을 잃고 자신이 한 마리 벌레로 변한 사실을 이해하지도 신경 쓰지도 못하는 상태에서 오직 남이 기대하는 자신만을 신경 썼다. 그것은 시간 맞춰 기차를 타고 정시에 출근하는 사람이다. "시간 맞춰 기차를 타고 정시에 출근한다"는 외적인 존재 정의가 벌레로 변한 사건을 뛰어넘어 잠자를 통제했다.

우리가 벌레로 변할 리는 없지만 항상 잠자처럼 다른 사람의 기대를 자기 존재의 정의로 삼는다. 카프카의 부조리는 어떤 기괴하고 아득한 것이 아니다. 마치 먼 곳으로 통하는 터널처럼 보이는데 들어가서 계속 가다 보면 결국 자기 자신으로 돌아온다. 잠자의 부조리는 바로 우리 자신의 부조리다. 우리는 우리의 삶을 똑바로 보고 만약 벌레가 돼도 벌레의 정체성으로 살아가는 방식을 찾아낼 수 있는가? 아니면 자기가 도대체 무엇인지를 계속 무시한 채 다른 사람과 똑같은 삶을 사는 데만 정신이 팔려, 벌레가 됐는데도 시간 맞춰 기차를 타고 출근하는 것만 생각할 것인가?

「변신」에서 잠자가 본래 살아가던 '인간의 삶'이 지닌 가장 중요한 의미는 그것이 '벌레의 삶'이 아니라는 데 있었다. 벌레가 됐는데도 계속 '인간의 삶'을 살려 하면서 벌레가 된 자기 존재를 똑바로 보지 못한 것, 이것이 부조리다.

카뮈는 우리에게 일깨우길, 카프카가 표현하고 전달하는 부조리성은 소설 속에 있지 않고 소설의 허구를 통해 우리를 일상에서 벗어나게 함으로써 본래 우리에게 익숙한 갖가지 가설을 떠나 그 가설들 밑에 숨겨진 부조리한 사실을 보게 하는 데 있다고 한다.

"시간은 우리의 아름다움을 거들떠보지 않는다"

카뮈의 글쓰기는 부조리가 기점이고 부조리의 핵심 요소 중 하나는 바로 죽음이다. 1960년, 카뮈는 한창나이에 자동차 사고로 요절했다. 그 사고 경위는 거의 실존주의적 스토리 같다.

카뮈는 파리를 떠나 기차를 타고 낭트에 갔고, 그곳에서 돌아오는 기차표를 끊어 놓았다. 낭트에서 그는 프랑스의 대형 출판사 갈리마르의 사장을 만났는데 사장이 그가 파리로 돌아갈 승용차를 주선해 주었다. 그래서 카뮈는 사장의 조카인 미셸 갈리마르가 운전하는 승용차를 타게 되었고 그 차가 그만 플라타너스 나무를 들이받는 사고가 났다. 차에는 모두 4명이 타고 있었는데 그중 하필이면, 그때까지도 주머니에 파리로 돌아가는 기차표가 있고 그 자동차를 탈 필요도 없고 타서도 안 됐던 카뮈가 목숨을 잃었다.

그는 자신의 생명으로 실존주의의 고집스러운 신조인 "인생은 무엇인가"를 정석으로 보여 준 듯하다. 인생은 우리가 돌아갈 기차표를 끊었더라도 승용차 안에서 죽지 않는다고 보장할 수 없는 것과 같다. 죽음에 관하여 우리는 어떠한 확신도 갖지 못한다. 그저 가설을 이용해 죽음의 무상함을 거부하고 미루며 자신에게 이렇게 얘기하고 믿게 할 뿐이다. 우리는 돌아갈 기차표를 샀으니 적어도 자동차 사고로 죽을 가능성은 없다고.

아니, 우리는 그런 가설조차 믿지 못한다. 진실이 도래하면 아무리 믿을 만하고 그럴듯해 보이는 가설도 모조리 연기가 되어 사라져 버리고 죽음 그 자체만 남는다.

그해, 카뮈는 겨우 47세였다. 노벨문학상을 받고 나서 3년째였다. 그의 비보를 듣고 얼마나 많은 사람이 놀라서 "그가 어쩌면 그렇게 죽을 수 있지?"라고 외쳤는지 모른다. 하지만 카뮈가 평생 남긴 작품은 이에 냉혹할 정도로 냉정하게 되묻는다. "그렇게 죽을 수 없다면 어떻게 죽을 수 있단 말인가? 과연 '정상적으로' '당연하게' 죽는 방법이 따로 있는가?"

생사의 무상한 부조리성을 꿰뚫어 본 카뮈였지만 자신이 밝혀낸 그 부조리성의 작용으로 그만 그런 방식으로 죽고 말았다.

타이완 작가 뤄즈청羅智成의 연작 시집 『아기의 책』寶寶之書에는 겨우 한 마디밖에 안 되는 짧은 시가 있다. 그것은 "시간은 우리의 아름다움을 거들떠보지 않는다"이다. 이 한 마디는 시가 될 수 있을까? 될 수 있다고 본다. 왜냐하면 단순해 보이는 한 마디로 우리에게 평소 습관이 돼 있는 가설을 뒤틀었기 때문이다. 우리는 항상 아름다운 사물은 남게 마련이며 아름답기 때문에 비교적 오래가거나 아름다움에 의지해 어떤 추상적 영구성을 얻는다는 가설에 익숙해져 있다. 이 가설은 우리를 기분 좋게 하고 삶에 대한 믿음과 용기를 강화해 준다. 그런데 시인은 단도직입적으로 우리의 그런 아름다움에 대한 가설을 깨버렸다.

사물이 그 아름다움으로 말미암아 시간에 저항하여 사라지지 않을 수 있다고 설명해 주는 이치는 어디에도 없다. "너는 내게 얘기했지 / 영원히 나를 사랑한다고 / 난 사랑이 뭔지는 알지만 / 영원은 무엇일까?"라고 타이완 가수 뤄다유羅大佑는 가사를 통해 물어본 바 있다. 그는 이어지는 가사에서 답하길, "지금 네가 하는 말은 다 용기일 뿐이야"라고 했다. 우리가 말하는 '영원'은 순전히 생각에서 비롯된 것으로 어떠한 근거도 합리성도 없다. 우리는 사실 자격

없이 경솔하게 말하고 있는 것이다. 카뮈는 그것이 '용기'가 아니라 오히려 정반대로 '영원'이라는 확고하고 확실하기 그지없는 사실이 없다는 것을 인정할 용기가 없어서 하는 말이라고 이야기할 것이다.

보통 "착한 사람은 왜 일찍 죽을까?", "왜 나쁜 사람은 꼭 장수하는 걸까?"라고들 한다. 하지만 나쁜 사람이라고 '꼭' 장수하는 건 아니다. 그가 얼마나 오래 사는지는 본래 그가 착하고 나쁜 것과는 관련이 없다. 그저 이를 우리가 받아들이고 싶어 하지 않을 뿐이다. 우리는 갖가지 가설을 만들고 진짜라고 믿으며 그 가설들에 의지함으로써 다소 편안해진다.

"왜 카뮈는 그렇게 죽었을까? 그렇게 대단하고 중요한 인물이 허무하게 교통사고로 죽은 데다 같이 차에 탔던 다른 세 사람은 죽지 않았다니! 너무 부조리하다!" 우리는 저절로 이런 생각을 한다.

하지만 카뮈의 작품은 우리에게 깨닫게 해 준다. 진짜 부조리는 그가 47세에 타지 않아도 됐던 자동차에서 죽은 게 아니라, 그가 죽을 리 없고 죽어서는 안 된다고 우리가 생각하는 것이라는 사실을.

자식으로서의 카뮈

카뮈가 사망하고 나서 생전에 완성하지 못한 유고작 『최초의 인간』이 출간되었다. 카뮈를 이해하기 위해 이것은 매우 중요한 작품이다. 소설의 형식으로 그가 알제리에서 자란 경험을 정리했기 때문이다. 이 자전적 소설을 읽으면 카뮈가 평생 아버지를 본 적이 없다는 것을 알게 된다. 그는 1913년에 출생했고 아직 이 세상에 대한 어떠한 이미지도 기억도 없는 상태에서 전쟁이 발발했다. 그의 아버지는 가장 일찍 전쟁에 나가 전사했던 젊은이들에 속했다.

카뮈의 아버지는 알제리에서 멀리 프랑스로 건너가 싸웠고 프랑스의 전장에서 죽은 뒤 프랑스에 묻혔다. 바꿔 말해 카뮈는 살아 있는 아버지를 볼 기회가 없었을뿐더러 성장 과정에서 아버지의 묘지조차 들를 길이 없었다.

『최초의 인간』은 카뮈의 생생한 체험을 그리고 있다. 32세가 돼서야 그는 처음으로 아버지의 묘지에 가 보았다. 심지어 일부러 아버지의 묘지에 간 것도 아니었고 친구에게 방문하러 가다가 우연히 아버지가 묻힌 공동묘지를 지나게 된 것이다. 지나는 길이었으므로 그는 아버지의 묘지를 안 보고 갈 이유가 없다고 생각했다. 그는 공동묘지를 찾았고 무수한 십자가들을 보았다. 비슷비슷한 그 십자가들 밑에는 제1차 세계대전에서 희생된 전사자들이 누워 있었으며 십자가에는 그들의 생몰 연도가 새겨져 있었다. 그는 거기에 서서 아버지의 십자가에 새겨진 숫자를 보고 아버지가 28세에 사망한 것을 알았다. 놀랍게도 자기가 거기 있는 아버지보다 나이가 더 많았다. 나아가 그는 "본래 거기 묻혀 있는 이들이 한 무리의 젊은이들, 심지어 아이들이며 자신의 아버지가 한 명의 아이로 거기 누워 있다는 것을" 깨달았다.

『최초의 인간』은 그의 어머니와 외할머니에 관해서도 서술하고 있다. 카뮈는 사실 외할머니의 보살핌을 받으며 자랐다. 그는 에세이 「알제의 여름」에서 일찍 좀 자라며 할머니가 재촉하던 어린 시절의 추억을 그렸는데, 『최초의 인간』에 와서는 자신과 할머니의 관계를 더 생생하고 뚜렷하게 묘사했다. 카뮈는 어머니와 외할머니와 함께 살기는 했지만 그의 어머니는 괴팍하고 친해지기 어려운 성격의 소유자였기 때문에 그와 사이가 소원했다.

일찍부터 아버지가 부재했고 또 어머니와 사이가 소원했던 것이 카뮈의 삶의 현실이었다. 그의 책을 읽을 때 우리는 꼭 이 현실을 머릿속에 배경으로 넣고 참고삼아야 한다.

『이방인』의 첫 문장은 “오늘 엄마가 죽었다. 혹시 어제인지도 모르는데 잘 모르겠다”로 시작한다. 소설의 주인공이자 화자인 뫼르소의 엄마가 죽었다. 소설 제1부의 핵심 사건은 여기에서 파생된다. 어머니가 죽었는데도 그는 슬픔을 못 느낀다.

그의 어머니는 양로원에서 죽었고 양로원 사람이 전보를 쳐 그 소식을 알렸기 때문에 그는 어머니가 죽은 시간이 오늘인지 어제인지 알 수 없다. 그는 양로원에 가서 어머니의 관 옆에서 밤샘 의식을 치렀고 그때 몇 가지 일이 있었다. 그리고 이튿날 어머니를 매장한 뒤 그곳을 떠났다. 이것이 소설 제1부의 주요 내용이다.

뫼르소가 화자여서 자신이 주관적으로 보고 느낀 것을 서술한다. 그의 서술을 통해 우리는 그와 어머니의 관계가 소원했음을 알게 된다. 그의 어머니는 양로원에서 살았고 또 그는 어머니가 양로원에서 사귄 남자친구 앞에서 어색하다.

그는 억지로 밤샘과 장례식에 참석했으며 계속 위화감을 느꼈다. 그런 의식들이 요구하는 자식의 역할이 진짜 그와는 너무 간극이 컸다. 그에게는 그런 의식들이 기대하고 가정하는, 자식이면 반드시 보여야 할 반응이 부족했다.

처음 만난 양로원 원장부터 간호사 그리고 밤을 새울 때 만난 사람들까지 모두 뫼르소가 만족시킬 수 없는 기대와 가정을 가지고 그 앞에 나타났으며 무의식적으로 또 그런 기대와 가정으로 그를 대하고 판단했다. 제1부에서 뫼르소는 아래와 같이 말한다.

> 그들은 자리에 앉자 차례로 나를 향해 어색하게 머리를 끄덕였다. 그들은 입술이 이가 없는 입속으로 다 말려 들어갔기 때문에 나는 그들이 내게 인사를 한 것인지, 아니면 무의식중에 혀를 찬 것인지 알 수 없었다. 아마도 인사를 했을 것이다. 나는 그들이 모두 관리인을 둘러싼 채로 나와 마주 보고 앉아 머리를 가볍게 흔들고 있다는 것을 알아챘다. 순간 내 마음속에 어처구니없는 생각이 떠올랐다. 그들이 나를 심판하기 위해 온 것 같았다.

제2부에 이르면 이런 느낌이 사실 그렇게 부조리하지 않다는 것을 이해할 것이다. 어떤 의미에서 그들은 확실히 뫼르소를 심판하기 위해 거기에 간 것이었다. 제1부에서 우리는 뫼르소의 주관적인 인상만 접하지만, 제2부에 가서는 그들이 심판한 의견이 법정에서 객관적 사실로 바뀐다.

똑같은 그 밤샘의 경험이 소설 속에서 두 번 묘사되는데 한 번은 뫼르소의 주관을 통해, 다른 한 번은 법정에서 다른 이들의 판단을 거쳐 묘사된다. 이 두 가지 묘사는 아주 판이하다.

존재의 난제

어떤 사람이 남들의 기대에 맞춰 어머니의 죽음에 슬픔을 느끼거나 표현하지 못하는 것을 보여줌으로써 카뮈는 우리 일상생활 속의 갖가지 부조리를 폭로하려 했다.

『이방인』은 지금으로부터 70여 년 전인 1942년에 출판되었다. 그 70여 년의 세월은 큰 변화를 가져왔고 그중의 몇 가지 변화로 인해 오늘날 우리는 어머니의 죽음에 대한 뫼르소의 반응을 읽어도 그렇게 놀라거나 충격을 받지 않는다. 하지만 70여 년 전에는 동양 사회뿐만 아니라 프랑스 사회도 가까운 사람의 죽음을, 특히 부모의 죽음을 대단히 심각하고 엄숙하게 받아들였다. 그때는 프랑스 사회에서조차 부모를 잃은 자식에 관한 명확하고 고정된 이미지가 존재했다. 그들이 하나같이 슬프고, 아프고, 혼란스럽고, 제정신이 아니어서 온전하고 냉정하게 정상적인 반응을 유지할 수 없다고 보았다.

『이방인』은 당시의 프랑스인들에게 강한 충격을 안겨 카뮈가 의도했던 효과를 거뒀다. 그는 일반적인 생활 속에서 외적인 기대와 가정 그리고 다른 사람의 눈으로 규정된 우리와 우리의 내적인 진실 사이에 얼마나 큰 격차가 존재하고 존재할 수 있는지 프랑스인들에게 보여 주었다.

우리는 어떻게 이 사실을 대해야 할까? 아니면 한 걸음 물러나서 먼저 우리 자신에게 이 사실을 알고 인정할 용기가 있는지 물어봐야 할 것이다. 우리는 사실 많은 경우, 살면서 남들의 기대를 상상하고 그것에 영합해 스스로를 조정하면서 비루하고 소심하게 남들이 원하는 이미지를 표현하고 연출하지 않는가?

카뮈는 우리의 참된 감정과 남들의 규정 사이에는 보통 차이가 존재하는데도 우리는 그런 일이 있는 것을 못 본 체한다고 지적하려 했다. 그런 차이가 나타나면 거의 예외 없이 우리는 남들의 규정을 못 본 체하기보다는 자신의 참된 감정을 못 본 체한다. 우리는 자신의 감정을 희생하는 쪽을 택하여 핑곗거리를 찾아 진실을 덮고 묻어 버린다.

그런데 뫼르소의 처지와 상황은 우리가 힘들여 만든 위장과 엄폐물을 무자비하게 해체시킨다. 그는 일부러 애써 남들과 달라지려 한 것도, 자아에 충실한 선택을 하려고

한 것도 아니었다. 그는 다른 모든 이와 마찬가지로 우선은 애써 다른 사람들과 어울리려 했지만 결국 완벽한 자기 위장은 하지 못했다. 다시 말해 부분적인 실패로 인해 엄청난 재난을 맞이했다.

실존주의는 대단히 용감하며 때로는 용감한 것을 넘어 자학에 가까워 보이는 철학이다. 이 철학은 진정으로 존재의 문제를 해결하는 가장 중요한 방법이 가장 두렵고 마주하고 싶지 않은 사물을 똑바로 보도록 피할 수 없게 사람을 몰아붙이는 것이라고 주장한다. 더는 피하지 않고 성실하게 눈을 크게 뜨고서 똑바로 봐야만 우리는 진정으로 존재의 난관을 통과할 수 있다는 것이다. 과거의 철학이 택한 설명의 태도는 존재를 처리하는 데 아무 도움이 안 됐을 뿐만 아니라, 더 많은 에두르는 길과 더 많은 은폐의 그늘을 제공해 사람들이 진정한 문제에서 벗어나지 못하게 하고 또 진정한 곤경을 못 본 체하게 만들었다.

'strange'와 'estranged'

카뮈의 소설 『이방인』은 수많은 중국어 번역본이 있고 또 두 가지 제목이 있다. 타이완에서는 보통 『이방인』으로 통하고 중국에서는 보통 『국외자』로 번역된다. 중국어에서 '이방인'과 '국외자'는 느낌이 다르다. 어느 쪽이 상대적으로 더 적합하고 프랑스어의 본래 의미에 가까울까? 그리고 더 중요하게는, 어느 쪽이 상대적으로 더 카뮈의 생각에 가까울까?

프랑스어 제목은 'L'Étranger'(한국어로는 '에트랑제'라고 표기한다)이며 이를 영어로 바꾸면 'The Stranger',

즉 '낯선 사람' 또는 '환경과 어울리지 않는 사람'이다. 영어에서 'stranger'는 형용사 'strange'에서 왔고 'strange'의 동사형은 'estrange'이다. 'estrange'는 무슨 뜻일까? 혹은 어릴 적 영어를 배우던 방식으로 우리가 언제 'estrange'라는 단어를 사용하는지 예를 들어 설명해 보기로 하자.

'estrange'라는 단어는 일상적인 영어 용법에서 주로 수동형의 형용사로 존재하며 가장 자주 눈에 띄는 용법은 'estranged couple'(별거 중인 부부)이나 'his estranged son'(떨어져 사는 그의 아들) 또는 'her estranged husband'(별거 중인 그녀의 남편)이다.

'strange'와 'estranged'는 모두 형용사지만 그 의미는 미묘하면서도 명확한 차이가 있다. 'strange'는 보통 범상치 않고 보기 드문 일을 가리키며 '이상하다', '기괴하다'라는 의미로 해석된다. 그리고 'estranged'는 특별히 변질된 어떤 관계를 가리킨다. 정상적이고 친근한 관계가 소원해지거나 심지어 적대적으로 변한 것이다. 본래 친한 관계가 아닌 행인 A와 행인 B 사이에서는 무슨 일이 일어나도 'estranged'라는 단어를 쓸 수 없다. 이와 상대적으로 아버지와 아들, 어머니와 딸 같은 가족 관계나 어느 국회의원과 그의 선거구민 또는 TV 프로그램 사회자와 시청자 등의 관계에서는 모종의 긴밀하게 연결된 규범이 존재하는데, 만약 그 규범이 틀어지고 파괴되어 긴밀한 연결이 부자연스러워지고 낯설어지면 'estranged'를 써서 정확히 묘사하고 형용할 수 있다.

카뮈가 사용한 프랑스어 제목은 'estranged'의 뜻에 더 가깝고 'stranger'는 아니다. 책 제목을 통해 그가 표현하려 한 것은 본래 그 환경과 무관한, 다른 지역에서 온 사람이 아니다. 본래 그곳에서 괜찮고 안정적이며 당연한 위치에 있던 사람이 뜻밖에도 그 위치에서 벗어나 그 위치가 요구하고, 가정하고, 기대하는 방식의 행위와 사유를 하지 않음으로써 거북하고, 소원하고, 어울리지 않는 괴인이 된 것을 표현하려 했다.

중국어의 '이방인'이나 '국외자'로는 이런 특수한 의미를 번역해 낼 수 없을뿐더러, 영어의 'The Stranger'도 엄밀히 말하면 정확한 제목이 아니다. 만약 좀 더 정확성을 기해 영어 제목을 더 프랑스어 제목에 근접시키고자 한다면 'The Estranged'라고 써야 하겠지만 그렇게 하면 또 영어의 의미가 복수가 되어 '그 소원해진 사람들'을 뜻하게 되니 프랑스어의 확정적인 단수와 '이 사람'의 의미가 사라지고 만다. 또 한 가지 좀 더 복잡한 선택이 있기는 한데, 그것은 일상적인 영어에서는 보기 드문 단어를 택해 'The Estranger'라고 번역하는 것이다. 이렇게 하면 영어 독자들은 그 특수한 지시 의미를 한눈에 알아볼 수 있을 것이다.

중국어에는 '부처반목'夫妻反目이라는 말과 '동상이몽'同床異夢이라는 말이 있다. 모두 부부의 감정이 변질되고 악화된 것을 형용하는 말로서 'estranged'의 의미와 다소 가까운 표현 방식이다. 'estranged'는 반드시 반목을 뜻하지는 않고 대부분의 경우는 냉담과 무감각일 뿐이며 일종의 기이하고 낯선 태도를 형성한다. 아울러 '같은 침대를 쓰는지'(동상) 안 쓰는지는 중요치 않지만 확실히 두 사람이 '다른 꿈'(이몽)을 꾸기는 한다.

부부가 '소원해지는'estranged 것 역시 우리의 사회 관념이 부부가 '같은 침대를 써야 한다'고 끈질기게 규정하고 있을 뿐만 아니라 '같은 꿈'을 꾸는 것까지 요구하기 때문이다. '소원해진' 부부는 바로 남들이 꼭 그래야 한다고 여기는 그 가정에서 벗어난 이들이다. 이렇게 우리는 'L'Étranger'라는 책 제목과 카뮈의 부조리 관념 사이의 관계를 비교적 분명하게 이해할 수 있다.

세계와의 관계에서 소외되고 변이된 인간

'에트랑제'L'Étranger는 '이방인'도 '국외자'도 아니고 세계와의 관계에서 소외되고 변이된 인간을 가리킨다.

그래서 이 책을 읽으면 우리는 먼저 누가 에트랑제인지 분간해야 한다. 그는 틀림없이 책 속의 일인칭 화자 뫼르소일 것이다. 이어서 우리는 그와 세계의 관계에 어떤 문제가 생겼는지 물어봐야 한다.

책의 앞부분에서 그는 자기 어머니의 장례식에 참석하고 일을 처리하면서 일반적인 관습에 제대로 부응하지 못한다. 그리고 제1부의 결말에서는 심각한 범죄를 저지른다. 해변에서 권총으로 사람을 죽이며 다섯 발이나 총탄을 발사한다. 첫발로 아랍인을 쓰러뜨렸고 쓰러진 그 사람의 몸에 네 발을 더 박아 넣었다. 그 네 발의 총탄은 "마치 내가 불행으로 통하는 문을 두드리는 네 번의 짧은 노크 소리 같았다." 제1부는 이 문장으로 마무리된다. 그 네 번의 소리는 확실히 베토벤의 『운명교향곡』 제1악장 서두에서 네 개의 음으로 묶인 주제, 즉 운명이 문을 노크하는 소리를 암시한다.

카뮈의 다른 작품을 읽지 않고도, 카뮈의 철학적 사유를 잘 모르고도, 우리는 소설 속의 이 뫼르소가 그리 정상적이지 않다는 것을 쉽게 느낄 수 있다. 그런데 카뮈의 본래 의도를 생각하며 본다면 더 주의 깊게 뫼르소의 '괴이함'을 다뤄야 한다. 그 괴이함은 부조리와 관련이 있고 심지어 부조리에서 비롯되었다.

뫼르소와 이 세계의 기이한 관계는 그가 자기 삶을 기록하는 방식에 반영되어 있다. 그의 기록은 단편적이다. 여기에서 이런 일이, 저기에서 저런 일이 일어난다는 식이다. 그는 수많은 삶의 단편을 어떠한 방식으로라도 연결해 관계를 만들려 하지 않는다. 그와 그의 주변에 생기는 일들은 하나같이 상호 독립적인 듯하다.

자기 어머니의 장례식에서 그는 특별히 페레스 씨를 주목한다. 양로원의 관례에 따르면 재원자들은 밤샘만 할 수 있고 장례식에는 참가할 수 없었다. 하지만 페레스 씨는 뫼르소의 어머니가 만년에 사귄 남자친구였기 때문에 원장이 관례를 깨고 장례식 참가를 허락해 주었다. 장례 행렬에서 페레스 씨는 무척 눈에 띄었다. 계속 행렬 뒤로 뒤처졌기 때문이다.

> 페레스 영감은 까마득하게 멀어져 드넓은 열기와 연무 속으로 사라졌다. 그가 어디 있는지 찾아보니 길을 벗어나

들판을 가로질러 가고 있었다. 그리고 길은 앞쪽에서 구부러졌다. 알고 보니 길을 잘 아는 페레스 영감이 지름길을 택해 우리를 따라잡으려는 것이었다. 과연 길이 구부러지는 지점에서 그는 다시 우리 대열에 합류했다. 이어서 그는 또 점점 대열을 이탈해 들판을 가로질렀다. 이러기를 여러 차례 반복했다.

이 일이 있고 나서 뫼르소가 기억해 기록한 것은 다음과 같다.

마을 어귀에 도착했을 때 담당 간호사가 내게 말을 건넸다. 그녀의 목소리는 매우 특별했다. 감미롭고 떨림이 있었다. 그녀의 얼굴과는 전혀 딴판이었다.

그녀는 "천천히 걸으면 더위를 먹을지도 몰라요. 하지만 너무 빨리 걸어도 안 돼요. 땀이 많이 나서 성당에 들어가면 오한이 날 거예요"라고 말했다. 이 말은 앞의 페레스에 관한 묘사와 안 어울리며 이 두 사람의 말과 행동도 모두 장례식과는 안 어울린다.

또는 뫼르소의 주관적 묘사와 기록 속에서 우리는 그

가 자기 어머니의 늘그막 연애에 대해 어떤 궁금증이 있는지 전혀 찾아볼 수 없고 페레스가 그렇게 장례 행렬을 쫓아오는 것을 보고서 그가 어떤 특별한 감정을 느꼈는지에 대한 설명도 없다는 점에 주목해야만 한다. 게다가 삶의 그런 궁극적인 체험 속에서 그가 기억해 낸 것은 엉뚱하게도 낯선 간호사의 알쏭달쏭한 말 한마디이다.

페레스의 노력은 뫼르소의 어머니에 대한 그의 깊은 감정을 드러냈다. 그러나 뫼르소는 처음부터 끝까지 그것이 어떤 감정인지 알아보지 않았고 페레스나 다른 사람에게 어머니의 마지막 삶이 어땠는지 물어보지도 않았다. 그는 궁금한 게 없었고 흥미도 없었다. 장의사 인부가 그에게 "안에 있는 분이 어머니인가요?"라고 물었을 때 그는 "네"라고 답했다. 그 사람이 또 "연세가 많았나요?"라고 물었을 때는 "그런 셈이죠"라고 답했는데, 뫼르소는 어머니가 정확히 몇 살인지 몰랐기 때문이다.

자식이 어머니의 죽음에 대해 마땅히 보여야 할 반응을 찾을 수 없고 보통의 글쓰기에 마땅히 있어야 할, 정리 과정에서 의미 있는 것은 취하고 무의미한 것은 제거하여 상대적으로 조리를 갖춘 서술을 찾을 수도 없다. 장례식과 관련해 그가 또 기억하는 것은 아래와 같다.

> …… 성당과 보도 위의 마을 사람들, 무덤 위의 붉은색 제라늄 꽃, 해체된 나무 인형처럼 기절한 페레스, 엄마의 관 위에 뿌려지던 붉은색 흙과 거기에 쓸려 들어간 하얀색 나무뿌리, 사람들, 목소리들, 마을, 카페 앞에서의 기다림, 끝도 없이 붕붕대는 자동차 엔진 소리 그리고 버스가 알제의 밝은 시가지로 들어갈 때 내가 느낀 기쁨, 드디어 집에 돌아가 침대에 누워서 열두 시간 동안 잘 수 있게 되었다는 생각이었다.

혼란한 이미지가 계속 열거되다가 뜻밖에도 '기쁨'에서, 장례식이 끝난 뒤에 느낀 기쁨에서 끝이 난다.

혼란스럽고 얼떨떨한 화자

소설사의 시각으로 보면 『이방인』이 1942년에 출판됐을 때 일반 소설 독자들은 이 소설 초반부의 글쓰기 방식에 적응하는 것이 무척 어려웠고 그래서 강한 인상을 받았다. 비록 제임스 조이스*의 『율리시스』(1922) 같은 모더니즘 작품이 벌써 나타나기는 했지만 제임스 조이스와 다른 모더니즘 작가들은 어쨌든 소수의 실험 예술가로 간주했으므로 일반 독자들은 여전히 소설이 조리 있고 분명한 정보를 전

* James Joyce(1882~1941). 아일랜드 작가. 20세기 모더니즘 문학을 이끈 작가로 평가된다. 대표작으로 『더블린 사람들』, 『율리시스』 등이 있다.

달해야 한다고 기대했다.

일인칭 소설에 대해서는 특히나 더 그랬다. 어떤 사람이 우리에게 자기 주변에서 발생한 일을 이야기하는 것이므로 확실히 그가 하는 말은 모종의 명시되지 않고 명시될 필요도 없는 기준에 따라 선택된 것으로서 이건 얘기하고 저건 얘기하지 않거나, 또 이건 자세히 얘기하고 저건 간략히 얘기하는 데에는 다 그만한 이유가 있다고 보았다. 또한 일인칭 시점으로 쓴 글이므로 독자가 보는 것은 틀림없이 일인칭 화자가 정리를 거쳐 자신의 관점과 의미를 전달하고 표현한 내용이라고 생각했다.

그런데 카뮈는 우리에게 혼란스러운 화자를 제공한다. 그는 자기 주변에서 도대체 무슨 일이 일어났는지 잘 모르며 심지어 자신에게 무슨 일이 일어났는지도, 또 어떤 방식과 어떤 각도로 자신에게 일어난 일을 파악하고 이해해야 할지도 잘 모른다. 그래서 그저 본능적으로 얼떨떨하게 반응하고 나서 역시 본능적으로 얼떨떨하게 기록을 남긴다.

뫼르소는 우리가 보통 당연히 갖고 있다고 생각하는 능력이 부족하다. 그것은 바로 어떤 일이 일어났을 때나 적어도 그 일이 일어난 뒤에 남들이 그 일을 어떻게 생각할지 상상하는 능력과 그런 상상에 맞춰 그 일에 대한 자신의 견해를 조정하고 형성하는 능력이다. 이 능력의 부족이 뫼르소의 부조리를 낳은 원천이다.

그는 어머니의 죽음이라는 사건을 파악하지 못했고 남들이 그의 어머니의 죽음을 어떻게 대하는지도, 그리고 자신이 아들로서 어머니의 장례식에 참석한 의미도 파악하지 못했다. 그는 어머니의 죽음과 자기 여자 친구를 데리고 해변에 놀러간 일 사이의 관계를 파악하지 못했으며 여자 친구가 자신에게 결혼 얘기를 꺼낸 것과 그녀 마음속의 예상과 기대를 파악하지 못했다. 심지어 총으로 사람을 쏴 죽이는 극단적인 일의 의미조차 파악하지 못했다.

뫼르소의 이런 결핍을 통해 카뮈가 일깨워 주려는 것은 본래 우리가 정보에 대한 직관적이거나 이성적인 파악으로 외부 세계와 관계를 수립한다는 사실이다. 우리는 남들이 어떻게 보고 어떻게 생각하는지 알고서 수시로 그런 인지에 맞춰 자신의 행위와 견해를 조정하며 그래야만 우리와 외부 세계의 관계에 문제가 생기지 않는다.

뫼르소는 그러지 못했다. 그는 어리숙해서 자신을 남들의 기대와 가정 속에 집어넣지 못했으며 그래서 외부 세계와의 관계에 틈이 생기고 또 그 틈이 확대됨으로써 결국

외부 세계와의 관계에서 유리된 에트랑제가 되었다.

뫼르소는 자신의 삶을 경험하고 기록할 뿐 설명하지 못한다. 혹은 그가 기록하는 방식에서 우리는 우리의 기대와 마땅히 연결되어야 하는 지점을 찾지 못한다. 이 일과 저 일의 관계, 특히 인과관계나 또는 이 일이 계기가 되어 저 일을 하거나 저 일을 쫓아가는 것 등이 전부 결여되어 있다. 이른바 삶의 의미나 인생의 의미는 일상의 일들이 서로 간에 부여하는 연관성에서 나오므로 가능한 한 각각의 일들이 상호 고립되어 존재하지 않아야만 우리는 안심하고 살아갈 수 있지 않은가.

자신이 출근을 하는 것은 다음 달 초에 월급을 받기 위해서이고, 월급을 받아야 선물을 사서 여자 친구를 기쁘게 해 줄 수 있으며, 여자 친구가 기뻐해야 더 진전된 관계를 약속받을 수 있다. 그래서 함께 호텔에 다녀오면 결혼에 한 발짝 가까이 갔다고 생각하며, 게다가 결혼을 하면 두 사람의 수입을 합쳐 집을 장만할 계획을 세운다. 우리는 이런 식으로 경험을 정리하여 삶과 인생의 의미를 얻는다. 영화를 보러 가고 친구와 술집으로 술을 마시러 갈 때조차 우리는 사실 마음속으로 누가(어머니나 남자친구나 상사가) "왜 가는 거야?"라고 물어보면 뭐라고 대답해야 할지 준비가 돼 있다. 만약 질문을 받았는데 준비된 기존의 답변으로 "왜 가는지" 해명하지 않으면 토라졌거나 뭔가 문제가 있는 것으로 간주된다.

이것은 우리가 '의미의 망' 안에서 모든 일이 연결된, 은밀하면서도 절대적인 기대 속에서 사는 데 익숙해져 있기 때문이다.

장부를 적듯 자기 삶을 기록한 뫼르소

'부조리한 인간'으로서 뫼르소는 우리가 살면서 계속 자신과 남들을 위해 각양각색의 의미를 날조함으로써 나중에 가서는 자신과 남들의 인생의 의미를 구별할 수도 없게 된다는 것을 분명하게 보여 준다. 삶의 의미나 인생의 의미에서 개인과 집단의 구분이 모호해져 버리는 것이다.

보통 사람들은 각종 현상과 행동이 잇달아 계속되는 시간의 흐름 속에서 장부를 적듯 걱정과 불안을 띤 자신의 생활을 기록한다. 사실 "나는 오늘 하루를 장부를 적듯이 보냈다" 같은 말은 결코 긍정적인 표현이 아니다. 의미 없는 기계적 나열을 뜻하기 때문이다.

뫼르소는 장부 속에 사는 데 만족했고 자기성찰 같은 것은 전혀 없었다. 장부 속에 살면서 그저 장부를 적듯 자기 삶을 대하고 기록했다. 그는 카뮈가 『시시포스의 신화』에서 논한 '부조리의 철학'을 근거로 만들어 낸 '부조리한 인간'이었다. 그는 현재 감각이 받아들이는 정보를 인지하고 받아들일 뿐이었다. 그냥 사실대로 받아들이고 어떤 설명도 덧붙이지 않았으며 각 정보 사이의 간격을 메우거나 그것들을 연결해 상호 연관된 의미를 만들려는 시도는 더더욱 하지 않았다.

에트랑제, 이방인, 국외자는 무엇보다도 먼저 '현상학적 인간', 즉 후설의 현상학의 원칙에 따라 존재하는 인간이다. 확증하고 파악할 수 없는 원리 원칙에 대하여 그는 현상학의 가르침에 따라 '판단 중지'와 '판단 유보'의 태도를 취한다. 억지로 아는 체하거나 판단적 성격의 설명을 시도하지 않는다.

이런 사람이 왜 에트랑제라고 불릴까? 어떤 각도에서 보면 우리 같은 사람들은 모두 세계와 명확하고 안정적인 관계이며 그런 인위적으로 해석된 세계 속에 살면서 편안하고 확정된 자리를 얻는다. 하지만 뫼르소에게는 그런 자리가 없었다. 뫼르소와 마찬가지로 그렇게 해석하고 판단할 줄 모르며 또 그러고 싶어 하지도 않는 현상학적 인간에게도 그런 자리는 없다. 그들은 확정된 해석으로 구축된 의미망 바깥에 존재한다.

그 의미망은 우리가 갖가지 '옳고' '정상적인' 삶을 잘 꾸리도록 도와준다. 어떤 일이 중요하고 중요하지 않은지, 어떤 사람을 만나면 어떤 방법으로 대해야 하는지, 어떤 일을 당하면 어떻게 반응해야 하는지에 대해 전부 기성의 편리한 답을 제공해 줌으로써 한편으로는 우리가 직접 찾아야 하는 수고를 덜어 주고 다른 한편으로는 당연히 우리 개개인에 대한 제한과 규범을 구성한다.

각도를 달리해서 보면 에트랑제의 특수한 비정상적 반응은 그런 고정적인 모델과 고정적인 답의 부조리를 대조적으로 드러낸다. 그리고 우리 일반인은 자신의 감수성을 기초로 살지 못하고 마치 노예처럼 그 모델과 답에 따라 살아가며 그것이 대단히 부조리하다는 것을 보여 준다. 그래서 에트랑제의 존재는 역설적으로 질문을 유발한다. 우리가 파편적이고 독립적인 모든 현상을 습관적으로 연결해 만들어 내는 의미와 구조는 정말로 합리적일까? 어떤 의미와 구조에 의지하여 진실과 구체적인 현상과 느낌보다 우월한 지위를 획득해 구체적인 현상과 느낌을 제압하고, 왜곡하고, 더 나아가 제거할 수 있는 걸까?

그런 삶은 과연 성실한가?

불성실한 세계를 향한 도발
뫼르소는 소설 속 허구의 캐릭터이지만 그 허구 속에는 문학적 성분보다 철학적 성분이 더 많고 더 짙게 존재한다. 이 캐릭터를 만들어 낸 것도 대부분 부조리의 철학적 견해를 부각하고 전달하기 위해서이다.

카뮈는 뫼르소를 비자각적인 '성실한 인간'으로 만들었다. 다 자란 성인인데도 그는 시종일관 어떻게 노련하고 원만하고 '불성실'하게 사는지 배우지 못하고 한사코 자신의 '성실함'으로 노련하고 원만한 세계를 향해 도발함으로써 스스로를 헤어 나올 수 없는 심연에 빠뜨렸다.

카뮈는 절대로 뫼르소가 해변에서 총으로 사람을 죽인 것이 옳다고 주장하려던 게 아니다. 이 인물과 살인 사건을 통해 그는 우리가 살인이라는 그 일을 어떻게 평가하고 판단하며 결론짓는지 보여 주려 했다. 우리는 살인 사건 자체에 근거하지 않고 범인 본인의 느낌과 묘사에는 더더욱 근거하지 않는다. 현상들을 연결하고 의미를 창출하는 일련의 고정적인 방법에 근거한다.

뫼르소는 자신이 왜 사람을 죽였는지 설명할 수 없었다. 그것이 가장 진실하고 성실한 그의 입장이다. 햇빛, 백사장, 그 순간의 알 수 없는 충동이 그나마 다른 요소보다는 좀 더 그의 범죄 동기에 가까웠지만, 그것은 보통 사람이 받아들일 수 있는 견해가 아니다. 햇빛, 백사장, 그 순간의 알 수 없는 충동 때문에 사람을 죽인다고? 이게 무슨 헛소리인가!

그들은 뫼르소의 성실한 설명을 받아들일 수 없었고 그래서 사회적 설명 메커니즘을 발동해 그 살인 사건에 '합리적인' 견해를 부여하려 했다. 그 메커니즘의 가장 강력한 작동 방식은 바로 본래 파편적이고 독립적인 현상과 행위를 한데 몰아넣고 상호 연관된 구조로 바꿔 설명하는 것이다. 살인이 일어난 당시의 뫼르소의 느낌과 묘사는 중요하지 않고 채택할 수 없는 게 되어 버린 반면, 그가 어머니의 시신 곁에서 밤을 새우던 때의 태도와 양로원 사람들이 당시 초면이던 그의 행동을 보고 내린 판단이 오히려 더 높은 진실의 등급을 차지했다.

법정에서 뫼르소의 변호사는 그를 변호하면서 "도대체 피고의 죄는 살인입니까, 아니면 자기 어머니를 매장한 겁니까?"라고 발언한 적이 있다. 그는 이 두 가지 일을 분리하려 시도했지만 돌아온 것은 "그렇습니다! 본인은 이 남자가 범죄자의 마음으로 자기 어머니를 매장한 것을 규탄합니다"라는 검사의 반박이었다. 검사에게는, 또는 세속적인 논리에서는 그것은 두 가지 일이 아니라 같은 일이었다. 그래서 검사의 반박은 쉽게 "법정의 사람들에게 엄청난 반응을 불러일으켰다."

이뿐만 아니라 뫼르소가 하느님을 믿는지 안 믿는지도 설명의 중요한 부분이 되었다. 그 일은 예심판사의 사무실에서 일어났다.

> (예심판사는) 몸을 곧추세우고 내게 하느님을 믿느냐고 물었다. 나는 안 믿는다고 부정했다. 그는 분노해서 다시 의자에 주저앉았다. 그러고는 그럴 수는 없다고, 모든 사람은 하느님의 존재를 믿으며 하느님을 저버린 이들조차 그렇다고 했다. 이것이 그의 신념이었고 만약 언젠가 그가 이에 대해 의심이 생긴다면 그의 인생은 무의미해지고 말 것이었다. "당신은 내 인생이 무의미해지기를 바랍니까?"라고 그는 외쳤다. 내가 보기에 그것은 나와 무관했다. 나는 그에게 그렇게 말했다. 내 말이 끝나기도 전에 그는 그리스도의 십자가상을 내 눈앞에 내밀고 조금 실성한 듯 고함을 질렀다. "나는 기독교도이고 당신이 저지른 죄를 용서해 달라고 이분에게 빌고 있습니다. 당신은 어떻게 그리스도가 당신을 위해 수난을 당한 것을 믿지 않을

수 있죠?"

뫼르소는 자기가 하느님을 믿는지 안 믿는지는 판사가 하느님을 믿는지 안 믿는지와 별개의 일이라고, 또 자기가 왜 사람을 죽였는지도 별개의 일이라고 생각했다. 하지만 판사는 그렇게 생각하지 않았다. 세상의 일반적인 의미해석 모델은 그렇게 작동하지 않았다. 이것이 뫼르소의 가장 큰 잘못이었다.

그가 시종일관 얻지 못한 것은 그가 백사장에서 사람을 죽인 것에 대한 사람들의 인정과 용서가 아니었다. 그 일을 사람들이, 하다못해 법정에서라도 사실 그대로 취급해주는 것이었다. 사람들은, 심지어 법정에서조차 그 일을 자신들에게 익숙한 의미망 속에 집어넣고서야 비로소 설명하고, 평가하고, 처리할 수 있었다. 하지만 그러고 난 뒤의 그 살인 사건에 대한 설명과 평가와 처리는 필연적으로 뫼르소가 생각하는 사실에서 벗어났으며, 그가 정리하고 묘사하려던 경위와도 크게 어긋났다.

현상학적 삶의 태도

우리는 현실에서 뫼르소 같은 사람을 찾기는 어렵다. 그는 어머니의 장례와 살인이라는 두 행위 사이의 관계를 느끼지도 이해하지도 못했을뿐더러 모든 현상과 활동이 연결되어 자신의 행위에 담긴 의미가 설명된다는 것을 받아들이기를 거부했다. 그는 단지 카뮈의 소설적 허구 속에서만 존재한다. 마치 잠에서 깨어나 벌레로 변한 그레고르 잠자가 단지 카프카의 소설적 허구 속에서만 존재하는 것처럼.

뫼르소와 '일반인' 사이의 간극이 그레고르 잠자와 일반인 사이의 간극보다 반드시 좁다고 할 수는 없다. 그가 처음 영안실에 갔을 때 무슨 일이 있었는지 살펴보자.

> 관리인이 내 뒤쪽에서 나타났다. 뛰어온 게 분명했다. 그는 좀 헐떡이며 말했다. "잠시 관을 닫아 놓았는데 어머니를 보실 수 있게 바로 못을 빼 드리겠습니다." 그가 막 관으로 다가설 때 나는 그를 제지했다. 그가 내게 물었다. "안 보시려고요?" 내가 답했다. "네." 그가 순간 멈칫했다. 나는 조금 거북해져 그런 말은 하지 말았어야 했다는 생각이 들었다.

그다음에는 장례식이 시작되기 전, 뫼르소는 원장의 사무실에 불려 간다.

원장은 내게 몇 가지 서류에 서명하게 했다. 그는 검은 웃옷에 줄무늬 바지를 입고 있었다. 그가 수화기를 들면서 물었다. "장의사 사람들이 벌써 한참 전부터 와 있습니다. 불러서 관을 봉하게 할 생각인데 그전에 어머니를 마지막으로 보시겠습니까?" 나는 필요 없다고 말했다. 원장은 목소리를 낮춰 수화기에 대고 지시했다. "피자크, 그 사람들한테 관을 봉해도 된다고 하게."

뫼르소는 어머니의 시신을 볼 기회를 두 번 거절했고 그것은 일반인의 행위가 아니었다. 관리인과 원장은 그가 마땅히 보여야 할 반응을 보이기를 기대했으나 그의 대답은 완전히 그 기대를 배반했다. 그래서 관리인과 원장은 놀라움과 난처함 속에서 믿기 어려워했고 장의사 사람들에게 설명하는 것은 더더욱 어려워했다. 뫼르소는 그들이 기대한 답이 정말로 자기가 어머니를 마지막으로 보고 싶어 하는 것이 아니라, 아들로서 어머니를 마지막으로 보고 싶다고 의사표시를 해야 한다는 고정된 행위 모델이었음을 알지 못했다.

그는 막 돌아가신 어머니의 아들 역할과 그 역할에 뒤따르는 행위 그리고 그 행위의 의미를 받아들이고 따르는 것을 거부했다.

집에 돌아온 그는 전에 같은 사무실에서 일했던 마리를 여자 친구로 사귀었으며 그녀는 그의 집에서 밤을 보내고 그와 함께 아침을 맞았다.

> 마리는 내 파자마를 입고서 일부러 소매를 걷어 올리고 있었다. 그녀가 웃는 것을 보니 다시 욕망이 타올랐다. 얼마 후 그녀가 나에게 자기를 사랑하느냐고 물었다. 그 문제는 별로 의미가 없지만 사랑하지 않는 것 같다고 나는 답했다. 그녀는 그 말에 상처를 입은 듯했다.

그리고 며칠 뒤 저녁에 마리가 그를 찾아와 자기와 결혼할 마음이 있느냐고 물었다.

> 나는 상관없다고, 마리가 원한다면 결혼하자고 했다. 그러자 그녀는 내가 자기를 사랑하는지 알고 싶어 했다. 내 대답은 지난번과 마찬가지였다. 별로 의미 없는 문제지만 사랑하지 않는 것 같다고 했다. "그러면 왜 나와 결혼하려고 해?" 마리가 물었다. 나는, 그런 건 정말로 중요하지 않으며 그녀가 결혼하고 싶어 하는데 결혼하면 안 될 게 뭐

가 있느냐고 설명했다. 게다가 그녀가 먼저 물었고 나는 그냥 그러자고 했을 뿐이었다. 그러자 마리는 반박했다. "결혼은 엄숙한 일이라고." 나는 "난 그렇게 생각하지 않아."라고 답했다.

뫼르소가 두 번이나 마리에게 사랑한다고 말하는 것을 거절한 것도 보통 사람이 할 만한 행위는 아니었다. 그런 상황에서 그는 마땅히 애인의 역할에 맞게 마리에게 사랑한다고 말해야 했다. 더욱이 보통의 사람이라면 당연히 그와 마리의 애정 행각을 사랑의 표현이라 여기고 그 두 가지를 연결할 것이고 결코 분리해서 생각하지는 않을 것이다.

마찬가지로 결혼과 사랑도 분리하지 않을 것이다. 결혼을 승낙하는 것은 한 사람을 사랑한다는 것을 의미한다. 이 두 가지 일도 서로 긴밀한 관계가 있다. 하지만 뫼르소는 그 행위와 현상들을 일반적인 관습에 따라 연결하지 않고 끝까지 서로 분리되고 독립된 것으로 간주했다.

그는 애인을 사랑하는 역할과 그 역할에 뒤따르는 행위 그리고 그 행위를 설명하는 의미를 받아들이고 순순히 따르는 것도 거부한 것이다.

카뮈는 이런 인물을, 특히 그의 비현실적이고 일반적이지 않은 '현상학적' 삶의 태도를 허구화했다.

내면의 탐색이 외면의 기록보다 중요하다

『이방인』에서 카뮈는 모더니즘 문학의 중요한 기법 하나를 계승하고 동원했다. 그것은 제임스 조이스의 『율리시스』, 버지니아 울프*의 『등대로』 같은 작품에서 성공적으로 구현된 '의식의 흐름' 기법이다. 『이방인』에서 카뮈는 의식의 흐름 기법을 그렇게 극단적으로 표현하지는 않는다. 기본적으로 개별 문장의 통사 구조는 완전하게 유지하며 개별 현상을 임의로 압축하거나 절단하지도 않는다. 하지만 하나하나의 사건이 단독으로 존재하여 앞뒤의 다른 행위나 현상과 논리적, 의미적 관계를 맺지 않는 방식은 확실히 의식의 흐름 기법과 정신적으로 상통한다.

『이방인』은 당연히 현대소설이다. 현대소설은 전통소설과 어떤 차이가 있을까? 현대소설은 인간의 내면을 탐색하는 것이 인간의 외면을 기록하는 것보다 더 중요하고 더 풍부한 성취를 얻을 수 있다는 사실을 발견하고 주장했다. 아울러 또 다른 각도에서 말하면, 인간의 내면은 인간의 외면보다 복잡하고 다양할뿐더러 내면에 대한 우리의 이해

---

* Virginia Woolf(1882~1941). 영국의 작가. 탁월한 '의식의 흐름' 기법을 구사한 모더니즘의 선구자로 평가받으며 20세기 주요 작가로 꼽힌다. 대표작으로 『댈러웨이 부인』, 『등대로』, 『자기만의 방』 등이 있다.

는 외면을 파악한 것에 비하면 한참 못 미친다. 외적인 행위를 묘사하고 기록하는 것은 너무나 간단하다. 행위는 그리 다양하지 않고 상호행위로 구성되는 인간관계 역시 다양하지 않기 때문이다. 하지만 외적인 표상을 초월해 마음 깊숙한 곳을 파고들 수만 있다면 우리는 똑같은 행위가 수천수만 가지 동기에서 비롯될 수 있고 비슷한 관계의 배후도 수천수만 가지 긴장과 왜곡이 숨어 있을 수 있음을 깨달을 것이다.

현대소설은 인간의 그런 내면 심리에 대한 호기심에서 벗어나지 못한다. 전통소설은 세상과 인간관계의 표면을 구현했지만 현대소설은 그런 외적 표현에 대한 싫증과 불신을 출발점으로 삼았다.

의식의 흐름 기법은 표면을 열고 인간 심리의 실상에 다가서는 도구이다. 과거에 소설의 내면 심리 묘사는 모두 잘 정리된 결과를 전달했다. "그는 오늘 저녁 수업이 무척이나 지겨웠다. 지금 수업에서 빠지면 그녀 집 근처의 정거장 표지판 밑에서 야근을 마치고 지쳐 돌아오는 그녀를 기다릴 수 있을 것이다. 그녀는 나를 보고 감동의 미소를 지을 것이다"가 전통적인 방식의 내면 심리 묘사이다. 하지만 이것은 실제 심리의 작동 방식이 아니다. 실제 심리는 무수히 많은 정보가 동시에 연관 없이 파편적으로 발생한다. 선생님의 강의가 계속되고 선생님의 말 한마디가 화자에게 수업 내용과는 전혀 무관한 일을 상기시킨다. 설명할 수 없는 초조감이 계속 그를 자극하고 멀리 있는 차도에서 갑자기 버스의 엔진 시동 소리가 울려 그를 부르르 떨게 만든다. 그의 머릿속에 그녀가 힘들게 버스 계단을 오르는 모습이 보이는 듯하고 지난번에 그녀가 웬일로 빨간 장갑을 계속 손에 꼭 쥐고 있었던 게 떠오른다. 자신이 얼마나 그녀가 보고 싶은지 그는 깨달았다…….

전통소설은 실제적이지 않다. 무질서해 보이고 정상적인 독서 경험에 도전하는 현대소설의 글쓰기 방법이 오히려 더 심리의 실제 상황에 가깝다. 평소 인간의 의식은 명백히 혼란스럽고 날뛰며 의식의 흐름 기법은 바로 그 혼란스럽고 날뛰는, 의식이 정리되기 이전의 본모습을 포착하는 것이다. 의식은 본래 시간 속에서 도도히 흘러 중단될 리도 중단될 수도 없는 상태이다. 그리고 의식의 본모습은 절대로 논리적 구조의 덩어리나 입체적 건축물이 아니다.

의식은 언어, 문자에 도달하기 위해 중간에 '구조화'의 절차를 거친다. 혼란스럽고, 날뛰고, 흐르던 것이 고정된 틀에 끼워져 파악하기 쉽고, 비교하고 대조하기도 쉬우며,

답습하고 흉내 내기는 더 쉬운 것으로 변한다. 의식의 흐름 기법은 그 틀을 뛰어넘어 구조화 이전의 최초 상태로 돌아간다.

카뮈도 이런 관심을 갖고 글을 썼다. 그도 우리의 의식과 이해와 원초적 상태의 기록을 막는 틀을 해체하려 했다. 단지 그의 강조점은 애초의 혼란과 날뜀과 흐름을 포착하려는 것이라기보다는 원초적인 진실로부터 우리를 멀리 떨어뜨려 놓으려는 힘 또는 그 힘들을 부각하는 것이었다. 그는 우리에게 혼란과 날뜀과 흐름뿐만 아니라 공포스럽고 거대하며 막을 수도 피할 수도 없는 그 틀까지 보여 주려 했다.

『이방인』에서 우리 눈앞에 구현되는 것은 정리되지 않은 유동적 의식이 아니라 뫼르소의 정리를 거쳐 고정적인 형태가 생긴 하나하나의 사건들이다. 그것들은 마치 집을 지을 때 쓰는 하나하나의 벽돌과도 같다. 하지만 각기 어지럽게 놓여 있을 뿐, 서로 간에 어떤 평면적인 질서의 규칙은 없으며 효과적으로 쌓아 만든 입체 구조 같은 것은 더더욱 없다. 기둥도 없고, 문도 없고, 담도 없고, 방도 없고, 창도 없이 벽돌만 각각 어지럽게 계속 그 자리에 놓여 있을 뿐이다.

가려진 삶의 실상을 폭로하다
모더니즘의 의식의 흐름 소설은 '의식의 흐름'을 기록하고 나타내는 것이 목적이며 독자들이 의식의 실제 작동 상태를 직접 보게 만든다. 우리는 소설가가 허구를 통해 우리 자신은 감지하지도 포착하지도 못하는 의식의 실상을 포착하고 보여 주는 것을 놀라워하며 저절로 찬탄과 존경의 감정을 느끼게 된다.

우리의 삶에서 의식의 흐름은 구체적인 존재existence이면서도 주관적 인지의 현전presence이 부족하다. 모든 사람의 신체적 감수성과 대뇌의 작용 속에 존재하면서도 우리에게 주관적으로 감지되는 일은 거의 없다. 확실히 우리의 의식은 매 순간 빠르게 흐르고 변화하지만 바로 그런 의식의 흐름 속에 살기 때문에 의식은 자신의 유동적 형태를 확인할 거리를 확보하기 어렵거나 거의 확보하지 못한다.

일기 쓰는 습관을 지닌 사람이 자기 전에 일기장을 꺼내 쓸 준비를 하고서 마음속으로 "오늘 무슨 일이 있었지?"라고 묻는다고 해 보자. 아니면 월요일 아침 일찍 사무실에 나갔는데 동료가 무심코 "주말에 어떻게 지냈어?"라고 물었다고 해 보자. 자기 자신에게든 남에게든 우리는 그 물음에 답하지만 그 답은 필연적으로 정리를 거친 것이어서 본래의 실상과는 차이가 대단히 크다. 하지만 우리는 그 차이를 느끼기 어렵거나 거의 느끼지 못하며 매우 자연스럽게 일기에 쓴 것과 동료에게 말한 것으로 본래의 실상을 대치한다.

실상은 그렇게 조리 있고 질서정연하지 않다. 우리는 저도 모르게 실상을 농축하고 단순화하며 실상에 체계와 질서를 부여한다. 그 과정에서 또 실상을 철저히 잊고 폐기하기도 한다. 실상 속의, 본래 우리 머릿속에 존재하는 복잡하고 혼란스러우며 날뛰는 의식을 특히나 더 그렇게 만든다. 우리는 일기에 노래방에 갔다고 쓰고 조금 자세히는 무슨 노래를 불렀는지 기록하고 좀 더 자세히는 무슨 노래를 부를 때 옛날 애인이 생각났다고 할 뿐이다. 하지만 노래를 듣고 부를 때 우리의 의식은 그렇게 머물러 있지 않으며 끊임없이 어지럽게 변화하고 날뛴다. 노래 한 곡을 부르고 듣는 겨우 몇 분 동안에 수십 개의 화면이 의식을 스쳐 간다. 하지만 우리는 겨우 옛날 애인만 붙들어 두고 다른 것들은 놓아 버린다. 아니, 놓아 버릴 뿐만 아니라 옛날 애인에 뒤따르는 추억과 너무나 많은 약동하는 의식을 철저히 잊어버린다.

그 과정에서는 어떠한 검열이나 강요도 없다. 스스로

선택하고 정리해 결정하는 것이어서 우리는 중간에 차이를 못 느낀다. 어떤 기준에 맞추거나 누구에게 잘 보이려고 자신의 경험을 고치는 것도 아니므로 우리는 자신이 기록하고 정리한 것이 본래의 현실과 같지 않다는 것을 깨닫지 못한다.

우리의 기억과 기록에는 사실 필연적으로 수많은 복잡한 가치판단이 섞여 있다. 무엇을 기억과 기록 속에 남겨야 하며 무엇을 기억의 뒷전으로 내버려도 되고 또 내버려야 하는지 판단한다. 거의 항상 기억의 뒷전으로 내버리는 것은 무질서하고 비체계적이며 훌쩍 나타났다가 조용히 사라지는 파편적 의식이다. 어젯밤 누가 30분 동안 경전철을 타고 노래방에 갔다고 해 보자. 산다오쓰역善導寺站에서 중샤오푸싱역忠孝復興站까지 간 과정은 일기 속에 쓰지 않을 것이고 동료와 이야기할 때도 그것은 언급하지 않을 것이다. 그는 그 30분의 시간 동안 아무 일도 없었다고 생각하는 것이다. 하지만 실제로는 절대 그렇지 않다. 그는 휴대폰을 꺼내 캔디 크러쉬 게임을 열었다가 깨지 못한 201판에 아직 머물러 있는 게 싫어서 대신 페이스북을 열었다. 그런데 제일 먼저 눈에 띈 포스팅이 하필이면 지난주에 그를 어르고 속여 돈을 빌려 간 후배의 것이었다. 이에 그는 휴대폰을 주머니에 집어넣고 멍하니 있었지만, 그 상태에서도 그의 눈은 객차 안의 다른 사람들과 벽에 붙은 광고와 정차역의 플랫폼을 보았다. 이렇게 그의 마음속에서는 사실 수십, 수백 가지 생각이 스쳐 지나갔다.

아니다. 아무 일도 없었을 리 없다. 단지 그가 나중에 그 수십, 수백 가지 생각을 인정하지 않고, 받아들이지 않고, 남기지 않기로 결정한 것뿐이다.

현대소설, 특히 현대소설의 의식의 흐름 기법은 이런 존재를 현전으로 전환시켰다. 그 수십, 수백 가지 생각의 존재 사실을 회복하고 환원하여 의식의 "있으면서도 있지 않은" 상태, 즉 출현하고 존재하면서도 즉시 배제되고 거부되며 철저히 잊히는 상태를 바꿔 놓았다. 인간이 대부분의 시간 동안 그런 의식의 흐름 속에 살면서 수십, 수백 가지 생각이 나타났다가 사라진다면, 그 부분이 인생에서 배제된 후 얻어지는 인지와 이해는 과연 아무 문제가 없을까?

『율리시스』가 한 시대에 획을 그은 명작인 까닭은 제임스 조이스가 대단히 정교하고 끈질기게 수십만 자 분량으로 주인공 블룸의 하루 삶을 기록했기 때문이다. 그는 블룸의 의식 상태를 본모습으로 환원하고 정리되기 전의 인간의 삶의 현실을 구현했다. 사실 우리들의 하루 역시 스스로 이해하고 감당할 수 없을 만큼 복잡하고 풍부하다.

의식과 의식의 흐름 관점에서 보면 수업 시간의 강사와 수강생은 각기 다른 시간 속에 처해 있다. 강사로서 나는 가르치는 내용에 집중해야 하므로 내 의식은 이 곤란한 일에 점유되어 멋대로 치닫지 못한다. 이 한두 시간 동안 나는 물리적으로 직선인 시간의 방식에 가까운 방식으로 다른 일에 신경을 끈 채 살아야 한다. 그런데 내 수강생들은 나와 같은 공간에서 역시 나와 같은 일을 하는 것처럼 보이지만, 그들의 의식은 나처럼 집중하지는 못한다. 각각의 마음 속에서는 수시로 온갖 생각이 번뜩인다. 그것은 강사는 말할 것도 없고 수강생들 자신조차 파악하거나 통제하지 못한다. 그곳의 시간은 복잡하게 뒤얽혀서 과거, 현재, 미래가 겹친 채 서로를 자극하고 동시에 구체적이고 추상적이고 현실적인 상상이 분류가 불가능할 정도로 한데 뒤섞여 있다.

하루에 인간이 집중하는 시간은 얼마나 될까? 반대로 의식이 흩어지고 흘러가는 시간은 얼마나 될까? 당연히 후자가 전자보다 훨씬 더 많다.

『율리시스』와 같은 의식의 흐름 소설들은 소설의 허구를 이용해 우리의 일상적 허구를 폭로하여 그 밑에 가려진 삶의 실상을 드러내고 보여 주었다.

제6장

부조리한 심판

"그것은 태양 때문이었다"

카뮈는 『이방인』의 허구를 통해 의식의 불연속적이고 비구조적인 성격을 폭로하려 했을 뿐만 아니라 부조리의 문제도 건드리려 했다.

여기에서 부조리는 일상적 어휘가 아니라 '존재'를 대표하는 철학적 개념이므로 우리는 그 글자 그대로의 의미에 기대어 너무 빨리, 또 너무 직접적으로 카뮈와 『이방인』을 이해하는 일이 없도록 유의해야 한다.

『이방인』과 부조리를 연결하는 한 가지 방식은 뫼르소의 뜬금없는 살인이 부조리하다고 주장하는 것이다. 그는 백사장에서 뜨거운 태양 아래, 백사장과 햇빛 외에는 다른 아무런 이유도 없이 사람을 죽였다. 살인이라는 중대한 사건을 그렇게 뜬금없이 저지른 것은 당연히 매우 부조리하다.

이 견해에는 두 가지 문제가 있다. 첫 번째는 소설 내용 자체의 검증을 통과할 수 있을 것 같지 않다는 것이고 두 번째는 카뮈의 부조리의 철학 안에 적절히 자리하기 어렵다는 것이다.

소설 속에서 이 살인 사건은 사실 그렇게 갑작스럽고 황당하지는 않다. 제1부의 마지막 부분에서 카뮈는 상당히 긴 단락을 할애하여 뫼르소로 하여금 그때 벌어진 일을 우리에게 이야기하게 한다.

> 그는 나를 보자마자 약간 몸을 일으켜 호주머니에 손을 넣었다. 나도 직감적으로 반응해 당연히 외투 주머니 속 레몽의 권총을 움켜쥐었다. 그는 다시 뒤로 몸을 눕혔지만 아직 호주머니에 손을 넣고 있었다. 나는 그와 멀리 떨어져 있었다. 대략 십여 미터 거리였다. 이따금 나는 반쯤 감은 그의 눈꺼풀 사이로 그의 시선을 훔쳐보았다. 하지만 뜨거운 공기 속에서 그의 그림자가 내 눈앞에서 어른

거리고 있을 때가 더 많았다. 정오 때보다 파도 소리가 더 나른하고 평온했다. 대낮이 용암 같은 바닷속에 닻을 내린 채 꼬박 두 시간이 지나갔고 아무런 변화도 없었다. 똑같은 태양, 똑같은 광선이 그곳까지 이어진 똑같은 백사장 위를 비췄다. 바다와 하늘의 경계선 위로 작은 증기선이 지나갔다. 나는 눈 가장자리로 본 조그마한 검은 점을 통해 그것을 알아보았다. 나는 계속 아랍인을 주시해야 했기 때문이다.

나는 내가 돌아서기만 하면 일이 끝난다고 생각했다. 그런데 몸 뒤의 뜨거운 열기로 들끓는 해변이 나를 앞으로 떠밀었다. 나는 샘을 향해 몇 걸음 움직였다. 아랍인은 꼼짝도 안 했다. 그는 아직도 내게 멀리 떨어져 있었다. 얼굴의 그림자 때문인지 그는 웃고 있는 것처럼 보였다. 나는 걸음을 멈추고 기다렸다. 강렬한 햇빛이 내 두 뺨을 파고들었고 땀방울이 내 눈썹에 맺혔다. 그것은 엄마의 장례식 날과 똑같은 태양이었고 그날처럼 난 머리가 아팠으며 이마의 핏줄이 한꺼번에 불거져 곧 폭발할 것처럼 팔딱팔딱 뛰었다. 더는 그 뜨거운 열기를 참을 수가 없어 나는 앞으로 한 걸음 나섰다. 나는 그게 어리석은 일임을 알고 있었다. 한 걸음 더 나선들 어디에나 존재하는 햇빛에서 벗어날 수는 없었다. 하지만 그래도 나는 한 걸음 앞으로 나섰다. 이번에는 아랍인이 곧장 칼을 뽑아 들었다. 햇빛이 칼날 위에 쏟아져서 길고 가는 칼 모양의 빛을 반사해 내 이마를 쑤셨다. 그와 동시에 눈썹 위에 모여 있던 땀이 마침내 흘러내려 따뜻하고 두꺼운 막이 되어 내 눈꺼풀을 덮었다. 순간 나는 아무것도 보이지 않았다. 단지 태양이 내 이마 위를 두드려 심벌즈를 울렸고 어렴풋이 보일 듯 말 듯한 칼날이 내 얼굴 앞에서 흔들거리며 속눈썹을 물어뜯고 욱신거리는 두 눈을 후벼팠다. 그때부터 온 세상이 변해 버렸다. 바다에서 무겁고 뜨거운 바람이 몰려왔고 하늘 전체가 갈라지며 불의 비가 쏟아졌다. 나는 온몸이 경직되어 권총을 꽉 움켜쥐었다. 방아쇠가 당겨졌고 손가락이 매끄러운 권총 손잡이에 닿았다. 그 날카롭고 귀를 찢는 총소리 속에서 모든 것이 급전직하했다. 나는 머리를 흔들어 땀과 가시지 않는 열기를 털어 냈다. 그리고 내가 그날의 완벽함과 해변의 평안함과 내가 한때 그곳에서 누렸던 행복을 깨뜨려 버렸음을 깨달았다. 그래서 나는 땅바닥에 누워 미동도 하지 않는 몸에 다시 네 방을 쏘았다. 총탄들은 그 몸에 깊숙이 박혀 보이지 않았다. 그 네 발의 총탄은 마치 내가 불행으로 통하는 문을 두드리는 네 번의 짧은 노크 소리 같았다.

이 긴 단락에서 우리는 충분한 정보를 얻을 수 있다. 살인 사건이 어떻게, 왜 일어났는지 이해할 수 있을뿐더러 나중에 법정에서 범죄의 동기를 설명하라고 요구받았을 때 뫼르소가 왜 "그것은 태양 때문이었다"라고 답했는지도 이해할 수 있다.

그는 수면 부족의 혼미한 상태였기 때문에 평소처럼 정확히 주변 현상을 감지하고 적절히 대응할 수 없었다. 모든 정보가 왜곡되거나 생략되거나 과장되어 그의 감각으로 들어왔다. 햇볕이 과장된 것은 햇볕으로 인해 어머니의 장례식이 있던 그날과 어머니의 죽음이 그의 머릿속에 떠올랐고 여기에 그가 애써 억누르려 했지만 완전히 억누르지는 못했던 부정적인 정서까지 환기됐기 때문이다. 게다가 아랍인의 위협 역시 과장되었다. 뫼르소는 그 긴장된 상황에서 안전하게 벗어날 수 있는 판단력을 잃은 채 총을 들고 충동적으로 방아쇠를 당겼다. 그 순간, 정상적인 의식이 돌아와서 그는 자기가 저지른 잘못을 깨닫고 고뇌와 좌절을 느꼈다. 하지만 다음 순간, 그 고뇌와 좌절은 알 수 없는 또 다른 충동으로 바뀌어 아랍인의 몸에 네 발의 총탄을 더 발사하는 행위로 발산되었다.

이 단락의 묘사는 이해하기 어렵지 않고 결코 부조리하지도 않다.

어디에나 존재하는 심판

카뮈가 드러내고 논의하려 한 부조리는 살인이 아니라 심판에 있었다. 특히나 사람들이 어떻게 심판을 통해 스스로 옳다고 여기는 답을 얻어 뫼르소의 범죄 행위를 설명하고 그 살인 사건의 의미를 규정했는지에 있었다.

소설의 내용이 반쯤 진행되었을 때 살인 사건이 일어났고 뒤의 제2부에서 이야기되는 것은 모두 심판이다. 그런데 사실 심판은 살인보다 일찍 시작되었다. 처음에 뫼르소가 양로원에 도착해 영안실에서 어머니의 시신을 지키다가 깜박 졸았을 때였다.

> 뭔가 스치는 소리에 나는 잠이 깼다. …… 엄마의 친구들이 그때 들어온 것이었다. 모두 십여 명쯤 되는 이들이 묵묵히 눈부신 불빛 속으로 걸어 들어왔다. 그들은 소리 없이 자리에 앉았고 의자 끄는 소리조차 내지 않았다. 나는 자세히 그들을 뜯어보았다. 그들의 얼굴과 옷차림 하나

하나까지 놓치지 않았다. 그런데 그들은 너무나 조용해서 그들이 존재하는 진짜 사람이라는 게 믿기지 않았다. …… 그들은 자리에 앉자 차례로 나를 향해 어색하게 머리를 끄덕였다. 그들은 입술이 이가 없는 입속으로 다 말려 들어갔기 때문에 나는 그들이 내게 인사를 한 것인지, 아니면 무의식중에 혀를 찬 것인지 알 수 없었다. 아마도 인사를 했을 것이다. 나는 그들이 모두 관리인을 둘러싼 채로 나와 마주 보고 앉아 머리를 가볍게 흔들고 있다는 것을 알아챘다. 순간 내 마음속에 어처구니없는 생각이 떠올랐다. 그들이 나를 심판하기 위해 온 것 같았다.

나중에 뫼르소가 받은 인상이 옳다는 것이 증명된다. 재판이 열려 뫼르소의 살인 사건을 심리할 때 가장 먼저 소환된 증인은 양로원의 원장과 관리인과 당시 뫼르소와 함께 시신을 지킨 사람들이었다. 그들은 자신들이 뫼르소와 함께 있었던 얼마 안 되는 시간에 형성된 견해에 의지하여 뫼르소의 재판에 참여했다.

그들이 자신을 심판하고 있는 것을 보고 뫼르소는 확실히 '부조리한 느낌'이 들었다. 그들이 무슨 이유로, 또 무슨 근거로 처음 만나자마자 자신을 심판했는지 이해할 수도, 받아들일 수도 없었다.

하지만 그것 역시 뫼르소의 비극을 낳은 원천이었다. 양로원 사람들은 결코 무슨 귀신이나 요괴가 아니었다. 특별히 각박하거나 못된 사람도 아니고 그저 '일반인'으로서 일반인의 일상적인 행위 모델을 반영했다. 그들은 자신의 가치관을 통해 수시로 주변에서 마주치는 사람과 사건들을 심판하였고 극도로 주관적이면서도 스스로 정확하고 객관적이라 여겨 법정에서 선서하고 증언할 수도 있는 의견을 형성했다.

부조리는 법정의 심판이 그런 의견을 토대로 수립될 뿐이라는 데 있었다. 겨우 하루 동안 뫼르소와 함께 있었던 사람들이 그가 도대체 어떤 사람인지, 그가 어떤 동기로 사람을 죽였는지, 그리고 상응하는 대가로 어떤 벌을 받아야 하는지 결정했다. 우연히 만났을 뿐인, 뫼르소가 자신을 판단하고 심판할 자격도 이유도 없다고 생각한 사람들이 부조리하게도 그의 운명을 결정하는 권력을 손에 쥔 것이다.

이 소설의 표면적인 순서는 짧은 며칠 동안 어머니의 죽음으로부터 시작해 연달아 뫼르소에게 일어난 몇 가지 사건들로 이어진다. 뫼르소가 독립적이고 개별적인 방식으로 그 사건들의 경험을 기술하기는 하지만, 그래도 우리는 사건과 사건 간의 상호 촉진과 강화의 효과를 느낄 수 있으며 동시에 그 극단적인 결과로 해변의 권총 살인 사건이 일어났음을 짐작할 수 있다. 뫼르소는 사람을 죽이는 죄를 저질렀으므로 그 후에 심판을 받아야만 했다.

그런데 『이방인』의 본문을 자세히 들여다보면 카뮈는 우리에게 또 다른 시간 순서를 전달한다. 심판이 사실 죄보다 앞섰다는 것이다. 살인은 본래 진행 중이었던 심판을 표면화시킨 원인에 불과했다. 일반적인 규범에 따라 행동하지 않은 탓에 뫼르소는 진작부터 주변 일반인들에게 은밀한 심판을 받고 있었다. 그들은 이미 그에 대한 확실한 관점을 형성했고 또 형성하고 있었다. 그래서 나중에도 살인 사건과 관련해 뫼르소를 평가하지 않고 뫼르소에 대한 자신들의 기존 의견을 간편하게 응용해 살인 사건을 해석한다.

본래는 뫼르소의 살인 행위가 심판의 포인트가 돼야 마땅했다. 그러나 심판의 과정에서 포인트로 선택된 것은 뫼르소와 그의 어머니의 관계였다. 다시 말해 어머니의 장례에서 그가 보인 태도와 어머니의 장례 후 그가 여자 친구 마리와 맺은 상호 관계였다. 그리고 또 다른 포인트는 그가 아랍인을 사살한 뒤, 이미 쓰러진 시신에 왜 또 네 발의 총탄을 발사했느냐였는데 이것은 살인 후의 일이었다. 살인

전과 살인 후의 일은 살인 사건 그 자체가 아닌데도 심판의 거의 모든 시간을 차지했다. 뫼르소가 쏜 첫 번째 총탄, 사실상 사람을 죽인 그 총탄에 대해서는 심판 중에 전혀 논의가 이뤄지지 않았다.

심판자가 관심을 두었던 것은 살인 행위가 아니라 살인자가 도대체 어떤 사람인가를 결정하는 것이었다. 살인 사건에 관한 그 심판은 표면적으로는 뫼르소의 살인과 그 살인의 동기를 확인하기 위한 것이었지만 실제로 심판을 할 때 진정한 살인 행위와 동기는 등한시되었다. 심판자가 애써 증명하고 스스로 납득하려 한 것은 뫼르소의 악행이 아니라 뫼르소가 악인이고 악의를 품은 불순분자라는 것이었다.

'정신적으로 어머니를 살해한 인간'

재판 첫날은 마찬가지로 햇빛이 가득한 날이었다. 내 변호사는 재판 과정이 이삼일을 넘기지 않을 것이라고 보장했다. 그리고 덧붙여 말했다. "게다가 당신 사건은 이번 회기의 가장 중요한 사건이 아니에요. 바로 이어서 존속살해 사건이 있기 때문에 법정에서는 가능한 한 속전속결로 처리할 겁니다."

아랍인 살해 사건보다는 존속 살해 사건이 훨씬 더 심각하고 주목을 받았을 것이다. 확실히 뫼르소는 자신에게 웃으면서 아래와 같이 말하는 기자와 마주치기도 했다.

그는 내게 또 말했다. "아시다시피 우리는 당신 사건의 기사 분량을 늘렸어요. 여름은 신문 업계에서는 비수기거든요. 최근에 볼 만한 것이라고는 당신 사건과 존속 살해 사건밖에 없어요." 그러고서 그는 자기가 앉아 있던 기자 구역을 가리켰다. 둥글고 커다란 검은 테 안경을 쓴, 살찐 족제비 모양의 키 작은 남자가 있었다. 파리의 어느 신문사 특파원이라고 했다. "저 사람은 사실 당신 사건을 취재하러 오지는 않았어요. 하지만 존속 살해 사건 보도를 맡은 까닭에 신문사에서 당신 사건도 같이 처리하라고 한 거죠." 나는 또 하마터면 그에게 감사하다고 말할 뻔했다. 그래도 제때 그렇게 하면 우스꽝스러울 것이라는 생각이 들었다.

뫼르소 자신조차 하마터면 그런 평가에 말려들 뻔했

다. 단순히 아랍인 한 명을 죽인 사건보다는 존속 살해 사건이 훨씬 더 충격적이고 중요하며 존속 살해 사건 때문에 뫼르소의 사건도 덩달아 중요성이 커져서 파리에서 온 특파원도 그의 사건을 취재하러 왔다는 것이었다. 이런 평가를 계속 따라가면 자연히 뫼르소가 저지른 일도 존속 살해 사건만큼 중요하면 좋겠다는 기대에 이르게 된다.

그 기대는 정말로 실현된다. 이어서 소설은 법정에서 검사가 마치 사람들의 기대에 부응하듯 아랍인 살해 사건을 존속 살해 사건에 맞먹는 사건으로 몰아가는 것을 생생하게 묘사한다.

아랍인 살해는 별로 자극적이지 못하니 바꿔서 그를 모친 살해죄로 심판하자는 식이었다. 이에 뫼르소의 변호사는 강력히 항의한다.

> "도대체 피고의 죄는 살인입니까, 아니면 자기 어머니를 매장한 겁니까?" 법정 안에 웃음소리가 울렸다. 그런데 검사가 법복을 입은 채 다시 일어나서 존경하는 변호인이 지나치게 순진해 양자 간의 심오하고 비장하며 본질적인 관계를 헤아리지 못한다고 말했다. "그렇습니다!"라고 그는 열렬하게 외쳤다. "본인은 이 남자가 범죄자의 마음으

로 자기 어머니를 매장한 것을 규탄합니다." 이 결론은 법정의 사람들에게 엄청난 영향을 준 것 같았다. 내 변호사는 어깨를 으쓱하고는 이마의 땀을 닦았다. 그러나 방금 전 그의 낙관적인 표정은 어디론가 사라졌고 나는 대세가 내게 불리하게 돌아간다는 것을 깨달았다.

검사의 결론이 왜 그렇게 큰 작용을 한 것일까? 왜냐하면 법정 안의 방청객들이 상대적으로 그 답을 좋아했고 심지어 기대하고 있었기 때문이다. 그 답이 살인이라는 사실과 관련이 있는지 없는지와는 관계가 없었다. 마지막 변론에서 검사는 다시 그 주제로 돌아갔다.

…… 그는 이어서 엄마에 대한 나의 태도를 거론하며 심리 중에 했던 말을 되풀이했다. 그런데 나의 범행을 분석할 때보다 훨씬 긴 시간을 들였다. …… 그는 잠시 침묵했다가 낮고 중후한 목소리로 다시 말했다. "배심원 여러분, 내일 이 법정은 천인공노할 범죄인 부친 살해 사건을 심리할 겁니다." …… 하지만 그는 …… 자신에게는 부친 살해에 대한 혐오감이 내 무감각함에 대한 충격보다 못하다고 했다. 그의 말에 따르면 정신적으로 자기 어머니를 죽

인 사람은 두 손에 육친의 피를 묻힌 사람과 마찬가지로 사회에서 용납될 수 없었다. 전자가 뿌린 씨앗이 후자를 결과로 낳기 때문이라는 것이었다.

'정신적으로 어머니를 죽인 사람'이 뫼르소가 진짜 심판을 받게 된 죄명이 된 데다 그 죄는 존속살해죄보다도 무거웠다. 검사는 목소리를 높여, 뫼르소는 심지어 다음 날 심리가 이뤄질 존속살해죄에 대해서도 책임이 있다고 주장했다.

심판의 변화는 이 지점에서 완성되었다. 심판을 받은 것은 뫼르소의 살인 행위가 아니라 그의 무감각한 태도였다. 그는 어머니를 냉대했던 것 그리고 관습대로 슬픔과 후회를 표시하지 않고 거부했던 것에 톡톡히 대가를 치러야 했다.

본말이 전도된 심판

사람을 죽이지 않았다면 뫼르소는 심판을 받았을 리도, 받을 필요도 없었다. 의미상 이것이 맞기는 하다. 해변에서 그가 아랍인을 쏴 죽이지 않았다면 당연히 법정의 그 장면은 연출되지 않았을 것이다. 하지만 다른 각도에서 보면 뫼르소가 사람을 죽였든 죽이지 않았든 심판은 줄곧 존재했다. 그가 다른 사람들의 기대와 다른 행위를 하기만 하면, 심지어 다른 사람이 기대하는 행위나 정서적 반응을 보이지 않기만 하면 그 방대하고 잔혹한 심판이 어둠 속에서 냉정하게 발동했다.

심판은 부조리했다.

심판의 첫 번째 층위에서 벌어진 본말의 전도는, 본래 살인이라는 '행위'를 심판해야 했는데도 나중에 바뀌어서 살인자의 '인격'을 심판한 것이다. 이에 대해 뫼르소는 심판이 "나의 영혼에 대해 논하고 있다"고 말한다. 그의 영혼은 그의 행위가 아닌데도 법정에 놓여 심판받았다.

두 번째 층위에서의 본말의 전도도 있다. 뫼르소는 본래 심판의 주인공이자 심판이 생긴 이유였다. 그런데 나중에 가서 그 심판은 그의 개입을 완전히 배제한 상태에서 진행되었다.

마음속에 은근히 걸리는 게 있었다. 재판에 집중하는 상황에서도 때로 나도 의견을 표명하고 싶은 충동을 느낄 때가 있었는데, 그러면 변호사는 항상 "말하지 말아요. 그러면 당신 사건에 유리할 게 없어요"라고 말했다. 어찌 보면 그들은 나를 배제한 채 재판을 진행하는 듯했다. 모든 과정에서 내가 참여할 여지가 전혀 없었다.

더 극적이었던 것은 변호사가 마지막 변론을 할 때 '나'라는 말을 사용해 뫼르소 대신 발언한 것이다. 그는 처음부터 "내가 살인을 한 것은 사실입니다"라고 말했다. 뫼르소는 깜짝 놀라서 "나를 사건에서 제쳐놓고 무시하는 것이며, 어떤 의미로는 나를 대신하는 것이라는 생각이 들었다"고 서술한다.

뫼르소에 대한 심판이었는데도 정작 그와는 무관했다. 이에 뫼르소는 정식으로 심판의 핑계가 되었다. 그 심판은 그의 행위로 인해 생겼는데도 그의 행위와 그라는 사람에게서 벗어나 전혀 별개의 것으로 변했다. 소설에서 우리는 그 심판의 이질화를 똑똑히 목격한다. 본래 수단이었던 것이 주객이 전도되어 목적이 된 것이다.

심판은 더 이상 뫼르소가 무엇을 했고 어떤 벌을 받아야 하는지를 밝히기 위한 것이 아니었다. 그것은 독자적인 생명을 얻었고 더 극적이고 더 사람들을 흥분시키는 심판이 되기 위하여 존속살해범과 맞먹을 정도로 무섭고 가증스러운 뫼르소를 새로 만들어 냈다. 심판을 받은 그 뫼르소는 현실의 뫼르소와는 전혀 무관했다.

심판의 과정에서 한 명의 죄인이 떠올랐고 그의 죄에 대한 묘사와 해석도 생겨났다. 하지만 그 사람은 법정이 성공적으로 엮어 낸 허수아비였다. 이제 뫼르소가 어떤 사람인지, 정말 어떤 동기로 어떤 일을 했는지 진지하게 신경 쓰는 사람은 아무도 없었다. 죄에 대한 벌은 뫼르소에게 내려졌지만 정작 뫼르소는 법정이 심판하고 죄를 언도한 '그 사람'이 누구인지 낯설기만 했다!

심판이 시작되었을 때 뫼르소는 법정의 피고였지만 심판이 끝났을 때 그의 정체성은 분열되었다. 심판 과정에서 어떤 죄수 한 명이 유령처럼 출현했다. 모든 사람이 그를 뫼르소라고 불렀지만 확실히 그는 뫼르소가 아니었다. 뫼르소는 그런 분열에 대응할 방도가 없었다. 자기가 검사, 변호사, 판사, 기자, 방관자들이 인정하는 그 피고가 아니라는 것을 어떻게 설명해야 할지 몰랐다. 그는 자신이 살인할 당시의 참된 느낌에 관해, 그 밝고 뜨거웠던 태양에 관해 털어놓으려고 했지만 그것은 오히려 사람들에게 그의 차갑고 비인간적인 인격을 확인시켜 주었다.

불성실한 인간들로 이뤄진 사회

카뮈가 뫼르소와 심판에 관해 서술한 것은 사법제도의 불공정을 폭로하기 위해서도, 억울한 사건의 예를 제시하기 위해서도 아니었다. 그가 말하려고 한 것은 더 보편적이면서도 절실한 존재의 조건이었다. 모두가 살인을 하는 것도, 혹독한 법정의 심판을 받는 것도 아니지만 우리는 누구나 수시로 유사한 사회적 평가와 심판을 받고 있다. 그리고 더욱 보편적인 것은 우리가 또 수시로 그렇게 독단적이고 완고하며 횡포한 심판자의 역할을 수행한다는 사실이다.

카뮈는 뫼르소를 박해 받는 희생자로 그리지 않았으며 영웅으로는 더더욱 그리지 않았다. 뫼르소라는 인물의 포인트는 사람들이 갖가지 의미를 서로 엮어서 생각하는 바람에 야기되는 삶의 재난을 실제로 보여 주는 데 있다. 뫼르소의 재난은 바로 보통 사람들의 '불성실한' 삶의 습관에서 비롯되었다. 사람들은 각각의 경험과 각각의 사건을 힘들여 사실 그대로 인지하고 인식하는 것을 원치 않으며 게으르게도 앞뒤의 서로 다른 숱한 현상을 한 가지 편리한 의미 구조 속에 끼워 넣거나 기존의 구조로 복잡한 현상들을 대체하는 습관이 있다.

그들은 뫼르소와 그의 어머니의 관계나 그가 시신을

지키고 장례식을 치를 때 했던 생각을 끈기 있게 알아보려 할 리 없었다. 뫼르소와 마리의 관계를 별도로 바라보려 할 리도 없었고 뫼르소가 마리를 대한 실제 방식을 이해하고 싶어 하지도 않았다. 만약 다른 사람 같았으면 일찌감치 그 편리한 의미 구조를 내면화하고 학습해 남이 자신을 바라보고 평가하는 시선을 점쳐 볼 수도 있었을 것이다. 그러나 뫼르소는 그런 내면화 능력이 모자랐기 때문에 남이 자신에게 치명적인 평가를 가하는 것을 막지 못했다.

본래 혼란한 현상은, 편리하면서도 사람들을 게으르게 하고 안심시키는 질서로 끊임없이 정리된다. 그래서 사람들은 정리된 질서로 혼란한 현상을 대체하여 그 현상을 폐기하고 망각할 뿐만 아니라, 아주 당연하다는 듯이 인위적인 질서가 어떤 항구불변의 본질*을 대표한다고 오인한다.

본질을 통해 편리하게 삶과 주변 세계를 관찰하고, 단순화하고, 이해하면 사람들은 더 나아가 본질이야말로 '정말로' 중요하며 또 '가장' 중요하다고 인정하게 된다. 게으르고 편리한 축소와 요약이 거꾸로 진짜 현상과 행위와 사건보다 더 높게 떠받들어지는 것이다.

우리가 인내심이 없고, 능력도 없어서 어떤 남자 다섯

* 本質. 어떤 존재에 관해 '그 무엇'이라고 정의될 수 있는 성질. 철학에서 실존에 상대되는 말이다.

명을 일일이 파악하지 못하고 편리한 방도를 찾아 한꺼번에 '양자리 남성'으로 분류했다고 해 보자. 갑자기 우리는 그들을 전부 인식하고 이해하게 된다. 나아가 양자리 남성이라는 이 포괄적 개념이 그 다섯 명 중 어느 누구보다 더 중요하다는 것을 믿고 받아들인다. 왜냐하면 그 다섯 명을 다 합친 것이 양자리 남성과 같고 나아가 양자리 남성 안에 훨씬 더 많은 이들을 포함할 수 있기 때문이다.

양자리 남성의 본질로 그 다섯 명을 돌아보면 자연히 양자리 남성에 부합하는 그들의 성질이 부각되고 추출된다. 반대로 부합하지 않는 것은 축출되고, 배제되고, 고려할 필요 없는 중요치 않은 것으로 간주된다.

꼭 이렇게 본질에 주목하는 방법으로 세계와, 세계와의 관계를 이해해야 하는 걸까? 질문을 바꿔보면, 설마 이렇게 본질에 주목하는 방법으로만 세계를 이해하고 파악할 수 있는 걸까? 설마 이 방법이 아니면 서로 다른 인간과 행위와 현상들을 모두 일일이 확인해야 하는 걸까? 그렇게 많은 시간이 있을 리가 없지 않은가!

『이방인』에서 뫼르소의 상황과 처지를 빌려 카뮈는 부정적인 답을 구축하려고 시도한다. 아니다, 그렇지 않다. 본질에 주목하는 방법으로 세계와, 세계와의 관계를 이해하는 것은 문제가 있다. 문제가 있기에 뫼르소는 불성실한 인간으로 이뤄진 사회 속에 떨어지고 말았다. 그 속의 인간들은 진실에는 관심이 없고 단지 본질을 찾아 답으로 삼는 데만 관심이 있었다. 그 죄의 본질은 무엇이었을까? 그 범인의 본질은 무엇이었을까? 뫼르소가 받은 심판은 온전히 '본질적인' 답을 찾는 과정이었으며 사실과는 거리가 멀었을뿐더러 아예 사실과 무관했다.

심판은 결국 거대한 공모로 바뀌었다.

모두에게 익숙하고 모두가 받아들일 만한 본질적인 답을 찾자마자 사람들은 그 본질 개념을 이용해 심판을 수행했다. 진짜 사람, 진짜 죄, 진짜 동기는 한쪽에 치워 두었다. 그래서 뫼르소는 본질적으로 사악한 인간으로서 마음속에 도덕과 육친에 대한 감정이 전혀 존재하지 않아 절대적으로 사악한 살인 사건을 저질렀다는 답이 도출되었다. 이 답은 뫼르소가 제시할 수 있는 현실적인 설명보다 보통 사람이 그 사건을 받아들이고 반응을 보이게 하는 데 더 편리했다. 이에 최종적이고 의심의 여지가 없는 심판의 결과가 수립되었다.

우리는 서로 무관한 일들을 싫어하고 두려워한다. 서로 무관하면 어떻게든 힘들여 일일이 그것들에 손을 댄다.

그리고 힘을 덜 들이려고 여러 가지 의미와 구조들을 끌어와서 본래는 서로 무관한 그것들을 연결시키고 묶어 놓는다. 그렇게 하면 마치 줄만 당기면 가뿐히 들리는 곶감 꿰미처럼 그것들을 수월하게 다룰 수 있다.

뫼르소의 삶에서 본래는 서로 무관했던 일들이 법정에서 곶감 꿰미처럼 줄줄이 연결되었다. 검사는 아주 수월하게 그 곶감 꿰미를 모두에게 보여 주었고 아무도 곶감 하나하나에는 관심이 없었다. 그리고 모두가 알겠다는 듯이 고개를 끄덕이며 "아, 알고 보니 이렇게 곶감이 엮인 거로구나"라고 말했다. 만약 누가 눈치 없이 그 꿰미가 본래 각각의 여러 개 곶감으로 이뤄진 것을 지적했다면 그들은 분개하며 경멸의 어조로 "지금 이 곶감 꿰미가 안 보이는 거야? 그게 뭐가 중요해?"라고 반박했을 것이다.

어머니를 양로원에 보내고 어서 죽기를 고대한 것과 어머니의 시신을 마지막으로 보는 것을 원치도 않고 밤을 새우다 잠까지 들었던 것 그리고 장례일 아침에 관리인이 준 밀크커피를 마신 것과 장례식 다음 날 여자 친구와 하필 코미디 영화를 보러 간 것, 여기에 뚜쟁이 친구가 정부를 폭행하는 것을 도운 것까지, 어느 것 하나 빠지지 않고 다 연결되어 그가 냉혹하고 영혼 없는 살인범임을 증명해 주었다.

제7장 존재가 본질에 우선한다

사르트르의 무 이론

『이방인』의 제1부와 제2부는 뚜렷한 대조를 이룬다.

제1부에서는 뫼르소가 주관적이면서도 개별적으로 며칠 동안 일어난 일을 하나씩 서술하고 기록한다. 총을 쏴 사람을 죽였을 때 그는 그 일이 그토록 많은 다른 현상이나 다른 일들과 연관될지 주관적으로 의식하지 못했다. 그저 성실하게 자기 삶을 느끼고 기록하기만 했다. 그런데 제2부에 들어간 후로 그의 삶은 살인 사건 때문에 불성실한 인간들 앞에 놓이고 그들의 게으르고 편리한 방식에 의해 즉시, 간단하게 파악되는 의미의 답으로 엮인다.

이런 대비를 통해 카뮈는 한 걸음 더 나아가 성실함에 관해 탐구한다. 혹은 『시시포스의 신화』에서 한 걸음 더 나아가 "인간은 왜 성실하게 살아야 하는가?"에 대한 답변을 시도한다. 『이방인』의 허구적인 스토리에서 우리는 불성실한 인간 군상으로 이뤄진 사회가 얼마나 부조리하고 공포스러운지 구체적이면서도 첨예하게 느끼게 된다.

그 공포스러운 장면은 사악함에서 비롯되지 않고 그저 단순히 사람들(우리)이 습관적으로 애당초 현실에 존재하지 않는 의미에 의존하고 그것으로 사실을 대체하는 데에서 비롯된다. 우리는 죽음을 마주 대할 수 없어서 꼭 신을 창조하여 죽음이 절대적이지 않음을 보증하려고 한다. 인정하기 어려운 사실을 비교적 받아들이기 쉽고 편리한 틀 속에 엮어 넣는 것이다. 그렇지 않으면 더 거칠게, 직접적으로 사실을 제거해 버린다.

사르트르의 견해에 따르면 그것은 인간이 끊임없이 구실을 만들어 내 인위적으로 조작한 의미이지, 사실에 의해 구축된 존재Being의 내용이 아니다. 그래서 존재의 형성 과정 중에 무無가 연관이 된다. 무는 존재의 내용을 이루는 필수적인 성분이다. 왜냐하면 부정에 의지하고 사실을 회피함으로써, 다시 말해 무에 의지함으로써 인간은 비로소 받아들일 수 있는 존재의 내용을 자기 자신에게 부여할 능력과 용기가 생기기 때문이다. 역설적이게도 존재는 실재의 있음이 아니라 거꾸로 무이고 수많은 부정과 회피가 누적되어 생겨난 텅 빈 것이다.

사르트르가 철학의 언어로 설명한 것을 카뮈는 소설의 허구로 나타냈다. 소설에서 뫼르소를 극단적인 상황에 던져 놓음으로써 우리에게 어떤 충격적인 메시지를 전달한다. 본래 우리는 끝없는 심판의 상태 속에 살면서 남을 심판하는 동시에 남에게 비판을 받는다는 것을 말이다.

하지만 사르트르의 철학이 카뮈의 소설이 표현한 것보다 더 철저하고 급진적이다. 사르트르는 인간의 원초적인 상태가 일련의 독립적이고 단편적인 의식이며 무의미하고 설명할 길 없는 한 덩어리의 의식이야말로 인간의 원형인 동시에 엄격히 정의 내릴 수 있는 진실이라고 주장했다. 존재는 인간이 그 의미들을 정리하기 시작하는 데에서, 다시 말해 무로 진실을 대체하는 데에서 비롯된다는 것이다. 존재를 추구하고 수립하는 것은 원초적이고 참된 의식을 왜곡하고, 배제하고, 부정하는 조건에서 수행될 수밖에 없다. 우리는 모호하고 흐리멍덩한 한 덩어리의 의식을 적어도 두 부분으로, 즉 '자아'와 '외부 세계'로 분리하고 발전시켜야만 한다. 하지만 그 과정에서 자아와 외부 세계가 분리되지 않고 뒤섞인 본래의 직접적인 의식은 소멸되고 만다.

원초적인 진실 속에서는 '주체'와 '객체'의 구분이 없다. 의식은 직접적으로 자극에 대응하며 조리도, 질서도, 조직도 없다. 신경세포는 하루 동안 1억 5800만 개의 자극을 받아들이고 그 자극들이 낳는 반응 의식이 바로 '나'의 전부이다. 그런데 그런 나는 하나의 느슨한 의식 집합체로서 조직도 구조도 없고 외부 세계의 객체에 대응하는 주체의 성질도 없다. 이와 동시에 세계도 그 1억 5800만 개의 개별적 자극의 통칭에 불과하고 그 안에는 조직도, 구조도, 1억 5800만 개의 그 개별적 자극 이외의 어떠한 정리된 부속물도 없어서 역시 마찬가지로 주체에 대응하는 객체의 성질이 없다.

자아는 1억 5800만 개의 그 개별적 자극과 반응을 구별하고 분류하고 고르고 조직하는 데서 시작된다. 자아를 구별하고 분류하고 고르고 조직할 때 인간은 또 동시에 필연적으로 외부 세계를 구별하고 분류하고 고르고 조직한다. 이것은 동일한 프로그램의 양면에 해당한다. 이 프로그램의 조정이 다 끝나면 하나의 주체가 나타나며 세계는 곧 주체가 받아들이고 감지하는 객체이다. 사르트르는 조정

전의 의식의 원형을 '즉자적 존재'being-in-itself라고 불렀고 조정 후의 산물은 '대자적 존재'being-for-itself라고 불렀다.

대자적 존재는 즉자적 존재를 재료로 삼아 가공과 재조합을 수행한다. 다시 말해 즉자적 존재가 제거되고 무로 바뀌어야만 거기에서 대자적 존재가 나올 수 있다.

환각제와 실존주의

사르트르의 『존재와 무』에 나오는 철학 개념을 끌어들이면 『이방인』을 더 심층적으로 분석할 수 있다. 뫼르소는 본래 즉자적 존재에 가까운 방식으로 살아가고 있었다. 소설의 제1부에서는 즉자적 존재에 가까운 일종의 직접성과 혼란이 나타난다. 그런데 그런 직접성과 혼란은 일반인의 환경에서는 낯설 수밖에 없어서 제2부부터 뫼르소의 경험은 법적 심판의 극적 형식을 통해 새롭게 대자적 존재로 정리, 정돈된다.

제1부에서 제2부로 넘어오면서 진실하고 구체적인 경험자로서의 뫼르소는 '무화'無化되어 심판을 통해 부각된 또 다른 뫼르소에 의해 제거되고 대체된다. 나아가 심판이 정리해 낸 가짜 뫼르소는 또 그를 창조해 낸 이 사회에서 사는 것이 부적합하다는 판결을 받고 형장의 이슬로 사라지게

된다.

심판이 만들어 낸 가짜 뫼르소는 진짜 내용이 없는 텅 빈 것에 불과하다. 그런데 그것이 부조리하게도 진짜 살아 있고, 진짜 의식하고 경험하는 뫼르소를 제거한 것이다.

카뮈와 사르트르가 함께 속한 실존주의는 바로 그런 무를 문제 삼고 되돌리려 했다. 그들은 조직과 구조를 갖춘 간접적인 의미 체계가, 파편적이고 흩어져 있고 독립적이고 특수한 직접적 의식과 경험보다 우월하다고 인정하는 것에 반대했다. 그리고 체계화되지 않았거나 의미화되지 못하는 의식과 경험일수록 오히려 더 소중하다고 주장했다. 일반인에게 심판받을 수 없는 인간일수록 오히려 더 진실하고 중요하다는 것이었다.

1960년대에 실존주의는 서양을 휩쓸면서 젊은이를 위한 서브컬처의 중심 지도 원칙이 되었으며 그 서브컬처의 핵심적인 징표는 대마초, 환각제, 로큰롤, 섹스였다. 실존주의가 대마초, 환각제, 로큰롤, 섹스와 나란히 출현한 것은 결코 우연이 아니었다. 대마초, 환각제, 로큰롤, 섹스는 모두 의식의 연계를 깨고 사람을 혼란한 의식 상태로 돌려보내 실존주의가 표방하는 인간의 원초적 원형에 다가가게 하는 데 도움을 주었다. 대마초, 환각제, 로큰롤, 섹스는 모두 사람을 이성적인 의미의 질서 속에서 끄집어내 중력이 없는 듯한 상태로 데리고 갔다.

그중에서도 환각제가 특히 중요했다. 환각제는 의식의 기존 질서를 타파할 뿐만 아니라, 사람들이 평소에 못 듣는 섬세한 음악과 평소에 못 보는 아름다운 광경 그리고 평소에 못 부르는 듣기 좋은 노래와 평소에 못 쓰는 훌륭한 시를 듣고, 보고, 부르고, 쓰게 해 주었다. 환각제의 영향을 받은 사람은 본래의 그 사람일까? 우리는 그것을 부정할 수는 없다. 그는 본래의 외양으로 기존의 기억을 가진 채 우리 앞에서 숨 쉬기 때문이다. 하지만 우리는 단순히 그것을 인정할 수도 없다. 그는 명백히 본래 그에게 없었던 감수성과 표현력을 소유하고 보여 주기 때문이다. 만약 그가 본래의 그 사람이라면 그는 어떻게 갑자기 비약적으로 자신의 창조력을 높인 것일까? 또 그가 환각제를 먹기 전의 그 능력들은 어디에 숨겨져 있었고 왜 숨겨졌던 것일까?

환각제는 자아에 대한 이해에 도전하고 그것을 바꿔 놓았다. 가장 간단하면서도 받아들이기 쉬운 견해는 이렇다. 환각제는 정상적인 의지와 감정을 흐트러뜨리고 질서 정연한 의미의 질서를 이완시켜 사람을 원초적인 의식 상태로 데려감으로써 내면의 참된 본능을, 오랫동안 질서에 억눌려 발휘되지 못했던 불쌍한 본능을 방출시킨다는 것이다.

바꿔 말해 환각제는 인간의 잠재적인 본능이 현실에서 표현되는 것 이상임을 구체적으로 증명해 준다. 질서 있고 의미 있는 삶은 명백히 우리가 더 크고 강한 본능을 발휘하는 데 해가 된다. 환각제는 내가 본래의 나 자신인 상태에서도 눈 깜짝할 사이에 나를 나 같지 않게, 본래의 나보다 혼란하고 흐릿하긴 해도 훨씬 대단하게 만들어 준다. 본래의 나, 질서 있는 나는 나의 전부가 아니며 나아가 나의 가장 훌륭한 부분도 아니다. 만약 비틀스의 가장 놀랍고 매혹적인 노래가 환각제의 영향 아래 만들어지고 불렸다고 해도 우리는 못 믿을 이유가 없다.

환각제와 실존주의의 개념을 결합해 이야기해 보면 환각제의 효과는 우리를 규정하고 옥죄는 본질에서 벗어나 본질 이전에 있는 존재의 실상으로 돌아가게 해 주는 데 있다.

본질 이전에 있는 존재의 실상으로 돌아가기

우리는 한 사람을 어떻게 이해하고 묘사할까? 그 사람이 자신이든 좋은 친구이든, 아니면 티브이에 나오는 스타나

정치인이든 일단 이해하고 묘사하기 시작하기만 하면 필연적으로 본질의 틀 속에 빠지고 만다. 사실 '좋은 친구', '스타', '정치인'은 이미 본질의 냄새를 짙게 풍긴다. 각종 정체성과 방향성 그리고 복잡한 경험을 가진 사람들에게 '좋은 친구', '스타', '정치인'이라는 틀을 부여함으로써 그들의 정체성, 방향성, 경험을 제한해 본질 속에 환원시킨다.

이것은 인간의 경험이 숙명적으로 겪는 제한이며 심지어 함정이다. 우리가 어떤 사람에 대해 그가 선생으로서는 어떠어떠하고, 라디오 진행자로서는 어떠어떠하고, 또 아버지로서는 어떠어떠하다(아침에 딸 앞에서는 어떻고 휴일에 딸과 함께 있을 때는 어떻다)는 식으로 이해하고 묘사하면 사람들은 아마 알아듣지 못할 것이다. 우리가 잔뜩 늘어놓는 말을 다 듣고도 그는 그 사람에 대해 낯설고 모호한 느낌만 갖게 될 가능성이 크다. 다시 말해 우리는 말한 만큼 효과를 못 거두고 그냥 헛수고만 하는 셈이 된다. 그런데 우리가 방법을 바꿔 "그는 호랑이 선생으로서 언제든 남을 가르칠 준비가 돼 있으며 남에게 설교를 해서 일을 처리하려고 한다"라고 말하면 사람들은 바로 알아들을뿐더러 기억도 할 것이다.

앞엣것은 비본질적 묘사이고 뒤엣것은 본질적 묘사

이다. 상대적으로 우리는 본질적인 이해와 묘사에 더 익숙하고 또 그것을 피해 갈 수 없다. 비본질적인 자질구레하고 파편적인 묘사는 우리가 인정하는 '앎'과 '인식'과는 큰 차이가 있으며 그런 자질구레하고 파편적인 묘사를 조직하고 재편하지 않으면 우리는 선불리 그 사람을 알거나 인식했다고 말하지 못하고, 말할 수도 없다.

따라서 우리가 어떤 사람을 알고 지낸 지 10년이 넘었다는 것은 우리가 그에 대해 진작부터 체계적이면서도 간단히 파악할 수 있는 본질적인 이해를 형성했음을 의미한다. 하지만 그가 환각제를 먹고 나면 우리 눈앞에서 갑자기 전혀 다른 사람으로 변해 버린다.

아니, 문제는 그가 진짜로 전혀 다른 사람으로 변하지는 못하는 데 있다. 환각제를 먹어도 그는 여전히 그가 맞다. 그런데 그의 말과 행동, 나아가 능력까지 우리 마음속의 그에 대한 본질적 인지와는 크게 달라져 버린다. 이것은 우리를 대단히 곤혹스럽게 만든다.

그가 정말로 전혀 다른 사람이 됐다면 우리가 그렇게 놀라고 곤혹스러울 리가 없다. 이어서 기괴하고 성가신 의문이 들이닥친다. "그는 예전의 그인가? 내가 10년간 알고 지낸 그 사람이 맞나? 맞다면 그는 왜 이렇게 변했을까? 아니라면 그는 왜 본래 모습과 똑같은 걸까?"

보아하니 우리는 선택지가 하나뿐인 듯하다. 그것은 바로 기존의 본질을 버리고서 그가 새로 표출한 실태를 받아들이고 기록함으로써 먼젓번의 본질이 그가 환각제를 먹은 뒤에 드러낸 존재를 포괄하고 규정하기에 부족하다는 것을 인정하는 것이다.

존재는 본질보다 클뿐더러 나아가 "존재가 본질에 우선한다." 그 시대에 환각제는 실존주의의 최고 파트너였다. 수많은 이들이 환각제를 먹거나 환각제가 지인에게 일으키는 작용을 보고서 곧장 실존주의의 가장 선명한 구호인 동시에 본래는 가장 난해한 주장인 "존재가 본질에 우선한다"는 것을 받아들였다.

환각제는 또 다른 본질로 기존의 낡은 본질을 대체한 게 아니었다. 환각이 환각이라 불리는 까닭은 바로 그것이 파편적이고, 혼란하고, 무질서하며 가장 근본적인 시공간의 틀조차 무용지물로 만들기 때문이다. 그 안에서 시간은 도약하고 앞뒤로 마구 방향을 바꾸며, 공간은 비유클리드 기하학과 유사하게 이동하고 왜곡된다. 확실히 이런 환각 속에서 인간은 비로소 예민한 감각과 비상한 능력을 발휘할 수 있다. 무질서가 질서보다 더 창조적이기 때문이다.

1950년대 이후, 서양의 문학 예술 중에서 고도의 실험성을 띤 유파는 카뮈와 사르트르의 작품을 포함하여 모두 인간이 도대체 어느 정도까지 무질서해질 수 있는지를 계속 실험했다. 무질서에 대한 인간의 인내는 한계가 있을까? 또 인간은 어느 정도까지 질서에 대항할 수 있을까?

개인을 중시하고 집단을 초월하다

『이방인』은 "존재는 본질에 우선한다"는 개념의 교과서라 할 수 있다.

인간에게는 우선 인간으로서의 경험이 있는 것이지, 먼저 본질을 준비해 놓고서 자기가 어떤 인간이 돼야 하는지 규정하고 제한하지는 않는다. "존재는 본질에 우선한다"의 "우선한다"는 시간 개념의 선후가 아니라 본체론적 의미에서의 선후이다. 어느 게 먼저 있었는지, 다시 말해 이것과 저것이 서로 몇 초 또는 몇 분의 시간 간격이 있는지 같은 구분이 아니라는 것이다. 논리적으로 존재가 원초적인 토대이고 본질은 이것의 파생물일 수밖에 없다. 존재가 일차적인 것이고 본질은 존재에 의존하는 이차적인 산물일 뿐이다.

이것은 서양철학의 전통적인 본체론의 주장과 상반된

다. 주지하다시피 플라톤의 이데아론에서부터 "본질이 존재에 우선한다"는 관점이 형성된 바 있다. 예를 들어 먼저 말馬의 개념 또는 말의 이데아가 있고 나서야 비로소 한 마리, 한 마리의 구체적인 말이 있다는 것이다. 각 말들은 모두 말의 이데아의 불완전한 사본 또는 복제이다. 우리는 어떤 구체적인 말을 통해서도 그 '말'이라는 것을 인식할 수 없다. 왜냐하면 구체적인 그 말의 색깔, 키, 체형, 능력 등이 모든 말을 대표하지는 못하기 때문이다. 말을 인식하려면 우리는 구체적인 말에서부터 출발해 서로 다른 색깔, 키, 체형, 능력 등을 모두 포괄할 수 있는 어떤 추상적인 말의 개념, 말의 원형으로 나아가야 한다. 어떠한 구체적인 색깔, 키, 체형, 능력 등의 조건에도 한정되지 않는 말이야말로 진짜 말이다.

그러나 실존주의의 주장은 다르다. 말은 우선적으로 한 마리, 한 마리의 개별적인 말이며 말의 공통적 성질에 대한 우리의 어떠한 묘사도 개별적인 말들에 대한 관찰과 정리에서 비롯된 것이라는 주장이다. 전통적인 견해에서는 길고 갈기가 달린 목이 말의 한 가지 특징이고 말로서의 외형을 결정하므로 길고 갈기가 달린 목이 있느냐 없느냐가 말에 대한 우리의 관심의 초점이 된다고 생각한다. 하지만 실존주의에서는 말의 정말로 중요한 점은 이 말이 80센티미터의 목을 갖고 있고 다른 말이 83센티미터의 목을 갖고 있으며 또 다른 말들은 각기 25센티미터와 21센티미터의 갈기를 가진 것 등이라고 생각한다. 그러나 본질의 관점에서는 그 말들이 공통으로 가진, 길고 갈기가 달린 목에만 주목하며 그것들의 개별성과 개별적인 존재는 무시하고 부정한다. 이것은 말에 대한 잘못된 인식이다. 우리는 우선 각 말들의 서로 다른 차이를 환원하고 나서 그것들의 통계적으로 유사한 점을 논의해야 한다.

그래서 실존주의는 개인과 개체를 중시하고 집단을 초월한다. 실존주의는 본체론과 인식론을 기초로 개체와 차이를 긍정하면서 집단의 공통성이 개별적인 차이를 억압하게 하는 것을 거부한다. 개체들을 한데 모아 그것들 사이의 공통성을 찾아내 형성시킨 본질은 무와 환상이고 진실과 구체성을 부정하고 무화시켜 생겨난 거짓이다. 어떠한 말도 '말의 본질'과 같지 않으며 또 우리는 '인간의 본질'을 갖고 살아가는 그 누구도 찾아낼 수 없다.

실존주의가 몇 번이고 되풀이해 일깨우고 경고하는 것은 바로 우리 사회에서 본질을 이용해 참된 존재를 억압하고, 부정하고, 제거하는 일이 지속해서 벌어지는 것이다.

인류 문명이 만들어 낸 이런 습관을 계속 당연하게 생각해서는 안 된다.

우리는 『이방인』에서 뫼르소가 겪은 심판의 인위적이고 허망하며 허무한 면모를 직시해야 한다. 이것이 이 소설에 내포된 철학적 판단이자 실천적 알레고리이다.

희망의 기쁨에 대한 거부

『이방인』의 제1부에서 뫼르소는 일종의 직관적인 삶을 살고 있었다. 자신의 직관을 통해 그는, 다른 사람들처럼 자신을 위해 외적이며 조작적인 수많은 의미를 구축하지 않고, 외적인 자극에 일일이 응답하며 살았다. 제2부에 와서 사형 언도를 받고 죽음에 직면하고 나서야 뫼르소는 자신이 어떤 사람이 돼야 하는지 의식적으로 사유하고 선택한다.

앞에서 재판이 있기 전에 예심판사가 뫼르소에게 하느님을 믿는지 안 믿는지 묻는 장면을 인용한 바 있다. 그때 뫼르소는 직관적이면서도 성실하게, 또 예심판사의 기대를 보기 좋게 저버리며 믿지 않는다고 했다. 하지만 당시에 그는 자신의 생명이 곧 끝난다는 것을 몰랐으며 죽음의 절박한 위협을 느끼지도 못했다.

재판이 끝난 뒤, 비슷한 일이 또 한 번 일어난다. 이번에는 교도소 부속 신부가 와서 그에게 신을 믿으라고 권하며 "하느님이 당신을 도와주실 겁니다. …… 내가 만났던 당신과 같은 사람들은 다 하느님께 돌아왔습니다"라고 말했다. 뫼르소는 역시 거부하고 하느님을 믿지 않는다는 입장을 고수했다. 이때 그의 불신은 더 큰 무게와 더 심오한 의미를 갖게 된다. 죽음 앞에서 그는 종교적 믿음뿐만 아니라 희망까지 거부한 것이다.

사형 판결을 받은 이들은 자신에게 희망을 주는 것이 있으면 그게 무엇이든 필사적으로 부여잡으려 한다는 것을 알고 있었기 때문에 신부는 자신만만하게 뫼르소를 설득하려 했다. 이런 그의 자신감과 집요함은 뫼르소를 화나게 했다. 신부가 자기를 위해 기도를 해 주겠다고 말했을 때 그는 결국 폭발했다.

> 왜 그랬는지는 모르지만, 알 수 없는 불길이 내 안에서 폭발했다. 나는 목이 터져라 그에게 욕을 하고 나를 위해 기도하지 말라고 했다. 나는 그의 사제복의 깃을 움켜쥐고 기쁨과 분노가 뒤섞인 혼란을 느끼며 마음 깊은 곳에서 솟구치는 원망을 그에게 다 쏟아부었다. 그는 확실히 자

신만만해 보이는군, 안 그래? 하지만 아무리 굳은 신념도 여자의 머리칼 한 올만도 못해.

그는 그야말로 신부에게 행패를 부렸다. 그런데 기이하게도 이렇게 감정이 폭발하는 가운데 "기쁨과 분노가 뒤섞여 솟구쳐 오르는 것을" 느꼈다. 이 '기쁨'은 왜 생겼고 어디에서 왔을까? 뒷부분을 계속 읽어 보기로 하자.

그가 사는 방식은 죽은 사람과도 같으며 심지어 실제로 살아 있다고도 말할 수 없지. 나는 겉으로는 맨주먹인 것처럼 보일 거야. 하지만 나는 내 자신에 대한, 모든 것에 대한, 그리고 내 인생과 닥쳐올 죽음에 대한 확신이 있어. 그보다 더 많은 확신을 갖고 있다고. …… 이게 내가 사는 방식이야. 내가 원하기만 하면 그것은 또 전혀 다른 것이 될 수도 있지. 나는 이렇게 하는 것을 택했고 다른 것은 택하지 않았어. …… 나의 머나먼 미래에서 한 줄기 어두운 바람이 아직 오지 않은 세월을 꿰뚫고 내게 불어오고 있어. 그것은 지금까지 내가 살아온 부조리한 인생을 흘러지나며 과거의 그 진실하지 못한 사람들이 내게 보여 준 거짓 이미지를 깨끗이 씻어 내지. 타인의 죽음, 엄마의 사랑, 그의 하느님, 타인이 선택한 삶, 타인이 선택한 운명이 나와 무슨 관계가 있지?

이것은 확실히 '기쁨'이다. 이 순간, 뫼르소는 감옥에 갇혀 사형을 기다리고 있는 자신의 삶이 신부의 삶보다 더 참되다고 인식했다. 또 이 순간, 자기기만과 자기 위안을 거부함으로써, 그리고 사실 그대로 죽음을 마주함으로써 자각과 자신감을 얻었으며 남들이 자신에게 덮어씌운 갖가지 가짜 이미지를 벗고서 그 '타자들'을 떠나 자신과 자신의 선택으로 돌아가기로 했다.

뫼르소는 자신의 성실함을 깊이 인지하고 성실함이 가져다준 기쁨을 느꼈다. 이 지점에 이르러 그는 실존주의적 영웅이 되었다. 죽음이 가져온 공포를 극복했으며 죽음 앞에서도 변함없이 위로와 희망을 거부했다.

죽음은 인간의 모든 도피와 자기기만의 근원이다. 인간은 죽음을 피해 갈 수 없고 또 사실 그대로 죽음을 받아들이지 못한다. 비트겐슈타인*의 명언 중에 "죽음은 인류의 경험이 아니다"라는 말이 있다. 인간은 인간으로서 죽음을 체험하고 이해할 수 없다. 하지만 그런데도 죽음을 예상하고 설명하지 않고는 못 배긴다. 그래서 인간은 어쩔 수 없이

---

* Ludwig Wittgenstein(1889~1951). 오스트리아에서 태어나 훗날 영국으로 이주한 20세기의 영향력 있는 철학자. 주요 저작으로 『논리-철학논고』, 『철학적 탐구』, 『확실성에 관하여』 등이 있다.

뭔가를 지어낸 뒤, 자기가 지어낸 것을 믿는다. 신이 있다고 믿고, 내세가 있다고 믿고, 사후의 궁극적인 심판이 있다고 믿고, 영혼과 귀신이 있다고 믿고, 천당과 지옥이 있다고 믿는다. 이 중에서 어느 것이라도 인간이 정말로 경험해 본 것이 있는가? 어느 것이든 다 인간이 스스로 지어내 믿는 것이 아닌가?

『이방인』은 당연히 종교에 대한, 특히나 기독교에 대한 반성이며 심지어 신랄한 고발이다. 인간은 하느님에 의존하여 희망을 얻고 진실을 회피하며 결국 불성실하고 부조리한 삶에 빠진다. 불성실한 인간들로 이뤄진 사회는 또 필연적이면서도 반복적으로 진실을 소거하고 본질로 존재를 대체함으로써 사람들이 참되게 살지 못하고 계속 지어지고 날조된 의미와 본질로 자신을 스스로 감추고 억압하는 동시에 남들을 심판하고 박해하게 만든다.

죽음을 앞두고도 뫼르소는 희망의 함정에 빠지지 않았고 희망 없이 살아가는 어떤 기꺼움에 잠겨 말한다. "기꺼이 이 세계의 부드러운 냉담함을 받아들였다."

사람들은 뫼르소의 말을 이해하지 못했다

『이방인』을 끝까지 읽고 다시 처음부터 제1부를 읽고 나면 우리는 사실 뫼르소 자신을 비롯한 그 누구도 당시의 그 현실적 조건에서 뫼르소가 살인을 할지 말지 예측하거나 단정할 수 없었음을 깨닫는다.

이것은 당시의 사실과 재판의 목적 사이에 존재했던 메울 수 없는 간격이다. 재판 중에 검사가 주도하여 나중에 판사와 방청객들까지 다 받아들인 주장의 목적은 뫼르소가 사람을 죽였을 뿐만 아니라 근본적으로 살인자라는 것을 증명하는 것이었다. 그들이 보기에 뫼르소가 살인 행위를 저지른 것은 그의 삶의 한 본질이었다. 그가 어머니에게 무정했던 것과 어머니의 장례식 전후에 그가 보인 태도가 그가 '필연적으로' 살인을 할 것이라는 사실을 증명한다는 것이다.

그들이 보기에는 냉혹함이 뫼르소의 본질이었다. 그것은 검사의 말을 빌려 말하면 '영혼의 결여'였으며 그것을 근거로 어머니에 대한 그의 무정함과 그의 살인, 이 두 가지 일을 연결 지었다.

뫼르소의 변호사는 그가 살인한 사실을 부인할 수 없었으므로 한 성실한 회사원이 순간적인 실수로 살인을 했다는 쪽으로 일을 몰아갔다. 식당 주인과 개를 키우는 이웃을 증인으로 불러 뫼르소가 '사나이'이며 '친절한 사람'이라고 말하게 했다. 그런데 그가 뫼르소의 애인, 마리를 불러 증언을 시켰을 때 불행히도 검사가 파고들어 뫼르소가 어머니의 장례식 이튿날에 마리를 데리고 영화관에 가서 코미디 영화를 본 일을 부각했다.

검사와 변호사는 입장이 상반되기는 했지만 똑같은 방법으로 뫼르소의 재판을 처리했다. 검사는 뫼르소라는 사람의 본질이 냉혹하고 무정해서 어떻게든 살인을 하게 돼 있었음을 증명하려 했다. 또 변호사는 뫼르소라는 사람의 본질이 착해서 살인을 할 리가 없으니 그의 살인은 순간적인 실수로 인한 사고에 속한다고 증명하려 했다.

뫼르소는 변호사가 마지막으로 이런 말을 하는 것을 들었다.

> 그는 내가 선량하고 정직한 사람이며 근무하는 회사에 충실했고 모든 사람에게 사랑을 받은 동시에 다른 사람의 불행을 동정했다고 말했다. 그의 말 속에서 나는 능력이 허락하는 범위 내에서 엄마를 부양했던 모범적인 자식이었다. 그러다가 결국 연로한 엄마가 내 경제적 조건으로는 해드릴 수 없는 것을 양로원에서 누릴 수 있기를 희망했을 뿐이라고 했다.

두 사람은 완전히 상반된 발언을 했다. 카뮈는 우리가 검사의 발언은 부정하고 변호사의 발언은 받아들이도록 유도하지 않는다. 대신 우리가 거기에 담긴 부조리를 꿰뚫어 보기를 바란다. 그 두 가지 발언 속 견해는 모두 뫼르소와 무관하며 단지 그 재판에 필요해서 조작된 한 세트의 '본질'이라는 것을 말이다.

재판의 무게 중심이 뫼르소의 살인 행위에 있지 않았다는 것은 이미 분명해졌다. 그보다는 뫼르소의 사람됨이 결국 살인을 하도록 정해져 있었는지를 판정하려 했다. 사실 그의 살인 행위는 여러 우연적 요소의 상호 영향과 충격의 결과였기 때문에 그에게는 살인을 할 필연성도, 살인을 안 할 필연성도 없었다. 그런데도 그 법정과 그곳의 방청객들은 이것 아니면 저것인 답을 꼭 얻어야만 했다.

그것은 '본질적 사유'에서 비롯된 습관이었다. 그들은 그 습관에서 벗어날 수 없었고 벗어나고 싶어 하지도 않았다. 이에 뫼르소의 재판은 마지막에 뫼르소라는 존재의 사실과는 거리가 먼 두 가지 가상을 얻어 사람들에게 선택지로 제공했다.

정말로 뫼르소에게 살인범이 되게 하거나 불운한 사고를 저지르게 한, 뚜렷하게 드러나는 어떤 본질이라는 것이 있을까? 소설의 제1부로 돌아가서 뫼르소가 방아쇠를 당기는 마지막 순간까지 전개된 모든 일을 다시 살펴봐도 뫼르소가 살인을 할지 말지는 단정하기 어렵다. 레몽과 함께 그 두 명의 아랍인을 찾아갔을 때도 그는 의식적으로 레몽이 총을 쏘려는 것을 막았다. 그러고 나서 "레몽이 권총을 내게 건네줬을 때, 태양이 비쳐 금속에 번쩍하고 반사되었다. 네 명은 여전히 미동도 하지 않았다. 마치 사방의 공기에 포위되어 꼼짝도 못하는 것 같았다. 우리는 서로를 응시한 채 눈도 깜박하지 않았다. 바다와 해변과 태양 사이에서 모든 것이 정지했고 피리 소리와 물소리도 정지했다. 총을 쏘자는 생각과 쏘지 말자는 생각이 동시에 내 머릿속을 스쳤다."

다시 백사장에서 그 아랍인을 만났을 때는 속으로 "내가 돌아서기만 하면 일이 끝난다고 생각했다." 하지만 강한 햇빛이 그를 내리쬐었고 "더는 그 뜨거운 열기를 참을 수가 없어 나는 앞으로 한 걸음 나섰다. 나는 그게 어리석은 일임을 알고 있었다. 한 걸음 더 나선들 어디에나 존재하는 햇빛에서 벗어날 수는 없었다. 하지만 그래도 나는 한 걸음 앞으로 나섰다." 그가 한 걸음 앞으로 나서는 것을 보자마자 아랍인은 칼을 꺼냈고 이어서 뫼르소는 방아쇠를 당졌다.

이것이 바로 재판 중 범죄 동기에 관한 질문을 받았을 때 뫼르소가 "그것은 태양 때문이었다"라고 말할 수밖에 없었던 이유이다. 그의 참된 존재의 경험 속에서 총을 쏘는 것과 안 쏘는 것의 차이를 설명할 수 있는 유일한 것은 태양과, 태양의 못 견디게 뜨거운 햇볕뿐이었다. 그 외에 더 심각하고 본질적인 이유는 없었다.

태양은 어머니의 장례와 백사장에서 벌어진 아랍인과의 충돌을 연결 지었다. 그것은 뫼르소의 존재적 차원의 참된 느낌이었지만 사람들은 이해하지 못했다. 그래서 뫼르소가 태양을 언급했을 때 방청석에서는 웃음이 터졌고 그의 변호사조차 어찌할 바를 모르고 어깨를 으쓱였다.

존재적 차원의 사실은 태양이 뫼르소의 살인 행위를 결정지었다는 것이다. 하지만 그것은 본질적 사유와 이해 속에서는 한쪽으로 치워질 수밖에 없었다.

제8장 부조리의 철학에서 『반항하는 인간』으로

카뮈는 그 살인 사건을 어떻게 보았을까

『이방인』에서 뫼르소가 아무 이유 없이 단지 태양과 더위 때문에 사람을 죽인 것은 설득력이 부족하다고 비판하는 사람이 있다. 또한 카뮈의 글쓰기가 비도덕적이라고 비판하는 사람도 있다. 특히 일부 독자는 사람들이 뫼르소를 동정하게 하여 그가 살인 때문에 벌을 받으면 안 된다고 생각하게 만드는 게 카뮈의 의도라고 오해한다. 당연히 이것들은 모두 이 소설에 대한 오독이며 카뮈의 '부조리의 철학'에 대한 무지이거나 오해이다. 그러면 부조리의 철학과 실존주의의 가치 안에서 카뮈는 그 살인 사건을 도대체 어떻게 보았을까?

소설 속에서 뫼르소는 법정에서도, 자기 자신에게도 왜 사람을 죽였는지 설명하지 못했다. 그것은 사실 우리가 늘 마주하거나 인정하기 원치 않는 존재의 실상이기도 했다. 절대 모든 일과 모든 행위가 다 설명이 가능하지 않다. 더욱이 인생에서는 흔히 중대하고 핵심적인 일일수록 더 그 일이 일어났을 때 온전한 생각과 견해를 갖기 힘들다.

설명은 보통 사후 해석이거나 제삼자의 의견 제시여서 그 당시의 진짜 이유가 아니다. 바로 그 일이 너무 중대하고 핵심적인 까닭에, 만약 자신이 말하려는 진짜 이유가 남들이 듣기에 일의 심각성에 비추어 안 어울린다고 여길 것 같으면 우리는 할 수 없이 보조를 맞춰 충분히 비중 있고, 심각하고, 허울 좋은 이유를 찾아낸다. 하지만 사실 우리는 일이 발생한 당시에는 그 일이 그토록 중대하고 핵심적인지 판단하지 못한다. 나중에 일이 커지고 심각해지고 나서야 자신의 동기와 경험을 수정해 다시 서술한다.

『이방인』에서 카뮈는 자신의 목소리를 개입시키지 않고 뫼르소를 통해 그런 존재의 실상을 부각시키는 방식으로 그 살인 사건을 보충한다. 하지만 그렇다고 해서 그가 살인을 대수롭지 않게 생각한 것은 아니었다. 단지 그것을 소설에 필요한 하나의 에피소드로 간주했을 뿐이다.

『이방인』을 출판한 지 9년 뒤인 1951년, 카뮈는 『반항하는 인간』을 출판했다. 이 책은 카뮈의 두 번째 철학서로 그는 의식적으로 이 책을 『시시포스의 신화』 속편으로 저술했다. 『시시포스의 신화』는 자살을 기점으로(인간은 사는 게 의미가 없어서 자살하는 걸까?) 사유와 논의를 열어가는데, 『반항하는 인간』은 살인을 비롯한 범죄를 화제로 삼아 시작된다.

『반항하는 인간』의 첫 문장은 "범죄에는 격정에 의한 충동적 범죄와 논리에 의한 이성적 범죄가 있다"이다. 『반항하는 인간』은 이렇게 범죄에 관해 탐구하지만, 부조리의 철학을 거친 카뮈가 전통적인 도덕과 법률의 관점에서 범죄를 논의할 리는 없다. 그가 보기에 도덕과 법률은 모두 인간이 만들어 낸 구실인 동시에 인간에게 몇몇 본질을 제공하는 규정이기 때문이다.

"존재는 본질에 우선한다"고 주장하고 존재의 경험과 가능성을 제한하는 어떤 선천적인 본질이 인간에 있다는 것을 부정했기 때문에 카뮈는 다음과 같은 문제에 부딪힐 수밖에 없었다. 인간에게 본질이 없다면, 또 인간 존재가 너무나 다양해서 포착하고 규정하기 어렵다면 우리는 자신을, 그리고 다른 사람의 행위를 어떻게 믿거나 이해할 수 있을까?

"그렇게 학력이 높은 사람이 어떻게 사람을 속일 수 있을까?", "그렇게 직위가 높은 사람이 어떻게 부패할 수 있을까?", "인문 강좌를 듣고 카뮈의 철학에도 관심이 있는 사람이 어떻게 사람을 죽일 수 있을까?" 같은 방식으로 우리는 보통 판단을 하곤 한다. 『이방인』과 실존주의는 우리에게 이런 사유 방식의 부조리한 점을 일깨운다. 사람을 속이는 게 학력과 무슨 관계가 있단 말인가? 부패한 것은 또 직위와 무슨 관계가 있을까? 사람을 죽이는 것은 더더욱 인문 강좌를 듣거나 카뮈를 공부한 것과 무관하다!

그렇다면 누군가 사람을 죽일 리 없다는 것을 판단하고 확인할 수 있는 방법은 무엇일까? 아니면 갖가지 요인과 자극으로 누구든 살인자가 될 수 있으니 우리는 늘 걱정하며 전전긍긍해야 하는 걸까? 더 정확히 묻는다면 부조리의 철학에서는 인간이 뭘 해도 되고 뭘 해서는 안 되는지를, 예컨대 사람을 죽이면 안 된다는 것을 규정하는 원칙 같은 게 아무것도 없는 걸까?

카뮈는 부조리의 철학을 계속 파생시켜 인간 존재에 관한 사유를 더 발전시키려 했다. 그리고 그러기 위해서는

『이방인』 속 뫼르소의 그 살인과 다시 대면하지 않을 수 없었다. 아마도 『반항하는 인간』을 내기까지 그 몇 년간 카뮈의 마음속에는 뫼르소의 그 살인의 에피소드가 계속 남아 있었을 것이다.

논리에 의한 이성적 범죄

1950년대 초에 『반항하는 인간』을 쓰도록 카뮈를 직접 자극한 것은 히틀러와 독일 나치가 저지른 일이었다. 1942년 『이방인』이 출판됐을 때 프랑스는 독일에 점령된 상태였고 카뮈는 나치에 저항하는 조직에 가담했다. 히틀러와 나치는 그들의 적이었지만 당시 그들은 그 적이 얼마나 무시무시한지 알지 못했다. 혹은 나치에 대한 혐오와 적대심 때문에 나치의 진면모가 얼마나 무시무시한지 상상하지 못했을 것이다. 비록 전쟁의 와중에서 전쟁이 가져온 고통을 자신들이 겪고 있기는 했지만 당시 그들은 그 전쟁이 도대체 얼마나 무시무시한지도 잘 알지 못했다.

전쟁에 대한 그들의 이해는 제1차 세계대전에서 비롯되었다. 그들은 제1차 세계대전의 기억을 가지고 자신들이 처한 그 새 전쟁을 상상하고 이해했다. 또 많은 사람이 죽고, 또 유럽의 한 청년 세대가 희생되고, 또 문명에 대한 사람들의 강한 회의와 실망이 일어나고, 또 사람들이 야만의 심연으로 한 발짝 밀어 넣어지겠다고 생각했다. 이것이 그 전쟁에 대한 그들의 상상이었으며 그것만으로도 이미 충분히 고통스럽고 견디기 어려웠다.

그런데 전쟁이 끝난 뒤에야 그들은 그 전쟁이 그 정도에 그치지 않았음을 깨달았다. 제2차 세계대전이 초래한 파괴는 제1차 세계대전을 훨씬 넘어섰다. 영국 런던은 독일의 폭격으로 완전히 폐허가 되었고 독일의 여러 도시도 영국과 미국의 연합 작전으로 폐허가 되었다. 프랑스는 파리가 폐허가 되는 것을 막으려고 일찌감치 나치에 항복하기는 했지만 그런 나약한 결정 때문에 프랑스인의 정신에 자기 회의와 자기 왜소화라는 또 다른 폐허를 남겼다. 그 결과, 유럽 전체에 미국이나 소련과 맞설 만한 나라가 하나도 남지 않았으며 심지어 미·소 간에 새로 형성된 냉전의 긴장 관계에 참여하거나 영향을 끼칠 여력이 있는 나라조차 없었다.

1945년 5월, 독일의 항복으로 연합군이 독일군 점령지에 진입하며 독일을 점령했고, 그 후 독일과 독일군 점령지의 강제 수용소에서 유대인이 당한 비극이 연이어 공개되었다. 놀랍게도 그 짧은 기간에 무려 6백만 명의 유대인이 말살된 것으로 밝혀졌다.

그것은 인류 역사상 가장 효율적인 살인의 성취였다. 그것을 '성취'라고 부를 수 있다면 말이다. 역사적으로 잔혹한 사례는 상당히 많았지만 잔혹함은 꼭 저항을 일으켰고 학살도 반드시 도주와 필사적인 반응을 촉발하곤 해서 효과적으로 잔혹한 학살을 수행하는 것은 그리 쉬운 일이 아니었다. 그렇다면 나치는 어떻게 6백만 명의 유대인을 죽일 수 있었을까?

『반항하는 인간』의 "범죄에는 격정에 의한 충동적 범죄와 논리에 의한 이성적 범죄가 있다"라는 구절과 관련해 카뮈는 에밀리 브론테*의 소설 『폭풍의 언덕』 주인공인 히스클리프를 통해 '격정에 의한 충동적 범죄'가 무엇인지 설명한다. 히스클리프는 자신의 사랑을 지키기 위해서라면 살인도 서슴지 않았다. 누가 자신의 사랑하는 사람을 빼앗고 자신의 사랑을 파괴하려 하면 그는 그 사람의 생명을 빼앗아서라도 애인과 사랑을 지키곤 했다. 이것은 격정에서 비롯된 극단적인 행위이다. 그런데 이런 행위가 의미를 갖고 또 그의 애인과 우리가 그 안에 깃든 격정을 느낄 수 있었던 까닭은 그가 살인이 잘못된 것이며 해서는 안 되는 일이라는 것을 분명히 알고 인정했기 때문이다. 절대에 가까

* Emily Jane Bronte(1818~1848). 19세기 영국의 작가이자 시인. 샬롯 브론테, 앤 브론테와 자매지간이다. 세계 문학의 고전이 된 『폭풍의 언덕』은 그녀의 유일한 소설이다.

운, "살인을 해서는 안 된다"는 금기까지 어긴 것은 그가 얼마나 강렬한 격정으로 자신의 사랑을 대하고, 보호하고, 지키려 했는지를 보여 준다.

만약 누가 "내 사랑을 지키기 위해 청핀서점*에 가서 책 10권을 사련다!"라고 하면 의미가 있을까? 그렇지 않다. 왜냐하면 청핀서점에 가서 책을 사는 것은 어떠한 금기도 아니고 금기를 깸으로써 치러야 하는 대가도 없으며 사랑에 대한 그 사람의 격정과 집착을 보여 주지도 못하기 때문이다.

격정에 의한 충동적 범죄는 기꺼이 죄의 대가를 치러 사랑과 맞바꿈으로써 사랑의 가치가 범죄를 초월한다는 것을 보여 준다.

그런데 독일의 나치가 6백만 명의 유대인을 죽인 것과 히스클리프가 사랑을 위해 사람을 죽인 것은 모두 똑같은 살인, 똑같은 범죄일까? 아주 간단한 사실이 이 두 가지 살인이 서로 다르다는 것을 보여 준다. 사랑을 위한 살인은 살인을 할 때 어김없이 충동적이며 감정이 격앙된다. 심지어 보통의 원한에 의한 살인에서조차 살인자는 살인을 할 때 대부분 충동적이고 감정이 격앙되며 살인을 끝낸 뒤 자신도 모르게 깊은 피로감을 느낀다.

---

* 誠品書店. 타이완 최대의 체인 서점이다.

그러나 나치가 유대인을 죽인 과정은 조용하고 냉정했다. 그렇게 짧은 시간에 그렇게 많은 사람을 죽일 수 있었던 한 가지 필요 조건은 그 살인의 행동과 과정이 살인자들에게 참을 수 없거나 회복하기 힘든 정신적, 육체적 피로를 주지 않은 것이었다. 그들은 격정에 의해 충동적으로 살인을 한 것이 아니라 그 살인이 옳고 합리적이라 믿었다. 바로 이것이 '논리에 의한 이성적 범죄'이다.

반항하는 인간은 '노'라고 말하는 인간이다

제1차 세계대전에 이어 제2차 세계대전을 겪었으니 전쟁이라는 것이 어떻다는 것을 확실히 파악하고 있었으므로 카뮈와 당시 유럽인들은 전쟁터에서도, 아무리 살상력이 강한 현대식 무기가 있어도 6백만 명을 죽이는 것은 그렇게 쉬운 일이 아니라는 것 정도는 알고 있었다.

더구나 독일 나치는 조용히 그토록 많은 사람을 강제수용소의 가스실에 집어넣고 매일 생산 라인에서 제품을 찍어 내듯 안정적이면서도 효율적으로 인명을 살상했다.

이 일을 어떻게 봐야만 할까? 또 어떻게 해석해야만 할까? 진지하게 삶의 철학을 사유하는 사람이라면 결코 눈앞의 이 전대미문의 재난을 피해 갈 수 없었을 것이다. 카뮈는 자신의 실존주의와 부조리의 철학이 이 재난의 도전을 감당할 수 있는지 진지하게 사유해야만 했다.

『반항하는 인간』은 바로 그가 제시한 답이었다.

카뮈는 '반항하는 인간'이 무엇인지에 대해 간단하게 '노'no라고 말하는 인간이라고 서술했다. 누가 어떤 명령을 들었을 때, 그 명령을 내린 자가 지위가 높든, 권력이 강하든, 폭력으로 위협을 가했든, '노'라고 말할 수 있다면 그는 반항하는 인간이다.

우리에게 반항하는 인간이 무엇인지 느끼게 해 줄 가장 전형적인 장면을 상상해 보자. 이미 명령과 질책과 매질에 익숙해져 있고 항상 주인을 등진 채 등에 채찍질을 당하던 한 노예가 어느 날 돌아서서 주인에게 '노'라고 말했을 때 그 '노'는 '안 돼!', '더 못 참아!', '여기까지!'를 뜻한다. 이 말을 함으로써 그 노예는 반항하는 인간이 된 것이다.

왜 이 장면이 중요할까? 이런 광경이 여러 중요한 일을 의미하기 때문이다. 우선 첫 번째로 거기에 한계선이 존재함을 의미한다. '노'라고 말할 때 노예는 자신과 주인의 관계를 철저히 뒤집고 부정하는 것은 아니다. 비록 노예와 주인의 관계라고 해도 행위의 일정한 한계선이 있다고 표현하는 것이다. '여기까지'라는 한계선이 자기 마음속에 있어야만 노예는 그런 순간에 과거와는 달리 돌아서서 고개를 들고 '노'라고 말할 수 있다. 그 한계선에 도달하기 전까지 그는 계속 참아낼 수 있지만, 그렇다고 끝까지 모든 것을 참을 수 있는 것은 아니다.

반항의 대상이 누구이든, 반항을 촉발한 원인이 무엇이든, 반드시 그런 한계선이 있어야만 반항하는 인간이 출현한다. 반항하는 인간 스스로 그 한계선을 말하고 의식하지 못하더라도 반항의 행위가 그 한계선의 존재를 입증한다.

노예가 주인을 향해 돌아서서 '노'라고 말하는 것의 두 번째 중요한 의미는 그가 자기 자신에게 주인이나 주종 관계에 의해 없어지지 않는 특수한 가치들이 있음을 (분명하게 설명하지는 못하더라도) 인정하고 주장하는 것을 의미한다. 그리고 한계선의 실질적인 의의는 바로 내가 내주고 싶어 하지 않는 동시에 남이 빼앗아 가서는 안 되는 것들이 존재함을 표시하는 것이다. 협상 테이블에서 어떤 이는 "이건 내 마지막 한계입니다"라고 말하곤 한다. 이 말은 그에게 협상의 조건으로 삼고 싶지 않은 대가가 있으며 그것까지 희생하면 그에게는 협상 전체가 무의미해진다는 것을 뜻한다. 만약 꼭 지켜야 할 가치가 있다고 느끼지 못한다면 노예는 결코 돌아서서 반항하는 인간이 되지 않을 것이다. 그는 빼앗겨서도 없어져서도 안 되는 것들(구체적인 것이든 추상적인 것이든)을 위해 반항한다.

다음은 세 번째다. 노예가 돌아서서 '노'라고 말하면 주인은 보통 마음의 준비가 안 돼서 깜짝 놀라게 마련이다. 주인이 놀라는 것은 단순히 노예가 저항할 줄 몰랐기 때문이 아니다. 그보다는 노예가 하필 그 일 때문에 저항할 줄 몰랐기 때문이다. "왜지? 내가 처음 이런 명령을 내리는 것도 아니잖아. 왜 하필 이번에, 그리고 지금 '노'라고 하는 거지?"라고 주인은 반응한다.

노예는 주인이 어떤 고역이나 벌이나 모욕을 새로 고안해 강요할 때만 꼭 저항하는 것은 아니다. 만약 그렇다면 그것은 노예가 그런 일(고역이나 벌이나 모욕)에 대해 선천적인 거부감을 느끼고 있어서 그런 일을 처음 당하자마자 '노'라고 말하고 저항하는 것을 뜻한다. 하지만 현실에서는 대부분 그렇지 않다. 노예는 그전에 순순히 세 번, 열 번, 심지어 백 번이라도 그런 일을 받아들였을 가능성이 크다. 그런데 어떤 순간에 갑자기 그전처럼 복종하지 않고 돌아서서 주인에게 '노'라고 말한다.

카뮈는 문제의 핵심이 명령에 뒤따르는 괴로움이나

굴욕에 있지 않고, 어떤 상황에서도 침탈을 허용할 수 없는 가치가 자신에게 있음을 노예가 의식하거나 생각해 봤느냐에 있다고 주장한다. 차이는 주인의 명령에 있지 않고 노예 자신의 각성에 있다. 그전까지 노예는 자신의 가치와 그 가치 의식이 긋는 한계선을 알지 못했다. 나중에 알았고 그래서 주인이 그 선을 넘으면 참지 못해 돌아서서 '노'라고 말하는 것이다.

반항은 인간의 존엄을 표명한다

앞의 전형적인 반항의 장면에서 한쪽은 채찍을 든 주인이고 다른 한쪽은 맨손으로 뒤돌아선 노예이다. 이 장면을 상상하면 우리는 자연스레 어떤 숙명의 비극적인 감정을 느낀다. 노예의 반항이 성공하기가 쉽지 않다는 것을 알기 때문이다.

노예가 '노'라고 말하면 주인은 깜짝 놀란 뒤, "아, 알았다. 그러면 안 해도 좋다!"라고 반응할까? 그런다면 주종 관계가 아니다. 주종 관계는 권력의 절대적인 불평등으로서 주인이 노예의 말을 들을 리 없고, 들을 수도 없음을 보증하는 동시에 '노'라고 말하는 노예의 반항에 주인이 필연적으로 분노해 더 매서운 벌이나 모욕을 가하는 것까지 보증한다.

노예는 우리 중 그 누구보다 주종 관계의 그런 성격을 잘 안다. 그래서 돌아서서 '노'라고 말할 때 그는 어떤 예상을 마음에 품고 있다. 그는 반항으로 인해 고통이나 모욕이 줄어든다고 가정할 리 없으며 반대로 반항이 더 심한 고통과 모욕을 초래한다는 것을 알고 있다. 심지어 반항 때문에 생명을 잃을 각오까지 돼 있다.

이 장면, 이 상황이 우리에게 일깨우는 점은 반항하는 인간이 자신의 자유나 권리를 위해 반항한다고 오해해서는 안 된다는 것이다. 이와는 정반대로, 반항하는 인간은 궁극적이고 순수한 반항을 위해서라면 기꺼이 자신의 모든 이익과 자유를 대가로 치르고자 한다.

노예가 반항하지 않으면 그래도 약간의 제한된 자유를 가질 수 있고 적어도 생명을 보전할 수는 있다. 그런데 일단 반항하면 그 얼마 안 되는, 인간으로서의 최소한의 권리조차 주인에게 빼앗기게 된다. 한계선을 의식하지 못하고 스스로 인내의 한도를 설정하지 않은 노예는 계속 살아갈 수 있다. 하지만 일단 한계선을 의식하고, 안 보이지만 절대적으로 중요한 그 한계선을 주인이 넘는 것을 못 참아 반항한다면 그는 목숨을 이어 갈 여지조차 잃어버릴 가능성이 크다. 그렇게 되면 그가 중요하고 꼭 지켜야 한다고 설정한 가치도 그의 죽음과 함께 사라져 버릴 것이다.

반항은 그렇게 직접적이고 당연한 일은 아니며 자신의 이익을 위한 계산과 고려의 산물은 더더욱 아니다. 노예가 자신의 존엄을 지키려고 반항을 하더라도 그로 인해 그가 존엄을 얻고 지킬 가능성은 거의 없다. 오히려 그는 반항으로 인해 주인의 노여움을 사서 그 존엄이 존재하려면 꼭 있어야만 하는 생명까지 잃고 말 것이다. 정말로 자신의 이익을 생각한다면 그는 반항할 리 없고 반항을 해서도 안 된다.

반항하는 인간은 무엇을 얻을까? 아무것도 얻지 못한다. 이기적이고 공리적인 관점에서 보면 반항은 이치에 맞지 않는다. 혹은 아예 이치를 찾기 힘들다. 이기적이고 공리적인 계산으로는 그 전형적인 반항의 장면을 설명할 수 없다. 이기적이고 공리적인 계산에 따르면 노예는 자기가 할 일을 제때 인식하고 노예의 신분과 권리에 맞는 무조건적인 인내의 태도를 지닌 채 자신의 위태로운 생명과 그 생명에 겨우 의지하는 미약한 존엄을 지켜야 한다. 생명을 잃고 모든 것을 잃는 것과 비교하면 반항하지 않고 생명을 지키는 것이 유일하게 합리적인 선택이다.

우리는 이기적이고 공리적인 계산에서 벗어나 생각해야 한다. 반항하는 인간이 자기 자신을 위해 반항하는 게 아니라는 것을 확인하고 받아들여야 한다. 반항이 자신에게 어떠한 이득도 안 되는데도 그가 계속 반항하려 한다면 틀림없이 그의 마음속에는 인류 공동의 운명에 대한 보일 듯 말 듯한 믿음이 존재하는 게 분명하다. 반항은 자신의 존엄을 보호하기 위한 것이 아니다. 자신의 존엄은 더 매서운 벌과 모욕이 가해짐에 따라 평가 절하되며 생명의 상실과 함께 사라진다. 하지만 다른 사람의 존엄이나 인류 전체의 존엄은 나의 반항으로 인해 좀 더 보호받을 힘을 얻는다.

반항은 인류가 함께 일정한 삶의 가치를 보호하는 연대감을 가정하고 나아가 드높인다. 반항은 나의 죽음을 부르지만 동시에 다른 사람과 모든 사람의 존엄을 표명한다. 자신의 반항과 희생이 인류 보편의 존엄을 확립하는 데 도움이 된다는 신념이 머릿속을 스치지 않는다면 노예는 돌아서서 주인에게 '노'라고 말할 리도, 그래서 반항하는 인간이 될 리도 없다.

노예는 본질이 아니다

카뮈는 우리 눈앞에 어떤 극적인 장면을 보여 준다. 그것은 주인이 매일같이 나무 그릇에 음식을 부어 주고 노예가 어쩔 수 없이 개처럼 엎드려 먹게 만드는 장면이다. 이 노예는 과거에도 이렇게 밥을 먹었지만 어느 날 갑자기 거부하고 돌아서서 주인에게 말한다. "싫습니다, 나는 거부합니다."

반항하는 인간이 탄생했고 그에게는 필연적으로 그 속성이 갖춰졌다. 그렇지 않았으면 그는 전날처럼, 또 그 전날처럼 노예로 살고 있을 것이다. 과거와 현재, 어제와 오늘, 노예와 반항하는 인간의 근본적인 차이는 그가 자신에게 삶의 가치 또는 가치들이 있음을 발견하고, 나아가 박탈될 수도 박탈되어서도 안 되는 그 가치 또는 가치들이 자신에게뿐만 아니라 다른 사람에게도 있음을 발견한 데에 있다. 그 자신은 사라지더라도 그 가치들은 계속 존재한다. 이에 그는 과거에는 없었던 용기를 얻어 그 가치들을 지키기 위해 반항하고자 한다.

똑같은 일을 과거에는 수도 없이 참았지만 현재에 이르러 그는 마음속에 하나의 명확한 판단이 섰다. 한계선이 어디에 있으며 어느 정도까지 참으면 고귀하고 소중한 가치가 훼손되고 사라지는지도 알고 있다. 그래서 지금 그는 '노'라고 말한다.

카뮈는 반항과 반항하는 인간에 더욱 선명한 이미지

와 구체적인 의미를 부여했다. 그러면 이렇게 선명하고 구체적으로 묘사된 '반항하는 인간'과 이전에 카뮈가 논의한 '부조리한 인간'은 어떤 관계가 있을까?

앞의 내용을 떠올리며 반항하는 인간을 부조리나 부조리한 인간과 연결해 보기로 하자. 우선 이런 질문을 던져 보자. "왜 노예는 지금 갑자기, 자신과 다른 이들이 갖고 있는 그 고귀한 가치들을 발견하고 깨달은 걸까? 어떤 일, 어떤 힘이 그를 이끌고 깨우친 걸까?"

카뮈는 그가 부조리한 인간으로 변모함으로써 그렇게 되었다고 답한다. 이 세계의 가장 근본적인 부조리성, 즉 나라는 존재의 본질을 규정할 수 있는 어떠한 인간도 조건도 힘도 없다는 것을. 더 구체적으로 말하면 자신을 노예로서 노예의 정체성과 본질로만 존재하게 하는 어떠한 강제적 규정도 없다는 것을 그가 간파함으로써 그렇게 되었다는 것이다. 과거에는 그도 그런 부조리에 가담했다. 주인과 부조리한 세계와 함께 노예가 바로 자신의 본질이며 노예 말고는 자신에게 다른 존재의 가능성이 없다고 여겼다.

그가 태어나자마자 어떻게 주변의 훈계와 시선에 의해 노예로 길러졌는지, 또는 그가 어떻게 서아프리카의 자유민이었다가 북아메리카의 농장으로 납치돼 고통과 체

벌과 훈련을 거쳐 노예가 되었는지, 그 과정은 『이방인』에 나오는 심판과 거의 동일하다. 어떤 본질을 사람에게 깊숙이, 그리고 지워지지 않게 낙인찍음으로써 그 본질 이외의 다른 존재의 요소, 다른 존재의 가능성은 전부 제거하는 것이다.

『이방인』 속 심판의 진정한 목적은 모든 사람을 설득하고 심지어 뫼르소 자신까지 설득하는 것이다. 그가 냉혹한 살인범이며 냉혹한 살인범이 바로 그의 본질이라는 사실을 말이다. 이 본질과 비교하면 다른 것들은 전부 우연적이고 별로 중요하지 않다. 만약 뫼르소가 설득되어 '본질을 가진 인간'으로 변했다면 그의 존재는 파악하기 쉽고 기술하기 쉽게 변했을 것이다. 그가 무엇을 할 것이고 무엇을 하지 않을 것인지도 예측하고 설명하기 쉬워졌을 것이다.

뫼르소에게 일어난 일을 똑같이 노예에게 옮겨 오면 우리는 노예에게 도대체 무슨 일이 일어난 것인지 이해할 수 있다. 그는 뫼르소와 마찬가지로 자신에게 고정된 평가와 심판이 가해지는 환경에 둘러싸여 있었던 탓에 도저히 스스로의 목소리를 낼 길이 없었다. 모든 사람이 그가 노예이고 노예처럼 살아야 한다고 말했으며 그는 거부할 수도, 반대 의사를 표현할 길도 없었다. 그렇게 그는 자기 삶의 본질이 노예인 것으로 결정되었다.

일단 노예가 제 삶의 본질임을 자신도 받아들이면서 그는 어쩔 수 없이 노예로서의 선택권만 갖게 된다. 그래서 주인에게 '노'라고 말하는 것도, 한계선을 인지하는 것도 그의 선택 사항일 수 없었다.

노예는 먼저 부조리한 인간이 되어 자기가 본래 인정했던 본질이 부조리하다는 것을, 자기가 노예를 본질로 삼아 살아가는 사실과 상태가 부조리하다는 것을 꿰뚫어 봐야 했다. 그럼으로써 비로소 반항하는 인간이 될 기회를 얻었다.

노예인 것이 왜 나의 모든 것을 결정짓는가? 도대체 내게 있는 어떤 요소가 내가 노예임을 필연적으로 결정짓는가? 내 피부색이 까매서? 내가 글을 몰라서? 내가 너무 건장한 육체의 소유자여서? 이런 의문이 들어 한 가지씩 가능성 있는 답을 검증하기 시작하자마자 그는 깨달았다. 어떤 답도 진정으로 의문을 해명하지 못한다는 것을. 진정한 답은 그 의문들 밖에 있었다. 누가 노예인 것을 필연적으로 결정짓는 조건 같은 것은 존재하지 않았다. 마찬가지로 누가 주인인 것을 필연적으로 결정짓는 조건도 존재하지 않았다.

이 답 아닌 답을 깨닫는 순간, 그는 부조리한 인간이 되었고 동시에 진정한 인간이 되었다. 이는 그가 더 이상 노예의 정체성과 본질로 다른 사람과 자신의 차이를 보지 않고 더 근본적인, 본질 이전의 존재의 관점에서 즉각적이면서도 직관적으로 자신과 다른 사람의 가장 중요한 유사점과 공통점을 판별할 수 있게 되었음을 뜻한다. 다시 말해 우리 모두에게는 훼손되어서도 제거되어서도 안 되는 고귀한 가치들이 있음을 깨달은 것이다.

제9장 실존주의의 도덕적 무게

본질의 이름으로 자행된 살인

부조리의 철학에서 반항하는 인간으로 넘어오며 부조리와 반항을 밀접하게 연결하여 카뮈가 수행한 일은 결코 사유의 유희가 아니었으며 철학적 연출은 더더욱 아니었다. 그에게 사유와 철학은 인간이 어떻게 계속 살아가야 하느냐는 구체적인 문제를 해결하기 위한 것으로서 더할 나위 없이 현실적이었다.

부조리의 철학에서 반항하는 인간으로 넘어와서 그가 한 걸음 더 나아가 존재의 해답까지 제시한 것은 현실에 나타난 히틀러, 제삼제국, 나치, 강제 수용소 그리고 불가사의하지만 생각하지 않을 수 없는 대규모 인종 청소, 즉 6백만 명의 유대인이 학살된 일에 대응하기 위해서였다.

히틀러가 이끄는 나치 정권이 그렇게 효과적으로 학살을 수행할 수 있었던 것은 그들이 '논리에 의한 이성적 범죄'를 수행했기 때문이다. 그들은 유대인 학살을 위해 체계적인 논리를 수립하고 수많은 독일인의 수용과 동의를 이끌어 내 그들이 논리와 시비의 관점에서 학살에 찬성하고 더 나아가 직접 참여하게까지 만들었다. 이런 살인은 격정과는 무관하여 아드레날린 분비를 촉발하지도, 사람을 피곤하게 만들지도 않아서 대단히 냉정하면서도 효과적으로 수행되었다. 이처럼 나치의 학살이 논리와 시비에 의존하고 또 수많은 이의 동의를 얻은 이상, 그 학살에 반대하려면 반드시 논리와 시비의 차원에서 나치의 견해를 철저히 부정하고 뒤엎어야만 했다.

카뮈는 의식적으로 그런 사유의 책임을 다했다. 특히 그가 강제 수용소와 대학살에 관해 알기 전에 제시한 부조리의 철학은 나치의 살인 논리와 정확히 반대되는 지점에 있다. 우리는 부조리의 철학을 통해 나치가 저지른 죄상을 새롭게 서술할 수 있다. 그것은 바로 '본질의 이름으로 자행된 살인'이다. 나치의 이데올로기와 관련된 개념과 가치는 거의 모든 것이 본질적이다. 독일 민족의 본질, 아리아인의 본질, 역사 발전의 본질 그리고 유대인의 본질까지.

그 6백만 명은 더 이상 6백만 명의 사람이 아니라 유대인이라는 단일한 본질로 취급된 까닭에 제거 대상이 될 수 있었다. 나치가 보기에 그들은 유대인 그 이상도 그 이하도 아니었다. 유대인이라는 정체성 외에 그들이 가진 삶의 어떠한 요소도 중요하지 않았다. 사실 그들 중 많은 숫자가 문화적으로 독일에 동화되었고 독일어가 모어일뿐더러 유일한 언어이기도 해서 아리아인 혈통의 독일인보다 더 훌륭하게 독일어로 글을 쓰기도 했지만 그런 것들은 죄다 무시되었다. 오로지 유대인이라는 본질이 다른 모든 것을 압도했다.

1942년에 발표한 『이방인』에서 카뮈는 본질이 인간을 압박하는 상황을 묘사해 사람들을 소름 끼치게 했다. 그런데 자신이 부조리의 철학을 구상하고 기술하던 바로 그때, 본질이 인간을 압박하는 그 일이 가까운 독일에서 전례 없는 규모로, 그리고 불가사의할 만큼 잔혹하게 전개될 줄은 그조차 예상하지 못했다. 그 일에 수백만 명의 유대인이 휘말렸을 뿐만 아니라, 그보다 더 많은 숫자의 독일인이 설득되어 심판자 겸 가해자로 참여했다.

뫼르소를 볼 때는 냉혹한 살인자로서의 본질만 보려 하고, 노예를 볼 때는 노예로서의 본질밖에 못 보며, 유대인을 볼 때는 유대 혈통의 본질에만 주목한다. 이것들은 기본적으로 똑같은 현상이다.

인간의 진실은 매 순간 세계와의 상호작용에서 생기는 무한한 의식의 끊임없는 변동이다. 오늘 그의 존재는 내일과 같지 않으며 오늘 그의 의식도 내일의 의식을 보증하지 못한다. 존재의 실상에는 누구도 통제하지 못하는 가능성이 가득한데도 우리는 간단한 몇 가지 개념과 카테고리로 인간을 통제하려 하고 또 이미 통제되어 있다고 자기 스스로를 설득한다. 이것은 가장 심각한 불성실이며 카뮈는 이미 『이방인』에서 이를 비판하면서 불성실한 인간들이 조직한 사회가 어떻게 한 사람의 존재를 부정하는지 모두에게 경고하고자 했다. 그런데 겨우 몇 년도 안 지나서 역사는 지극히 고통스러운 방식으로 그의 비판과 경고가 더없이 정확했음을 증명했다. 더구나 그의 비판과 경고는 충분히 심각하지 않았을뿐더러 너무 온화하고 보수적이었다. 그 불성실한 인간들이 조직한 불성실한 사회는 견고한 단합의 방식으로 겨우 몇 년 사이에 무려 6백만 명을 눈 하나 깜짝 안 하고 냉혹하게 죽여 버렸다.

살인자와 피살자 사이에는 원한이 없었다. 혹은 사람과 사람 사이의 원한, 심지어 존재와 존재 사이의 상호관계도 없었다. 오로지 본질과 본질 사이에 만들어진 대립이 있었을 뿐이다. 아리아인의 혈통을 자신의 본질로 삼은 사람들은 나치의 그 본질론 속에서 반드시 유대인 말살로 자신의 본질을 입증해야만 했다. 그래서 유대인 혈통을 가진 사람이 눈에 띄기만 하면 즉시 감정적이고 경험적이지 않은, 추상적이고 논리적인 반응이 일어나 그 사람을 죽일 수 있고, 죽여야 한다고 생각했다.

유대인을 보며 일반적인 나치 독일인은 "이런 자들이 지구상에서 전부 사라져야 세계가 나아진다"라고 믿었다. "이런 자들"의 개념이 그들의 머릿속을 지배했는데, 그것은 너무나 공포스러운 개념이었다! 그들 한 사람, 한 사람은 모두 다른 존재였다. 사실 그저 유대인일 뿐인 사람은 없었으며 전적으로 "이런 자들"의 본질에 부합하는 사람도 없었다. 그런데도 그들의 개별성은 그들의 존재, 그들의 권리와 함께 너무나 간단히 지워지고 말았다.

실존주의의 특이한 모순

실존주의가 1960년대에 크게 유행한 것은 서구뿐만 아니라 전 세계 젊은이의 서브컬처에서 가장 환영 받은 사상이었기 때문이다.

실존주의는 로큰롤, 환각제, 히피 문화와 긴밀하게 연결되었다. 그때 젊은이들의 서브컬처는 반항과 반역을 이야기했으며 구속받고 규정되는 것을 거부하고 사회적 규범과 선입견으로부터의 자유를 추구했다. 그런 추구는 실존주의의 개념과 주장에 부합하지 않는다고는 말할 수 없었지만 어쨌든 실존주의 형성 당시의 침통함이나 비극적 감정과는 거리가 있었다.

카뮈와 사르트르의 실존주의적 사유는 한 청소년이 부모와 학교의 규정에 따라 머리를 짧게 깎고 긴 치마를 입어야 하는지에 관한 것이 아니었다. 그들이 사유한 것은 6백만 명이 희생된 비극을 어떻게 설명해야 하고 더 나아가 어떻게 그런 비극을 막아야 하느냐는 것이었다. 그들은 강제 수용소에서 사망한 그 6백만 명의 유대인을 구하는 것은 이미 한발 늦었음을 잘 알고 있었지만, 그래도 그 사유할 길 없는 거대한 비극을 사유할 방법을 끈질기게 찾아내려 했다.

6백만 명이 그렇게 죽은 것은 유대인만의 일도, 단순히 나치나 독일인의 죄도 아니었다. 그 일은 인간의 인간으로서의 전제에 대한 도전이었고 그 전제를 거의 바꿔 버렸다. 그 일이 일어남으로써 과거에 당연시되던 인간의 개념과 인간에 대한 해석은 모두 새롭게 검증되고 설명되어야 했다.

그때 누가 가장 훌륭한 검증과 설득력 있는 설명을 시도하여 후대인과 미래의 역사에 깊은 영향을 끼쳤을까? 어떤 관점에서 보면 카뮈와 사르트르의 실존주의는 바로 그 비극의 근원에 대해 가장 훌륭한 기술과 해설을 제시했기 때문에 그렇게 한 시대를 풍미하고 중요해질 수 있었다.

자신이나 다른 사람의 삶을 대할 때 그 안의 혼란과 다원성과 특이함과 비체계적인 부분을 존중하고 소중히 여기지 못한다면 우리는 본질화의 태도를 가지기 쉽다. 그리고 삶과 존재를 본질화하는 데 익숙해지면 사실상 히틀러나 나치와 별로 다르지 않게 된다.

카뮈와 사르트르는 또 우리가 다른 사람의 삶을 본질화하지 않으려면 먼저 자기 삶부터 본질로부터 해방시켜야 한다고 일깨웠다. 단순히 주관적으로 다른 사람을 존중하고 또 다른 사람을 본질화하면 안 된다고 스스로를 훈계하는 것은 문제 해결에 도움이 안 된다. 정말로 해야 할 일은, 그리고 가장 하기 어려운 일은 자기 삶에 내재된 비체계성을 존중하는 한편, 본래 자기가 어떤 사람인지 제한하는 각각의 견해들을 먼저 부정하여 그것들을 '본질의 거짓말'로 환원하는 것이다.

"나는 농담을 못 하고 진담만 해"는 백 퍼센트 거짓말이다. 이것은 자기 본질화의 거짓말이다. "나는 잘난 점은 별로 없지만 성격이 아주 화통하지" 하는 것도 본질화이다. 다른 사람과 자신을 오도해 자기 삶 속의 수많은 화통하지 못한 점을 못 보게 한다.

실존주의는 개인의 철학이어서 반드시 개인의 삶 속에 놓여야 의미가 있다. 실존주의는 우리가 객관적으로 세계를 설명하도록 돕는 철학이 아니라 우리가 주관적으로 존재의 문제를 대면하고 그 해결책을 찾게 하는 철학이다. 실존주의가 추구한 것은 대답answer이 아니라 해법solution이다. 그리고 돌아보면 실존주의가 처리한 것은 질문question이 아니라 의문problem이다.

우리는 어떤 상태인가? 우리에게는 무슨 문제가 있는가? 우리는 무엇을 하고 있는가? 실존주의는 이런 의문을 가졌으며 이런 의문에 따라 사유하고 의견을 내놓았다.

그토록 거대한 역사적 비극에서 파생돼 나왔으면서도 또 개인의 구체적인 삶에 주목해 영향을 끼친 까닭에 실존주의는 특이한 모순을 연출했다. 그 발단은 매우 무거웠지만 나중에 개인의 삶에 투영되어서는 매우 가벼워졌다. 대학살이 재연되지 않도록 우리 개개인은 방을 깨끗이 청소하라는 어머니의 명령을 섣불리 받아들여서는 안 된다는 식이 되고만 것이다. 집단의 비극은 너무나 무거운데 개인의 해결책은 너무나 가벼워서 마치 농담이나 블랙 유머처럼 들렸으니, 이것은 확실히 실존주의에 내재된 모순이다. 이처럼 경중이 불균형한 모순은 처음에는 실존주의의 유행을 촉진했지만 나중에는 실존주의의 퇴조와 가치 절하를 초래했다.

이 철학은 유대인의 재난을 설명하고 어떻게 그런 비극의 재연을 막을 것인지에 관해 훌륭하고 설득력 있는 견해를 제공해 유행하였으며 곧바로 1960년대 젊은이들의 반항적 문화에 영향을 끼쳤다. 결코 젊은이들의 반항적 문화 조류가 실존주의를 유행시킨 게 아니었다.

우리는 원인과 결과를 거꾸로 알아서는 안 된다. 그러면 실존주의의 유래를 확인할 수 없으며 이 철학이 초창기에 보인 진지함뿐만 아니라 그 당시 인류의 심각한 곤경을 정면으로 사유하고자 했던 용기와 지혜도 느낄 수 없다.

"존재가 본질에 우선한다"라는 구호는 본래 나치, 히

틀러, 대학살 같은 비극에 대응하여 형성되었다. 나중에 이 구호는 인류의 운명에 대한 사유라는 그 배경에서 벗어나 한 세대 젊은이들 전체의 자기 인식을 바꾸고 그들이 어떻게 성인으로 성장할지를 결정지었다. 이 구호와 여기에 담긴 주장은 1960년대부터 현재에 이르기까지 딸과 아들이었던 각 개인과 가정 사이의 관계를, 그리고 학생이었던 각 개인과 교사·학교 사이의 관계를 바꿔 놓았다.

어떻게 자아를 찾고 어떻게 자아를 세우느냐는 절실한 삶의 문제가 그 후로 완전히 달라졌다.

부조리의 철학의 도덕적 책임

반항의 개념을 집어넣음으로써 카뮈의 부조리의 철학은 처음 '부조리 3부작'을 썼을 때보다 더 완전해졌다.

본래의 부조리의 철학에서 카뮈의 서술은 때때로 약간의 공허함과 부자연스러움을 노출하곤 했다. 부조리의 철학을 신봉하는 사람이 세상의 부조리를 간파하고 나서 핑계를 떨쳐 버리고 희망 없이 용감하게 살아가는 것, 그의 이런 선택은 다른 사람에게도 의미가 있을까? 만약 있다면 그것은 어떤 의미일까?

확실히 카뮈의 머릿속에는 항상 이 문제가 도사리고

있었지만 당시 그에게는 안심하고 자신 있게 제시할 수 있는 답이 없었다. 부조리한 인간이 진실한 자아로 살아가기를 택하면 필연적으로 사회성을 잃고 주변 사람들과 관계가 끊어져 외톨이가 되고 만다. 이처럼 부조리한 인간이 사회의 '무'와 '거짓말'에 대한 간파를 기점으로 계속 나아가다가 점차 사회성을 잃고 사회, 타인, 대중과 무관해지는 것은 과연 옳은 일인가?

반항과 반항하는 인간은 부조리의 철학에 계속 잠재되어 있던 이런 불안을 해결했다. 핑계 없이, 희망 없이 사는 것은 단지 개인의 순전한 자기 선택만이 아니다. 사실 『이방인』 속에서 이미 가능하지만 다소 불확실해 보이는 어떤 사유의 경로가 엿보이기는 했다. 그것은 부조리의 철학의 도덕적 책임이었고 또 부조리한 인간이 자신의 부조리를 통해 다른 사람에게 끼치게 마련인 도덕적 영향이었다.

그런데 부조리의 철학은 과거의 도덕(강력하기 그지없는 본질적 규범)에 대한 비판의 입장에서 수립되지 않았는가. 설마 부조리의 철학도 인간에 대한 또 하나의 행위 규정으로 바뀌어 도덕적 책임을 논하려 한 것일까? 1942년에는 아직 이 문제를 제대로 사유하지 못했기 때문에 카뮈는 『이방인』에서 불성실한 인간들이 만들어 낸 심판의 환경을 간단히 건드리는 데 그쳤다. 그런데 그 후로 대학살이 그가 생각을 정리하는 데 도움을 주었다. 그렇다. 부조리한 인간도 도덕적 책임이 있긴 하지만 그것은 개인의 자유와 충돌하고 개인의 자유를 없애는 과거의 도덕과는 완전히 다르다. 부조리한 인간의 도덕적 책임은 개인 존재의 진실성을 지키고 존재의 다원성과 혼란함과 비체계성이 난폭하게 부정되지 않게 하는 것이다.

부조리를 간파하고 부조리의 철학을 믿는 것은 단지 자기 자신을 위해서가 아니다. 부조리한 인간이 되고 부조리의 시각으로 세계를 보는 능력을 갖추고 나서야 우리는 비로소 불성실한 인간들이 조직한 사회에서 본질을 통해 사람을 박해하고, 학대하고, 더 나아가 죽이기까지 하는 그들의 행위에 습관적으로 가담하지 않을 기회를 가질 수 있다.

부조리한 인간은 뫼르소 같은 인간일 뿐만 아니라 어떤 성실한 의식의 공간 속에서 신에게도, 희망에도, 사랑이나 결혼에도 의지하지 않고 독립적으로 살아간다. 어쨌든 부조리한 인간은 탐욕스럽게 뫼르소의 삶의 본질을 규정하고 그의 영혼까지 심판하려 한 행렬에 가담할 리는 없다.

실존주의는, 특히 카뮈의 부조리의 철학은 우리가 누구임을 알려 주고 "나는 누구인가?"라는 질문에 어떻게 답할지 가르쳐 주기보다는 우리가 누군가가 아님을 분명히 인식하는 동시에 스스로 어떤 거짓말로 얼버무리는 일이 없어야 한다고 단호히 요구한다.

『이방인』에서 카뮈는 허구의 인물과 스토리로 심판자의 불성실과 부도덕을 부각시켰다. 그런데 유대인 대학살은 참되기 그지없는 행위와 엄청난 규모로 심판자의 무시무시함을 과시했다. 논리를 통해 살인을 하고 본질을 통한 규정으로 스스로 살인 권력을 부여하는 그들은 거의 무한대의 재앙을 초래한다!

히틀러는 정말 불세출의 마왕으로 불가사의하고 설명할 수 없는 절대 악의 소유자였는지도 모른다. 하지만 그의 공범들은? 그에게 반항하지 않고 그를 막으려 시도하지 않은 독일인들은? 성인 인구의 반수 이상이 그를 지지하지 않았던가? 나아가 실제로 유대인들을 강제 수용소에 보내고, 강제 수용소를 관리하고, 가스실을 조작하는 데 가담한 사람들은? 그들 한 사람 한 사람은 우리와 다르게 생기지 않았고 또 우리와 다른 일상을 살지도 않았다.

그들은 별종이 아니었고 선천적인 악인도 아니었다.

오히려 그들이 공범이 된 것은 너무 사악했기 때문이 아니라 너무 평범해서 지나치게 순순히 본질적 사유와 남이 제시한 본질적 답을 전부 받아들였기 때문이다. 그래서 유대인은 없어져야 하고 세상에서 살 가치가 없다고 섣불리 믿고 말았다.

철저히 본질화된 사회에서만 일곱 살짜리 아이, 일흔다섯 살의 노인, 유대교 의식에 참가하지도 않는 사람, 경건한 랍비, 독일 문화를 동경하는 사람, 세속적인 장사를 경멸해 현대의 화폐를 일절 안 쓰는 사람 등을 유대인이라는 하나의 절대적 카테고리 안에 몰아넣어 심판하고 또 그들이 똑같은 본질을 갖고 있다는 이유로 똑같은 판결, 즉 가스실에서 생명을 마치라는 판결을 내릴 수 있었다.

부조리에 도덕적 책임의 무게가 생겼다. 부조리 의식과 부조리감에 의지해야만 우리는 본질적 사유에 대항하는 힘을 갖는다. 동시에 부조리 의식과 부조리감은 우리가 대학살의 재현을 막기 위해 의지할 유일한 버팀목이기도 하다.

뫼르소는 반항하는 인간이었나

『이방인』은 매우 균형적인 구조를 갖추고 있다. 전체가 분량이 비슷한 두 부분으로 나뉘어 있고 제1부는 6장, 제2부는 5장으로 나뉜다. 제1부와 제2부를 가르는 분수령은 바로 뫼르소의 살인 사건이다. 제1부에서 제2부로 넘어가면서 동일한 한 사람인 뫼르소는 전혀 다른 경험을 하게 된다.

『이방인』 제1부에서 카뮈는 대단한 문학적 성취를 이루었다. 뫼르소를 한마디로 묘사하기 어려운 인물로 그려낸 것이다. 그는 대체 어떤 사람인가? 수동적인가? 냉정한가? 냉혹한가? 어리석은가? 지나치게 예민한가? 지나치게 둔한가? 너그러운가? 잔인한가? 남에게 관심이 있는가? 제멋대로인가? 의리가 있는가? 대담한가? 나약한가? 지금까지 수많은 형용사가 뫼르소를 묘사하는 데 쓰였지만 그 어떤 것이든 우리는 소설 속에서 그것과 반대되는 증거를 찾아낼 수 있다.

카뮈는 우리에게 존재를, 본질에 의해 단순화될 수 없는 존재를 보게 해 주려 했다. 제2부에 서술된 것은 바로 본질을 마주한 뫼르소의 반응과 변화이다. 맨 처음 그는 재판이 자기가 상상하던 방식으로 전개되지 않는 것에 무척 어리둥절해 한다. 예심판사는 왜 그에게 하느님을 믿는지 안 믿는지 물어봤을까? 그가 안 믿는다고 성실하게 말하자 예심판사는 또 왜 그렇게 화를 냈을까? 예수 그리스도와 그의 살인 사건이 대체 무슨 관계가 있기에?

뫼르소가 어리둥절한 것은 그 자신과, 남들이 그에게 부여하려 한 본질 사이의 차이와 충돌 때문이었다. 예를 들어 그가 처음 변호사를 만났을 때 이런 풍경이 연출되었다.

> 그는 내가 자신에게 열심히 협조해 주기를 바랐다. 그리고 내가 그날 어머니를 잃은 고통을 느꼈느냐고 물었다. …… 나는 자신을 성찰하는 습관이 별로 없어서 대답하기가 어렵다고 솔직히 답했다. 나는 분명 엄마를 많이 좋아했을 테지만 그것은 별다른 것을 의미하지는 않았다. 보통 사람들은 누구나 어느 정도 자기가 사랑하는 사람이 죽기를 바라는 법이다. 여기까지 듣고서 변호사는 내 말을 끊고 불안한 기색을 보였다. 그는 법정이나 예심판사 앞에서는 절대로 그런 말을 해서는 안 된다고 했다. 나는 계속 그에게 설명을 시도하면서 내가 생리적인 요인 때문에 감정적인 반응이 방해를 받는다고 했다. 엄마를 매장한 날, 나는 무척 피곤해서 쓰러져 자고만 싶었고, 그래서 당시 일어난 일을 진정으로 의식할 수 없었다. 내가 확실히 말할 수 있는 한 가지는 어머니가 죽지 않고 이 세상에 아직 살아 있으면 좋겠다는 것이었다. 하지만 내 변호사

> 는 여전히 만족하지 못하고 "그걸로는 부족합니다"라고 말했다.
>
> 그는 조금 생각한 뒤, 그날 내가 일부러 감정을 억눌러서 표현하지 않은 것이냐고 물었다. 나는 "아뇨, 그게 사실이 아니기 때문이었죠"라고 답했다. 대화가 끝난 후 그는 이상한 눈빛으로 나를 바라보았다. 내게 그에게 조금 반감을 느끼게 한 듯했다.

변호사는 사실을 원치 않았고 심지어 뫼르소의 참된 존재를 혐오하기까지 했다. 그가 원한 것은 법정에서 꺼내 보일 수 있고 변호에도 도움이 되는 어떤 본질, 배심원단과 재판관과 방청객이 다 이해할 수 있는 본질이었다.

그때 뫼르소는 이미 심판을 받고 있었다. 주변 사람들은 그의 본질에 대한 관점을 적극적으로 형성하는 중이었지만 그는 아직 그 일을 똑똑히 깨닫지 못했으며, 그런 관점들이 앞으로 자신을 형벌보다 더 잔혹한 길로 몰아넣을 것도 깨닫지 못했다.

나중에 나온 반항의 개념을 빌려 다시 『이방인』을 향해 본래는 물어보지 않았을 것 같은 문제를 던져 보기로 하자. 그러면 뫼르소는 언제 그것을 깨달았을까? 언제 그는 반항의 의식을 형성하고 반항을 수행했을까?

『이방인』에 대한 철학적 독법

소설의 관점에서 보면 카뮈는 『이방인』을 매우 훌륭하게 마무리 지었다. 갑자기 화가 나 신부에게 난폭하게 군 뒤, 뫼르소는 생각에 잠긴다.

> 마치 그 격한 분노가 내 고통을 씻어 주고 희망을 비워 버리기라도 한 것 같았다. 징조와 별들이 가득한 밤하늘 아래에서 나는 처음으로 마음을 열고 기꺼이 이 세계의 부드러운 냉담함을 받아들였다. 나와 그 냉담함이 마치 손발처럼 가깝다는 것을 깨달았다. 나는 자신이 행복했었고 지금도 여전히 그렇다는 것을 느꼈다. 모든 것이 완벽하게 마침표를 찍을 수 있도록, 또 내가 외로움을 느끼지 않도록 그저 사형집행일에 많은 관중이 모여 증오와 혐오의 함성으로 나의 마지막 여정을 함께해주기만을 바랐다.

그는 희망에서 벗어나는 과정을 다 마쳤다. 마지막에 신부가 그에게 관심을 보였지만 그 관심은 믿음 또는 종교의 본질을 또 그에게 덮어씌우는 것이었다. 관심이 무관심보다 더 잔혹했다. 곧이어 그는 자신에 대한 세계의 무관심을 느끼고 감사한다. 왜냐하면 그 무관심이 그가 참된 존재를 간직한 채 한 명의 성실한 인간으로 마지막 순간까지 살아가게 해 줄 수 있었기 때문이다.

그러나 어떤 철학적 주장이나 철학적 태도로 보기에는 이 결말은 다소 부족한 점이 없지 않다. 그는 남들이 필사적으로 자신에게 부여하려던 본질을 받아들이지 않고 자신의 참된 존재를 유지하면서 죽음과 마주했다. 하지만 그 과정에서 그는 단 한 번도 돌아서서 자신을 심판하고 존재의 의미를 좌지우지하려 하는 자들을 향해 '노'라고 말한 적이 없다. 단지 자신이 원하는 존재의 방식을 이해하고 선택했을 뿐이다. 다시 말해 그는 '반항하는 인간'이 되지는 않았다.

소설이 끝날 때까지 뫼르소는 한계선을 명확히 긋지 않았다. 또 그 선을 확인하기 전에 반드시 '노'라고 말하지도 않았다. 그는 심판과 박해를 받은 뒤에 본래의 존재 방식대로 죽음을 향해 나아가기로 용기를 내기는 했다. 하지만 반항은 하지 않았으며 부조리한 인간으로서 갖고 있는 도덕적 책임을 다하지도 못했다.

소설 자체는 충분히 완결적이다. 그러나 카뮈가 나중

에 더 깊고 주도면밀하게 사유한 철학에 따라 한 작품이 '시적 정의'poetic justice나 '존재적 정의'existential justice를 추구할 가능성을 끝까지 발휘했다면 부조리한 인간은 더 나아가 반항하는 인간으로 변신해야 했다. 그래서 본질에 대한 인간의 항거를 인지하고 널리 떨치는 동시에 존재의 어떤 공동의 존엄을 고수해야 했다. 단지 모든 핑계와 희망을 거부한 것만으로는 시적 정의와 존재적 정의를 일으키기에 부족했다. 이미 본질의 제단 위에서 자신의 살인 행위 때문이 아니라 잘못된 본질 때문에 목숨을 내놓게 된 이상, 뫼르소는 당연히 그 전형적 장면 속 노예처럼 결연히 돌아서서 자신을 심판하고 좌지우지하려는 자들을 향해 "싫다, 받아들일 수 없다!"라고 외쳐야 했다.

이 '반항하는 인간'이 반항해야 했던 대상은 배심원단도, 재판관이나 어떤 특정인도 아니고, 모든 사람의 존재가치를 모욕하는 심판의 행위 그 자체였다.

이런 철학적 독법으로 우리는 『이방인』과 『반항하는 인간』 그리고 부조리의 철학과 반항 개념의 연결 관계를 더 잘 이해할 수 있다.

그런데 문학적 독법과 철학적 독법 외에 『이방인』에 대한 독법이 하나 더 있는데, 그것은 바로 개인적 존재의 독법이다.

『이방인』을 읽고 스스로 질문해 보자. 우리는 자기 자신의 한계선이 어디에 있는지 알고 있는가? 우리가 지금은 반항할 대상이 없고 반항하는 자가 아니지만, 나중에 어떤 상황에서 어떤 대우를 받으면 돌아서서 '노'라고 말하고 반항하는 인간으로 변신할 수 있을까?

어떤 조건 하에서 우리는, 설령 생명의 대가를 치르더라도 더 웅크리거나 숨기를 거부하고 돌아서서 '노'라고 말해야 한다고 깨달을까? 우리의 삶 속에는 그 선이 존재하는가? 그 선을 긋고서 인간이 인간다울 수 있는 그 최후의 방어선을 자신 있게 지킬 수 있을까?

체코슬로바키아의 이야기

카뮈는 자신을 위해 자신에게 가장 적합한 표현 형식, 즉 희곡과 철학서와 소설이 하나로 묶인 '3부작'을 설계했다. 이 3부작은 하나의 동일한 주제를 소화했다. 희곡은 그 주제가 행위로 표현되는 것을 보여 주었고 철학서는 그 주제의 추론을 이해시켰으며 소설은 그 주제와 연관된, 은밀하고 심오하며 심지어 어둠에 가려진 영역을 발굴했다.

카뮈의 후기 작가 노트를 보면 글쓰기에 관한 회고와 계획을 밝힌 부분이 있다. 거기에서 그는 3부작을 하나의 단위로 삼아 글을 써 왔다고 기술했다. 첫 번째 3부작은 앞에서 말한 '부조리 3부작'이고 두 번째 3부작은 '반항 3부작'으로 그중 철학서는 『반항하는 인간』, 소설은 『페스트』, 희곡은 『정의의 사람들』이다. 구상 중이었던 세 번째 3부작은 주제가 '사랑'이었으며 미리 정해둔 제목은 철학서가 '사랑에 관하여', 소설은 '장작더미', 희곡은 '유혹자'였다. 이 '사랑 3부작' 외에 카뮈는 네 번째 3부작까지 구상하고 있었지만 명확한 주제는 안 밝히고 내용이 방대한 소설과 중요한 사유를 기록한 철학서와 무대에 올릴 수 없는 희곡을 쓰겠다고만 두루뭉술하게 말했다.

그런데 좀 더 나중에 쓴 노트에서 그는 이 계획에 수정을 가했다. 사랑 3부작을 쓴 뒤 본래 생각해 놓은 네 번째 3부작을 쓰기 전에 먼저 '심판 3부작'을 쓰겠다고 했다. 카뮈는 생전에 이 계획을 다 이루지 못했지만 이 계획 자체만으로 우리는 심판의 개념과 주제가 『이방인』의 출간 이후로 줄곧 그의 머릿속을 맴돌던, 그의 사상과 의식의 중요한 일환이었음을 확인할 수 있다.

카뮈의 특이한 작품 배치에 따라 우리는 이미 『시시포스의 신화』와 『이방인』을 살펴보았다. 그러면 부조리 3부작의 나머지 한 작품은 무엇일까? 그것은 『칼리굴라』다.

칼리굴라는 로마의 황제이자 이 희곡의 주인공이다.

이 희곡은 『이방인』이 출판된 지 2년 뒤인 1944년에 출판되었다. 그런데 『이방인』을 쓰는 과정에서 카뮈는 본래 계획했던 3부작의 구조를 확장하여 희곡을 한 편에서 두 편으로 늘렸다. 『칼리굴라』는 본래 계획한 작품으로 『이방인』 이전에 쓰기 시작했지만 『칼리굴라』 외에 『오해』라는 희곡도 써서 부조리 3부작 안에 집어넣었다.

엄격히 말하면 부조리 3부작이 4부작으로 변한 것이다. 하지만 카뮈는 계속 3부작이라는 명칭을 고수했다. 왜냐하면 그는 『오해』를 『이방인』에 의지해 생긴 『이방인』의 부산물로 여겼기 때문이다. 『이방인』 제2부의 두 번째 장에서 뫼르소는 감옥에 갇혀 이런 생각을 한다.

> 가장 중요한 일은 시간을 어떻게 보내느냐는 것이었다. 과거를 돌아보는 것을 터득한 뒤부터는 더는 심심할 일이 없어졌다. 몇 번은 내 아파트 방을 떠올렸다. 상상력을 이용해 방 한쪽 끝에서 출발해서 지나는 길에 나타나는 것들을 하나하나 점검하며 다시 제자리로 돌아왔다. 처음 시작할 때는 금방 끝났지만 하면 할수록 시간이 길어졌다.

시간을 보내는 두 번째 방법은 잠이었다.

처음에는 밤에 잠이 잘 안 왔고 낮에는 아예 잘 수가 없었다. 날짜가 천천히 가면서 밤에 잘 자게 됐고 낮에도 잘 수 있게 됐다. 마지막 몇 달은 하루에 열여섯 시간에서 열여덟 시간씩 잘 수 있었다. 남은 여섯 시간은 식사, 대소변, 기억 떠올리기 그리고 체코슬로바키아의 이야기로 때웠다.

여기에서 갑자기 '체코슬로바키아의 이야기'란 것이 툭 튀어나온다. 이건 뭘까? 뫼르소가 짚을 넣은 매트와 침대 판자 사이에서 찾아낸 옛날 신문지 조각에 실린 기사이다.

한 체코 남자가 돈벌이를 하려고 자기가 자란 마을을 떠났다. 이십오 년이 지난 뒤에 부자가 된 그는 아내와 어린 자식을 데리고 고향에 돌아왔다. 그의 어머니는 그의 누나와 함께 여관을 운영하고 있었다. 그들을 놀래 주려고 남자는 처자식을 다른 여관에 남겨 두고 어머니의 여관에 갔다. 그런데 헤어진 지 너무 오래돼서 그녀는 아들을 알아보지 못했다. 그는 갑자기 가족을 놀려 주고 싶어져 방 하나를 잡고 자신의 부를 아낌없이 과시했다. 그런데 그날 밤 그는 어머니와 누나에게 망치로 맞아 죽고 돈을 빼앗긴 뒤 강물에 버려졌다. 이튿날 아침, 남자의 아내가 여관에 와서 앞뒤 사정도 모른 채 남편의 진짜 신분을 밝혔다. 결국 남자의 어머니는 목을 맸고 누나는 우물에 몸을 던졌다.

우리는 카뮈가 이 이야기를 썼을 때 다소 불만스러웠을 것이라고 짐작해 볼 수 있다. 그는 이 빼어난 이야기를 뫼르소의 심심풀이용으로 창작했다. 감옥의 뫼르소는 이 이야기를 읽고 또 읽긴 했지만 그저 지나가듯이 "한편으로 그것은 있을 법하지 않은 이야기였다. 또 한편으로는 자연스러운 이야기였다"라고 평하는 데 그쳤다.

이 이야기는 뫼르소의 이런 평에 비해 훨씬 더 풍부한 잠재력을 가졌다. 단지 카뮈에게는 뫼르소를 통해 이 이야기를 충분히 설명하고 그 잠재력이 발휘되게 할 방도가 없었다. 하지만 카뮈는 이 이야기에 끌려서 『이방인』 탈고 후 희곡 『오해』로 재창작을 했다. 그럼으로써 뫼르소의 옥중 생활과 제한적인 이해력을 벗어나 직접 문학적 처리를 할 수 있었다.

신분이 사람과 사람 사이의 관계를 결정하는가

우리는 쉽게 이 이야기와 부조리, 부조리의 철학 사이의 관계를 이해할 수 있다. 비극은 어떻게 생기는가? 오해에서 생긴다. 더 파고들어 보자. 그러면 오해는 또 어떻게 생기는가? 부조리의 철학에 따르면 사람들이 외적이고 허울뿐인 신분을 너무 중시한 나머지 내적이고 참된 성질은 소홀히 여기는 데서 비롯된다. 그의 어머니와 누이는 그 투숙자가 부자라는 것만 알아보았고 또 그의 신분에만 신경을 썼다. 그의 신분은 그의 다른 모든 성질을 초월하여 그녀들의 살의를 촉발했다.

그 체코 남자의 생사는 그가 도대체 누구인지가 아니라, 그의 어머니와 누이가 그를 누구로 생각하느냐에 따라 결정되었다. 그는 그이고, 그의 부富는 그의 부인데도 순전히 어머니와 누이가 그가 누구이냐에 대해 완전히 틀린 생각을 한 탓에 그는 완전히 운명이 바뀌고 말았다.

그의 어머니와 누이는 그의 신분을 오해하고 그가 돈 많은 낯선 사람이라고 믿었다. 오해가 낳은 이 비극을 통해 카뮈는 묻는다. 도대체 우리에게는 외부로부터 부여된 외적인 신분을 뛰어넘어 누군가를 알아볼 방법이 있을까? 어머니나 누이처럼 가까운 관계의 사람도 외적인 신분의 표지에 의지해야만 피붙이를 알아볼 수 있단 말인가? 그가 자신이 아들이고 남동생임을 스스로 밝히지 않으면 그는 아들도 남동생도 아니고 돈 많고, 부를 자랑하고, 남의 눈살을 찌푸리게 하는 표지를 지닌 여행자일 뿐인가? 아들, 남동생과 절도의 대상이라는 사이에는 어떤 필연적인 차이가 있을까? 지금 눈앞에 있는 절도의 대상이 다음 순간에 아들, 남동생이 되는 것은 순전히 신분의 전환에 의지할 뿐, 그의 인간으로서의 성질과는 전혀 무관한 것인가?

더 보편적인 문제는 존재 차원의 문제이다. 일반적인 사람과 사람 사이의 관계는 어느 만큼이나 신분에 의해 결정되는가? 누구를 사랑하고 미워하는 것은 무엇을 사랑하고 미워하는 것인가? 누구를 사랑하고 미워하는 것은 그 사람의 신분을 사랑하고 미워하는 것인가?

적어도 『오해』의 이야기를 보면 그런 것 같다. 그는 계속 그였다. 전날의 그와 이튿날의 그는 변한 게 없었다. 그런데 전날 그의 어머니와 누이는 그를 미워해 살해했고 이튿날에는 그를 사랑하고 사랑하는 그를 죽인 것을 후회한 나머지 자살하기까지 했다. 미움에서 사랑으로의 극적인 역전은 전적으로 그녀들이 그의 신분을 확인한 것에서 비롯되었다. 그가 어떤 사람이냐는 것과는 무관했다.

다시 『이방인』으로 돌아와서 "한편으로 그것은 있을 법하지 않은 이야기였다. 또 한편으로는 자연스러운 이야기였다"라고 뫼르소가 가볍게 자기 생각을 밝힌 구절을 주목해 보자. 한편으로 우리는 오해 때문에 육친을 죽인 이런 일이 우리 주변에서는 일어날 리 없다고 생각할 것이다. 하지만 다른 한편으로 극적인 재난을 일으키는 원인은 보통의 사람과 사람 사이의 관계 속에 늘 숨어 있다. 그것은 그렇게 희한하거나 불가사의한 것이 아니다.

연애 중인 사람들은 때로 공포에 가까운 의심에 사로잡혀 애인에게 이런 질문을 하곤 한다. "너는 도대체 내가 어디가 좋아?", "내가 늙어도 나를 사랑할 거야?", "만약 내가 이 모습이 아니고 못생겨져도 나를 사랑할 거야?", "내가 일류대에 합격하지 못해도 나를 사랑할 거야?", "내가 직장을 잃고 가난해져도 나를 사랑할 수 있어?"…….

정말 답하기 힘든 이런 질문들은 배후에 공통의 뿌리가 있다. 그것은 바로 사람과 사람 사이의 관계는 확실히 결정하기 힘들다는 것이다. 도대체 무엇에 의지해 그것을 결정해야 할까? 어떤 의미에서 보면 실존주의의 가치는 이런 의문에 확실한 답을 제시한 데 있다.

차라리 오해 속에 사는 게 낫다

실존주의는 남을 식별하고 상대하는 간편한 요령이나 메모를 버리고 가능한 한 직접 상대방의 인간으로서의 전모를 보라고 조언한다. 우리의 초조와 불안은 애인의 눈과 마음 속에 있는 나를 걱정하는 데서 비롯된다. 그는 나라는 사람 전체에서 일부를 추출하고 확대해 그것을 나로 간주하면서 나와 사귀고 또 나를 사랑한다. 우리는 사실 다 알고 있다. 확대된 그 부분이 무엇이든 간에 나라는 사람의 전체일 리는 없으며 그렇게 손쉽게 나를 대표하거나 대체할 수도 없으니 그런 초조가 생긴다는 것을. 나를 대체하는 그 부분이 도대체 무엇인지 알고 싶은 것이 초조의 한 원인이며 애인이 나의 그 부분 외에 다른 부분을 보고 마음이 바뀔까 두려워하는 것도 초조의 또 다른 원인이다. 그리고 더 두려운 것은 혹시 나의 그 부분이 바뀌거나 사라진다면 그 부분을 토대로 수립된 사랑도 덩달아 바뀌거나 사라지지 않을까, 하는 것이다.

일반적이고 정상적인 상황에서 사람과 사람의 관계는 사실 거짓말 대 거짓말로 이뤄진다. 상대는 내가 어떤 사람인지 확정하기 위해 나라는 사람을 겨냥해 간단하면서도 이해하고 받아들이기 편리한 거짓 인간을 수립하며 그것을 기초로 나를 어떻게 대할지 결정한다. 내가 상대를 대하는 것도 역시 마찬가지다! 이처럼 거짓말 대 거짓말로 관계를 맺으면서 서로 따지거나 들추는 일 없이 간혹 있을 수 있는 의혹도 속으로 숨긴다면 나도 상대도 더없이 편하다.

오직 특수하고 극단적인 상황에서만 우리는 그런 편한 상태에서 어쩔 수 없이 빠져나온다. 그러고서 본래 숨기고 있던 의심을 더 못 숨기고 꺼내 묻는다. 내가 생각하는 당신이 진짜 당신이 맞냐고. 동시에 필연적으로 상대에게서도 똑같은 질문이 나온다. 당신이 생각하는 내가 진짜 내가 맞냐고. 사랑은 우리를 그렇게 묻게 만든다. 미움도 우리를 그렇게 묻게 만든다. 비극과 상처도 항상 우리를 그렇게 묻게 만든다. 그리고 실존주의의 철학적 주장도 계속 우리를 그렇게 묻게 만든다.

실존주의는 현실에 부합하지 않을 정도로 용감한 철학이다. 실존주의는 극단적인 상황에서만 비로소 눈에 보이는, 사람들 사이의 그런 실상을 보편적인 원칙으로 수립하려 했다.

이제 우리는 벽지 바른 방에 사는 어떤 사람이 벽지의

반복적이고 규칙적인 무늬에 익숙해져 있다가 우연히 벽에 뚫린 구멍을 통해 바깥의 빛과 그림자와 다채롭게 변화하는 광경을 보고서 깜짝 놀란 것을 상상해 보자. 그때부터 그는 바깥에 벽지와는 다른 세계가 있을지도 모른다고 조심스레 가정하기 시작하지만 단지 의심하고, 생각하고, 구멍으로 다가가 좀 더 살펴보는 데 그친다. 그런데 실존주의는 그를 둘러싼 벽 전체를 벽지와 더불어 철거함으로써 그가 더 이상 벽과 벽지의 보호 없이 그 혼란하면서도 격렬하게 변화하는 세계를 사실 그대로 보고 접촉하게 만든다.

실존주의는 인간을 일련의 의식으로서의 존재로 환원하려 했다. 우리가 누군가를 사랑하는 것은 그렇게 의식들의 총합으로 구성된 존재를 사랑하는 것이며 존재는 당연히 변화하고 수시로 변동한다. 그래서 우리가 사랑하는 대상은 우리의 사랑으로 인해 변화를 멈출 리도, 우리가 사랑을 잘 전달할 수 있도록 제자리에 가만있을 리도 없다.

우리는 왜 끊임없이 되풀이해 본질 쪽으로 기우는가? 왜냐하면 본질은 너무나 쓰기에 편하기 때문이다. 본질로 존재를 대체하면 우리는 존재의 가변성을 외면하고 어떤 안정적인 관계를 상상할 수 있다.

우리는 차라리 오해 속에 사는 게 낫다. 하지만 카뮈는 극적이며 극단적인 이야기를 이용해 우리를 안락한 오해 속에서 몰아내고 오해의 과오와 무서움을 인정하게 한다.

혈육 간의 정도 우리가 상상하듯 그렇게 자연스럽거나 안정적이지 않다. 어머니와 아들, 누나와 남동생 관계에서도 신분과 본질과 관련된 오해가 없다고 보증할 수 없다면 도대체 어떤 신분과 본질이 믿을 만하겠는가? 그 남자가 자기 아들인 것을 몰랐을 때 그의 어머니는 그의 실제 존재에 맞춰 그를 사랑하지 못하고 직접 돈을 탈취해 죽이고서 강물에 내버려도 되는 대상으로 삼았다. 그렇다면 그의 어머니가 사랑했고 또 스스로 사랑한다고 믿고 공언했던 것은 도대체 무엇이었을까? 아들인 그 남자 자체는 분명히 아니었다. 그보다는 그녀가 확인한 아들의 신분이었고 그 신분을 내건 사람이었다.

소설 속의 짧은 에피소드를 독립된 희곡으로 바꾸면서 카뮈는 여러 가지를 확충하고 조정했다. 희곡에서 설명이 더 추가된 바에 따르면 그 체코 남자는 어렸을 때 고향을 떠나 25년간 자기 소식을 알리지 않아서 그의 어머니는 이미 그가 돌아온다는 희망을 완전히 버린 상태였다. 금의환향한 남자는 사실 어머니와 누이에게 미안해서 극적인 장면을 연출하려 했다. 먼저 어머니와 누이에게 자기가 돈이 많다는 것을 과시하고 심지어 부러워하게 한 뒤, "이렇게 돈 많은 부자가 어머니의 아들, 누님의 동생이에요!"라고 밝혀 더 큰 기쁨과 놀라움과 만족을 줄 계획이었다.

희곡에서는 또 누이에 대한 동정심도 추가했다. 누이는 본래 강도 살인을 찬성하지 않았다. 그녀는 그 남자가 자기 동생인 것을 모르는 상태에서 순수하게 인간의 입장에서 어머니의 제안에 반대했다.

이런 요소들이 더해져 희곡은 당연히 소설 속 간단한 이야기보다 재미있고 풍부해졌다. 하지만 전달하려는 핵심은 변하지 않았다. 그것은 사람과 사람 사이의 상호관계는 도대체 어떻게 성립되고 일상에서 우리는 또 어떻게 다른 사람을 인식해 그들을 대하는 방법을 결정하느냐를 따져 보아 그 안의 부조리를 드러내는 것이었다.

부조리 3부작 중 하나, 『칼리굴라』

『오해』는 이해하기 수월하지만 본래부터 부조리 3부작에 속했던 희곡 『칼리굴라』는 상대적으로 훨씬 애매모호하다. 역사에서 '칼리굴라'라고 불린 로마 황제는 로마사의 '카이사르 시대', 다시 말해 황권이 상승하던 시대의 인물이다. 누구는 그 시대를 '폭군의 시대'라고도 하는데 결코 그 시대의 황제가 전부 폭군은 아니었다. 다만 그들은 무소불위의 절대 권력을 쥐고 있었기 때문에 그들 중 많은 이가 폭군처럼 제 마음대로 사고를 쳤고 그래도 별로 경악하는 사람이 없기는 했다.

역사의 기록을 보면 칼리굴라는 다른 폭군과 비교해 뚜렷하게 다른 점들이 있었다. 하나는 그가 친여동생과 근친상간을 하고 그녀를 가장 총애하는 애인으로 삼은 것이다. 다른 하나는 많은 이들이 그의 삶이 급격히 바뀌었다고, 비교적 인자한 사람에서 과격하고 잔인한 사람으로 바뀌었다고 기록한 것이다. 카뮈는 이 두 가지 지점에 무척 흥미를 느꼈다.

이 희곡은 귀족들이 황제 칼리굴라를 찾지 못해 우왕좌왕하는 장면에서 시작된다. 칼리굴라가 실종된 것은 그의 여동생이자 애인인 드루실라의 요절 때문이었다. 충격을 받은 그는 며칠 동안 종적을 감춘다. 그리고 다시 나타났을 때 그는 다른 사람으로 변해 있었다. 여동생이 죽기 전에는 온화하고 합리적인 사람이었지만 여동생이 죽은 뒤부터 갑자기 엉뚱한 아이디어와 그에 따른 엉뚱한 짓들을 선보이기 시작한다. 예를 들면 부하들을 조직해 중요한 임무를 주며 꼭 이행하길 명했는데, 그 임무란 것이 달을 따오라는 것이다. 그리고 스스로 아프로디테로 분장하고는 모든 백성이 자신을 그 여신으로 여기며 숭배해야 한다고 규정하기도 했다.

그뿐만이 아니었다. 그는 또 신하인 귀족들을 대단히 난폭하게 대하기 시작했다. 파티에서 한 귀족의 아내를 탈취해 뒤로 데려가 범하기도 하고 갑자기 울컥해서 옆에 있던 귀족에게 독약을 먹여 그 자리에서 죽이기도 했다. 이처럼 그는 영락없는 폭군으로 변했다. 권력을 남용하고 원칙없이 행동하는, 우리가 알고 있는 폭군의 기본 이미지와 딱 맞아떨어졌다.

무슨 짓을 할지 예측불허이고 어디를 가든 두려움에 휩싸이게 하는 폭군은 당연히 국가와 사회에 소요와 불안을 가져온다. 사람들은 의심하고, 무서워하고, 고통스러워하고, 원망하고, 나아가 황제를 갈아 치우려는 마음을 먹었다. 그래서 케레아라는 젊은 귀족이 칼리굴라를 암살할 비밀 조직을 만들었다. 그런데 칼리굴라의 충성스러운 부하가 이 사실을 알고서 서둘러 밀고한다. 이에 칼리굴라는 케레아를 불러 그 밀고 편지를 보여 주고는 크게 웃으며 그것을 태우고 그를 풀어 준다. 이처럼 케레아를 벌하지 않고 신뢰를 얻고자 했으며 반대로 그 밀고자는 죽여 버렸다. 반역자와 충성스러운 수하 중에서 뜻밖에도 전자 쪽에 서기를 택한 것이다.

희곡에서는 또 스키피오라는 시인이 등장한다. 그의 아버지는 바로 칼리굴라가 무정하고 무도하게 독살해 버린 그 귀족이었다. 케레아는 당연히 그를 점찍고 찾아가서 폭군을 갈아치울 쿠데타에 참여하라고 권한다. 하지만 스키피오는 칼리굴라의 편이 아닌데도 케레아 편에 가담하는 것을 원치 않았다. 이때 두 사람은 폭군을 어떻게 봐야만 하는지에 관해 때로는 차분하게 때로는 격렬하게 논쟁한다.

어느 날 칼리굴라는 갑자기 영감이 떠올라 나라 안의 시인들을 불러 시 짓기 대회를 연다. 스키피오도 그 시인 중 한 명이었다. 케레아는 스키피오에게 이 기회에 폭군을 제거하자고 설득한다. 스키피오가 칼리굴라에게 접근해 순식간에 그의 목숨을 빼앗을 수 있었기 때문이다.

하지만 스키피오는 역시 손을 쓰지 못한다. 시 짓기 대회가 끝난 뒤 죽은 사람은 칼리굴라가 아니라 칼리굴라의 새 애인 케소니아였다. 케소니아는 진심으로 그를 사랑했고 그의 여동생이 죽은 뒤로 줄곧 곁에서 그를 보살펴 주었는데도 그는 특별한 이유 없이 그 여자까지 살해했다. 케소니아가 죽은 뒤, 칼리굴라는 홀로 거울을 마주한 채 귀신처럼 중얼거린다. "나는 아직 살아 있다!"라고.

이 희곡은 폭정을 못 견딘 로마인들이 반역자를 지지하고 이어 벌떼처럼 일어난 반란 세력이 폭군 칼리굴라를 죽이는 것으로 끝난다.

'폭정은 반드시 망한다'는 이야기가 아니다

희곡 『칼리굴라』는 1944년에 출판되었고 이듬해, 즉 세계대전이 끝난 해에 연극으로 처음 상연되었다. 첫 상연 직후 관객의 반응이 너무 뜨거워서 200회 넘게 연속 상연되었다. 그래서 카뮈가 쓴 모든 희곡 중에서 『칼리굴라』가 가장 큰 성공을 거둔 것으로 공인되고 있다.

프랑스 관객들이 『칼리굴라』를 좋아한 것은 이해하기 어렵지 않다. 그들은 그 연극의 주제가 간단하지만 감동적인, "폭정은 만드시 망한다"라고 생각했다. 그들은 칼리굴라에게서 히틀러의 그림자를 보았으며 그 연극에 옛 역사로 오늘날의 일을 풍자하려는 의도와 효과가 있다고 추호도 의심하지 않았다.

칼리굴라가 죽기 전에 먼저 애인을 죽인 것은 히틀러와 그의 애인 에바 브라운이 함께 자살한 것의 복사판이었다. 단지 극 중의 폭군은 자살이라는 괜찮은 결말을 맞지 못하고 반역자에게 자신을 죽일 기회를 내주었다. 그편이 더 역사가 제공하지 못한 시적 정의에 부합했다.

그들이 그 연극에서 폭군의 비참한 말로에만 주목한 것은 1945년의 분위기에서는 그것만이 유일하게 의미 있는 정보였기 때문이다. 또 그 정보는 관객을 흥분시키고 환호하게 하기에 충분했다.

관객들이 그 연극을 그런 식으로 보면 안 되고 또 그런 식으로 열렬히 반응해서도 안 되었다고 규정할 수 있는 사람은 없다. 다만 『칼리굴라』에 대한 그런 읽기와 반응의 방식은 명백히 두 가지 중요한 사실을 덮어 버렸다. 그 첫 번째는 『칼리굴라』가 다소 늦게 출판되기는 했지만 실제로는 『이방인』보다도 일찍 쓴 것이다. 카뮈는 1939년에 『칼리굴라』를 썼고 그때는 히틀러 정권이 훗날 무슨 짓을 할지 예견할 수 없었다. 이어서 두 번째는 더 핵심적이고 더 놓쳐서는 안 되는 것으로, 부조리 3부작에 들어가는 『칼리굴라』의 주제가 만약 "폭정은 반드시 망한다"라면 이것이 부조리와 무슨 관계가 있단 말인가?

1945년의 분위기를 벗어나 좀 더 주의 깊게 『칼리굴라』를 읽어 본다면 우리는 극 중의 여러 캐릭터와 스토리를 함부로 히틀러의 폭정과 대조하거나 대비하기 힘들다는 것을 곧 깨달을 것이다. 사실 카뮈는 이 희곡에 자신의 많은 의견을 집어넣었다. 단지 전쟁이 막 끝난 시기의 프랑스 관객이 그것을 못 보고 지나쳤을 뿐이다. 적어도 우리는 카뮈가 영어판 『칼리굴라』의 서문에서 말한 내용에 귀를 기울여야 한다.

> 본래 온화하고 친근했던 그 군주는 여동생이자 애인인 드루실라가 죽은 뒤, 갑자기 이 세계가 사람들을 만족시킬 수 없다는 것을 깨달았다. 그 후로 그는 불가능한 사물에 괴롭힘을 당하고 멸시와 혐오에 해를 입었으며 스스로 살인과 체계적인 가치 전도로 일종의 자유를 행사했다. 그리고 마지막에는 그런 자유가 결코 좋은 자유가 아니라는 것을 깨달았다. 그는 우정과 사랑을 거절했으며 인간의 순박한 관계와 선악을 부인했다. 또 주변 사람이 하는 말을 꼬투리 잡아 그들이 그 논리적 결과를 받아들이도록 강요했다. 그는 거절의 힘과 모든 것을 파괴하는 광기로 주변의 모든 것을 바꿔 버렸다. 삶과 생활에 대한 그의 격정이 그를 그런 광기로 밀어 넣었다. 그런데 그의 진리가 운명에 대한 반항이었다고 하면 그의 잘못은 인간을 부정한 데 있었다.

모든 것을 파괴하려고 하면 필연적으로 자신까지 동시에 파괴하게 된다. 칼리굴라는 주변에 사람들이 갈수록 줄어들게 했다. 아울러 그는 자신의 원칙에 충실하여, 자신에게 반대하는 자들이 무장하도록 도왔다. 그들은 결국 그를 죽이는 데 성공했다. 이것은 부조리의 가장 인도적이고 비참한 역사이다. 자신에게 충실했지만 남에게는 충실하지 않았던 칼리굴라는 단독으로 해방을 얻을 수 있는 사람은 없고 남에게 반대하는 것에서 자유를 취할 수는 없다는 것을 잘 알았기에 죽음을 받아들였다.

부조리한 세계를 파괴하다

위의 글만 보고서는 카뮈가 말하려던 바가 무엇인지 잘 이해가 안 간다. 그러나 위의 글과 『칼리굴라』의 스토리를 대조하고 그것을 부조리의 철학의 맥락 속에 놓아 보면 모든 것이 확연해진다.

칼리굴라가 그토록 뜨겁게 여동생 드루실라를 사랑한 까닭은 그것이 근친상간이고 비정상적인 관계여서 어떻게든 엄청난 열정을 쏟아부어야 그 관계를 유지할 수 있었기 때문이다. 격정에 빠져 있었던 탓에 그는 언젠가 그 관계가 끊기거나 사라질지도 모른다고 생각해 본 적이 없었다. 혹은 아예 그런 일을 생각하거나 상상해 본 적도 없었다.

그런데 실제로 그런 일이 생겨서 여동생이 갑자기 사망했다. 이는 칼리굴라를 각성시키는 계기가 되었다. 누구도 피할 수 없는, 절대에 가까운 죽음은 인간이 어쩔 수 없이 부조리를 느끼고 부조리의 철학의 상황에 빠져들게 한다. 여동생이자 애인인 드루실라의 죽음으로 칼리굴라는 자기가 본래 삶에 대해 갖고 있던 갖가지 가설이 다 부조리하다는 것을 깨달았다. 그와 드루실라의 관계와 그의 드루실라에 대한 사랑은 본래 죽음을 무시하고 죽음이 없는 척하는 부조리한 가설 위에 세워져 있었다.

실종됐던 며칠 동안 칼리굴라는 '부조리한 인간'으로 변했다. 남들이 못 알아채고 전혀 준비도 안 된 상황에서 칼리굴라는 부조리한 인간, '부조리의 전도사'가 되어 돌아왔다. 그는 더없이 강렬한 충동을 품고서 인간이 의지하는 삶의 기초가 허구이고 거짓이라는 것을 다른 사람들에게 똑똑히 알리고자 했다. 인간은 안정적이고 믿을 만한 인간관계의 질서와 지속적인 삶을 가정하지만 그것은 전부 틀렸고 믿을 수 없다는 것이다.

칼리굴라는 자신이 가진 황제의 권력을 동원해 남들이 살아가면서 의지하는 그 허구와 거짓들을 파괴했다. 그는 일반적이고 정상적인 인간관계를 타파하여 충신에게는 벌을, 배반자에게는 상을 줌으로써 그들이 본래 생각하던 게 얼마나 허황하고 믿지 못할 것인지 깨닫게 했다. 동시에 기존의 인과관계와 무관하게 이유 없이 화를 내고 사람을 죽여서 그들이 인과의 해석에 대한 믿음을 포기하게 했다. 그는 매우 주관적으로, 그리고 멋대로 생명을 빼앗았다. 방금 전까지 살아 있던 사람을 지금 갑자기 처형하는 식이었다. 그렇게 누구도 죽음을 피하지 못하게 만들었다.

칼리굴라는 자신에게 부조리함을 간파당한 이 세계를 체계적으로 파괴했다. 그가 죽인 이들은 모두 강하고도 정상적인 신념의 소유자로 효과적으로 보좌하는 대신, 충성을 바치는 부하, 한마음으로 그를 사랑하는 애인이었다. 그는 그들의 가정이 틀렸음을 잔혹하게도 그들의 바로 눈앞에서 증명했다. 효과적인 보좌는 독약으로, 암살 음모에 관한 밀고는 처형으로, 헌신적인 사랑은 뜬금없는 분노로 되갚았다. 그러나 그에게 살해당한 이들은, 그리고 그의 그런 짓을 목격한 이들은 그의 의도를 이해하지 못했고 그래서 각성하여 부조리를 보지도 못했다. 이에 칼리굴라는 더 큰 열정으로 더 큰 일을 벌여 인간을 철저히 부정하는 데까지 이르렀다.

시인 스키피오는 칼리굴라의 '부조리의 벗'인 동시에 대립자였다. 그는 케레아에게 "제 마음속엔 그분과 흡사한 뭔가가 있어요. 똑같은 불길이 우리의 마음을 불태우고 있죠"라고 말한다. 스키피오가 보기에 칼리굴라의 황당한 행동은 근본적으로 진리에 대한 절박한 추구라는 점에서 시인이 시를 쓰기 위해 겪는 과정과 유사한 면이 있었다. 그리고 그는 칼리굴라의 부조리에 대한 통찰에 가장 공감했지만 칼리굴라가 부조리의 원리를 실천하는 방식에는 찬성하지 않았다.

케레아는 칼리굴라의 적인 동시에 공모자였다. 칼리굴라가 계속 그를 놓아준 것은 그의 반항과 암살 시도가 황제와 황제의 권력 같은 기존 세계의 가정이 근거가 없다는 것을 사람들에게 보여 줄 기회였기 때문이다.

칼리굴라는 기존 세계와 기존 체계를 파괴하는 방식으로 부조리를 환기했다. 하지만 그가 그런 일을 할 수 있었던 힘의 원천은 황제와 폭군의 권력이었고 그것은 기존 세계와 기존 체계에서 비롯되었다. 자신의 목적을 달성하기 위해 그는 자신이 그런 일을 할 수 있게 해 준 권력을 파괴하지 않을 수 없었고 결국 자기 자신을 파괴하지 않을 수 없었다.

케레아는 칼리굴라의 도구였다. 칼리굴라는 폭정을 일삼아 케레아처럼 자신에게 반대하는 이들이 무장하도록 부추겼으며 그들이 충분한 세력을 모아 자신을 죽일 수 있게 도왔다. 그가 피살된 것은 본래 그가 추구한 부조리의 실천 중 일부였다. 그에게 충성하는 사람은 그가 타도하려던 기존 체계에 충성하는 것이나 마찬가지였다. 반대로 그를 몰아내고 죽이려는 사람은 오히려 그가 부조리의 실천을 추구하는 데 도움이 되었다.

이 희곡은 그런 복잡하고 전도된 신념을 구현했다. 칼리굴라가 뫼르소와 가장 크게 다른 점은 그에게는 기존 체계를 파괴할 힘이 있었다는 것이다. 뫼르소는 그 체계가 자신을 심판하는 것을 견디며 불성실한 인간들 사이에서 고통스럽게 살아갈 수밖에 없었다. 그런데 칼리굴라는 "단독으로 해방을 얻을 수 있는 사람은 없다"는 것을 깨닫고서 그 체계를 파괴하려 했다. 하지만 그가 취한 방식은 폭군의 권력을 휘둘러 임의로 사람을 죽임으로써 뭇 인생의 근본적인 오류를 도드라지게 하는 것이었다. 그렇게 그는 인간을 부정했다.

"그는 자신의 원칙에 충실하여, 자신에게 반대하는 자들이 무장하도록 도왔다"고 카뮈는 말했다. 훗날 『반항하는 인간』에서 제시된 개념으로 바꿔 말해 보면 칼리굴라는 '반항하는 인간'을 창조하고 있었다. 자신의 권력으로 그들을 극한의 상황으로 몰아넣어 삶에서 더 물러서려야 물러설 수 없는 한계선을 확인하고 사유하지 않을 수 없게 만든 것이다.

반항하는 인간이야말로 칼리굴라가 공감한 대상이었다. 그를 지지하고 그의 편을 들어 준 이들은 계속 기존 체계와 부조리 속에 살면서 깨어나지 못했고 심지어 깨어나기를 거부했다.

제11장 "나는 반항한다, 고로 나는 존재한다"

부조리는 어떻게 반항을 창조하는가

카뮈의 『칼리굴라』는 히틀러의 이야기가 아니며 "폭정은 반드시 망한다"는 교훈적인 이야기도 아니다. 『칼리굴라』는 부조리에서 반항에 이르는 과정에서 중간의 연결 고리를 제공한다.

시시포스와 칼리굴라는 일종의 대비를 형성한다. 시시포스는 희망 없이 살아가며 아무 결과 없는 일을 끝없이 반복했지만 그런 삶을 사실 그대로 받아들였고 어떠한 자기기만의 희망이나 의미에도 도움을 구하지 않았다. 바위가 산 밑으로 굴러떨어질 때마다 그는 자신이 어떠한 성취도 종착점도 없는 삶을 살고 있음을 실감했다.

시시포스가 경험한 부조리는 드루실라를 잃은 칼리굴라를 훨씬 능가했다. 칼리굴라는 인간이 죽게 마련이며 잠시 후든 내일이든 누가 계속 살아 있을 것이라고 보증해 줄 수 있는 것은 아무것도 없다는 사실을 순순히 받아들이기 힘들었다. 삶은 인간을 만족시키지 못했다. 칼리굴라는 부조리를 간파했고 이에 강한 혐오와 경멸을 느꼈다. 그래서 그 부조리를 폭로하려 했지만 폭로의 과정에서 다른 사람을 노예로 왜소화하고 자신은 노예를 다스리고 억압하는 주인으로 변모했다.

칼리굴라의 곁에 있던 이들은 그에게 노예 취급을 당했지만 끝까지 반항하지 않았다. 하지만 케레아는 한계선을 긋고 반항했다. 칼리굴라의 부조리에 정신을 차린 케레아는, 자신이 칼리굴라에게 노예 취급을 당하는 것을 깨닫고 돌아서서 그에게 '노'라고 말했다.

이 희곡은 이처럼 부조리와 반항을 연결하여 우리에게 부조리가 어떻게 반항을 창조하는지 보여 준다. 주연인 칼리굴라는 가장 먼저 부조리를 인식하고 자신의 권력으로 부조리를 부각시키고, 결국에는 케레아 같은 인물이 반항으로 대응한다. 따라서 이 희곡에서 관객들이 공감하는 캐릭터는 칼리굴라가 아니라 케레아다.

『칼리굴라』에는 『시시포스의 신화』와 『이방인』에는 없는 전환점이 있다. 카뮈의 본래 기획 의도에서 희곡은 행위를 통한 주제의 표현에 해당한다. 그래서 일종의 현실감을, 그리고 현실적 행동에서 비롯된 애매함을 띠고 있다.

부조리를 사유하면서 카뮈는 시시포스와 뫼르소의 그런 개인적 관점에만 머무르지는 않았다. 일찍이 부조리의 철학의 시발점에서도 이미 사회적 의제를 고려하여, 부조리를 인지한 인간이 그 후에 어떻게 해야 하는지를 고민했다. 그는 자기 삶을 또렷이 인식하는 것 외에도 아직도 부조리 속에 깊이 잠든 채 무엇이 부조리인지조차 모르는 사람들을 깨워야만 하는 것인가?를 고민했다.

이런 사유는 반항 3부작에 이르러 더 완전한 결론을 얻게 된다.

카뮈는 데카르트의 철학적 기점인 "나는 생각한다, 고로 나는 존재한다"를 "나는 반항한다, 고로 나는 존재한다"로 바꾸었다. 인간은 언제부터 존재하기 시작하는가? 혹은 인간은 언제 자신의 존재를 진정으로 지각하고 의식하는가? 데카르트가 제시한 답은 이렇다. 우리가 세상 만물의 존재를 다 의심해도 결국 지금 자신이 의심하고 있다는 이 사실만큼은 의심할 수 없다고, 바로 이것이 존재의 기점이자 물러서려야 더 물러설 수 없는 확증이라고 했다. 그런데 카뮈는 다음과 같이 주장했다. 우리가 반항하는 인간이 되기 전까지는, 우리가 결코 침범도 약탈도 용납할 수 없는 특성을 자신에게서 찾기 전까지는 우리의 존재는 일종의 보편적이고 평범한 존재, 개성 없는 거짓 존재일 뿐이라고 말이다. 우리가 '노'라고 말하려는 충동을 느껴야만 그 순간에 우리의 참된 자아, 참된 존재가 또렷하게 떠오른다.

칼리굴라 곁에서 그에게 충성하고, 그에게 복종하고, 그를 사랑했던 이들은 참된 존재를 못 가진 인간의 실제 사례이다. 그들은 칼리굴라의 규정을 다 받아들였으며 칼리굴라가 황제의 권력으로 자신들이 누구인지 정의하고 운명까지 결정하도록 내버려 두었다.

그들은 모두 존재하지 않았다. 그들이 자진해서 황제가 자신들에게 부여하는 것을 받아들이고 또 자기 안에서 진실한 가치를 방어하려는 충동을 불러일으키지 못한 것은 그들의 모든 것이 타인에 의해 정의될 수 있었음을, 그리고 스스로 고집스레 정의하고 어떤 누구의 침범도 용납하지 않는 그 무엇이 그들에게 없었음을 의미한다. 그런 고집과 자기방어의 부재는 곧 자아의 부재, 존재의 부재나 다름없었다.

어찌 됐든 나는 황제가 내 눈앞에서 내 아내를 빼앗아 가게 하지 않을 것이다. 어찌 됐든 나는 황제가 내 입에 독약을 쑤셔 넣게 하지 않을 것이다. 이처럼 황제 앞에서도 흔들리지 않는 한계선이 마음속에 그어지는 순간, 한 개인은 당당하게 존재한다. 그 고집 때문에 당장 목이 잘리고 학살당하더라도 그가 언젠가 존재했다는 사실만은 누구도 부정할 수 없다.

그 순간, 그는 자신이 누구인지 알게 되는 게 아니라, "자신이 누가 아닌지" 확연히 깨닫는다. 황제가 그런 방식으로 아내를 뺏을 수도, 독을 먹일 수도 있는 사람이 아닌 것이다. 황제의 권력이 아무리 커도 그를 그런 사람으로 규정하고 바꾸기는 어렵다.

카뮈는 케레아 같은 반항하는 인간을 '형이상학적 반항인'이라 칭했다. 그들의 반항에 필연적으로 형이상학적 면이 있다는 의미이다. 반항의 행위는 형이상학적이고 구체적인 물질적 조건을 초월하는 차원에서 인간의 존재 원리를 결정한다.

직장의 사장이 커피를 타오라고 시키면 우리는 화가 나고 자존심이 상해서 "못해요!"라고 말한다. 그때 우리가 속으로 '나한테 월급을 얼마나 준다고 커피까지 타오라는 거야!'라고 생각한다면 그것은 진정한 반항이 아니다. 만약 사장이 월급을 두 배로 올려 주면 기꺼이 커피를 타올 수도 있음을 의미하기 때문이다. 하지만 상대적으로 '누구도 내게 이렇게 오만하고 모욕적인 명령을 하지는 못해!'라고 생각한다면 그것이야말로 진정한 반항이다. 구체적인 물질적 조건에서 거래하고 흥정할 수 없는 어떤 원칙을 찾아냈기 때문이다. 이것은 형이상학적 원칙이며 이때 우리의 존재는 형이상적 원칙의 토대 위에 단단하게 서 있다.

형이상학적 반항과 역사적 반항

카뮈가 말한 반항은 개인적이며 개인의 존재를 결정하는 근원이다. 또한 보편적이며 보편적인 형이상학적 원칙을 그 원인으로 갖고 있기도 하다. 사람마다 '노'라고 말할지, 말하지 않을지는 각자의 선택이지만 그 절대적인 '노'는 보편적으로 존재의 일반적인 조건을 증명하고 긍정한다. 동시에 인간을 인간이게 하는, 남에게 박탈되지 않는 보편적 특성도 증명하고 긍정한다.

이런 형이상학적 반항은 다원적이며 사람마다 자기 삶의 낮은 층위에서 각자 그것을 완성한다. 카뮈는 『반항하는 인간』에서 '형이상학적 반항'과 '역사적 반항'을 구별했다. 역사적 반항은 반항이 구체적인 현실적 조건에서 수행되어 반항의 행위가 되고 나아가 반항의 조직과 반항의 목표가 생기는 것으로, 더 간단히 말하면 그것은 바로 '혁명'이다.

역사적 반항, 즉 혁명은 카뮈의 입장에서는 형이상학적 반항의 타락이었다. 역사적 반항은 형이상학적 반항을 완성하는 데 도움이 안 될 뿐만 아니라 항상 형이상학적 반항을 파괴하곤 했다.

형이상학적 반항은 '노'라고 말하는 순간에 존재하며 그 말을 한 사람은 이어서 무슨 일이 벌어질지도, 반항 후에 어떻게 해야 할 줄도 알지 못한다. 그 반항의 충동은 즉각적이고 순수하며 형이상학적 삶의 원칙에서 비롯된다. 그것은 반항을 촉발한 사건이 일어났을 때, 그 사건을 겨냥해 생겨나는 '인간의 반응'이다. 반항은 계산이 없고 목표도 없으며 예상의 과정은 더더욱 없다. 반항은 비시간적인 현재, 순간의 산물이고 원칙과 행동이 있긴 하지만 발전과 과정은 없다. 다시 말해 역사가 없다.

반항은 어떤 것이든 다 현재의 자기주장과 자기방어로서 체계가 없으며 조직을 구축하지도 않는다. 하지만 반항이 효과와 결과를 거둘 수 있도록 사람들이 반항을 조직화, 체계화하는 바람에 반항의 책략과 절차, 다시 말해 반항의 시간적 발자취와 역사가 생기곤 한다. 그래서 형이상학적 반항은 역사적 반항으로 타락한다.

이것은 한편으로는 자연스럽고 흔히 나타나는 변화지만 다른 한편으로는 반항에 대한 반역이자 배반이다. 혁명의 조직은 개인의 자발적인 반항의 반응을 지워 버리고 동시에 자신만의 본질에 관한 규정을 만들어 낸다. 이에 사람들은 본래의 다양하고, 모호하고, 혼란한 '반항하는 인간'에서 고정된 성질과 면모를 지닌 '혁명가'로 변신한다.

스키피오는 케레아가 반항하는 인간에서 혁명가로 탈바꿈하려는 것을 꿰뚫어 보았다. 그래서 케레아의 반란에 참여하기를 원치 않은 것이다. 그는 칼리굴라처럼 부조리를 간파했으므로 당연히 다른 누가 혁명이나 혁명가 같은 것으로 자신을 규제하고 좌지우지하는 것을 허용하려 하지 않았다.

반항의 근원은 개인적이지만 개인의 반항은 보통 잔인한 탄압과 파괴로 끝나며 반항을 촉발한 현실을 바꾸는데 실패한다. 이에 정말로 현실을 바꾸고 성과를 거두려면 형이상학적 반항에서 역사적 반항으로 전환해야 하는데 그 결과, 원초적이고 순수한 반항은 변질되고 나아가 사라지기에 이른다.

이것이 반항의 숙명이다. 이것은 왜 반항이 체계를 전복시켜 모든 사람을 '존재'하게 하지 못하는지를 설명해 주기도 한다. 왜냐하면 역사적 반항은 새로운 체계를 낳고 개인에게 또 다른 본질적 규범을 부여하기 때문이다.

형이상학적 반항이 압박에 대해 '노'라고 말하는 것은 반대하고 부정하는 반응이다. 그러나 역사적 반항은 여러 긍정적인 가치들을 수립하려 한다. 칼리굴라에게 즉각적으로 "당신이 이렇게 나를 대하는 것을 받아들일 수 없습니다"라고 말하는 것과, 모두 함께 폭력에 저항하여 너그럽고 평화롭고 정직한 새 사회를 세우자고 호소하는 것은 전혀 다른 일이다.

역사적 반항은 '역사성'이나 '역사주의'에 관한 일련의 주장을 제기하여 자신들이 믿는 역사적 미래의 방향을 필연으로, 인간의 본질로 간주한다.

프랑스 대혁명은 대표적인 역사적 반항이었다. 20세기의 파시즘과 공산주의도 역사적 반항이었다. 그것들은 기본권이나 존엄성을 지키려는 충동에서 시작되었지만 역시 진행 과정에서 모두가 반항 이후의 집단적 상태에 관한 서사를 만들어 내고 반항이 무엇을 가져다줄지 설명하려 했다. 일단 서사가 만들어지자 그 서사 자체가 규범이 되고 새로운 본질이 되어 또다시 존재에서 멀어지고 존재를 억압했다.

좌파 지식인들의 분열

카뮈의 사상 속에는 줄곧 존재와 본질의 긴장 관계가 자리했다. 그는 시종일관 본질적인 태도에 반대했다. 형이상학적 반항은 본질에 대한 반항이지만 역사적 반항은 반항 속에서 새로운 본질의 규정이 솟아나곤 한다.

우리는 거칠고 단순한 시기 구분으로 카뮈의 사상을 해석하는 일이 없도록 조심해야 한다. 그가 전기에는 부조리의 철학을 믿었고 후기에는 방향을 바꿔 반항의 철학을 믿었다는 식으로 생각하면 안 된다. 부조리에서 반항에 이른 것은 두 가지 주제나 두 개의 서로 다른 단락이 아니라 동일한 철학의 상호 긴밀한 논리적 부연이다. 카뮈 사상의 주축을 이해하고 나면 우리는 인생의 여러 국면에서 어떤 일을 당했을 때 카뮈가 어떤 태도를 취하고 어떤 입장에 섰을지 상상하기 어렵지 않다. 그리고 거기에는 '전기 카뮈'와 '후기 카뮈'의 근본적인 차이 같은 것은 존재하지 않는다.

1951년 『반항하는 인간』이 출판되어 프랑스에서 큰 논란을 불러일으켰다. 그 논란의 초점은 역사적 반항에 대한 카뮈의 견해, 특히 공산주의와 파시즘을 싸잡아 역사적 반항의 예증으로 삼은 데 있었다.

당시 프랑스 지식계가 신경 썼던 점은 공산주의에 대한 카뮈의 비판이었다. 카뮈가 분석하고 예로 든 것은 보편적인 공산주의의 사상과 운동이었지만 사르트르를 비롯한 프랑스의 좌익 지식인들은 그가 현실의 프랑스 공산당과 소련 공산당의 관계에 대한 입장 표명을 한 것으로 보았다.

당시는 스탈린의 같은 당 동지들에 대한 '대숙청'과 소련 내 대규모 정치범 수용소 설치가 막 서방 매체에 폭로되어 서구 각국의 공산당뿐만 아니라 광의의 좌파 진영 전체가 큰 충격을 받은 시점이었다. 그들은 계속 반자본주의적 입장을 고수해 소련을 지지해야 할지, 아니면 소련을 자유의 적으로 간주해 비판해야 할지 결정해야 하는 잔인한 선택에 직면했다. 앞의 선택은 대숙청과 정치범 수용소를 용인해 소련을 변호하는 것을 의미했고 뒤의 선택은 자본주의와 우익 국가주의에 반대하는 입장에서 운동의 주도 세력과 다투고 분열하는 것을 의미했다.

카뮈는 가장 일찍 입장을 표명해 소련과 명확히 선을 긋는 쪽을 택함으로써 사르트르를 비롯한 기존 동지들이 찬반으로 나뉘는 상황을 초래했다. 그들은 카뮈를 배신자로 간주하고 그가 '투항파', '기회주의자'라며 공격했다. 하지만 얼마 안 가서 스탈린 통치와 소련 공산당의 내부 권력 투쟁에 관한 더 많은 내막이 서구에 전해짐으로써 서구의 좌파는 더 이상 표면적인 단결을 유지하지 못하고 명확히 분열하기에 이르렀다.

일부는 공산주의와 공산당에 대해 실망하여 애초의 좌파의 신념을 철저히 포기하고 자본주의 사회의 현실을 지지하는 쪽으로 전향했다. 또 일부는 소련 공산당에 실망하여 소비에트 혁명에 대한 긍정과 포용을 포기하고 기존의 국제 공산주의 이념과 운동의 주장과는 다른 사상을 발전시키기로 결심했다. 이들은 자신을 '신좌파'라고 칭했다. 물론 기존의 태도를 고수하여 계속 국제 공산주의의 조직적 혁명 노선을 걷기로 결정한 이들도 있었다.

카뮈와 사르트르의 오랜 친구이자 또 한 명의 중요한 철학자인 모리스 메를로 퐁티*는 특별히 『휴머니즘과 폭력』이라는 책을 썼다. 이 책의 핵심 내용은 대숙청과 정치범 수용소에 이르기까지, 소련과 소련 공산당이 사용한 폭

* Maurice Merleau-Ponty(1908~1961). 프랑스 철학자. 그의 철학은 '지각'과 '신체성'을 강조하여 현상학 운동에서 가장 중요한 위치를 차지했다.

력은 자본주의 국가가 국민을 박해한 폭력과는 다르다는 것을 논증하는 것이었다. 소련이 사용한 폭력은 선한 폭력이어서 적어도 이해가 가는 것이며 결국 용인해야 한다는 논리였다. 메를로 퐁티의 입장에서는 확실히 공산주의 운동에 이바지하는 것이 철학적 신념과 논증보다 더 중요했다. 그는 아낌없이 철학적 논증을 동원하고 왜곡하여 소련 공산당의 행위를 변호하고 소련 공산당과 국제 공산주의 운동에 대한 자신의 믿음을 지켰다.

카뮈의 책은 분열이 시작되기 전에 출판되었고 분열의 운동 에너지를 자극한 첫 총탄이었다고 말할 수 있다. 다른 이들이 주저하고 의심하고 있을 때 그가 제일 먼저 자기 입장을 표명한 것이다. 그 이유는 다른 게 아니라 그의 본질에 대한 민감함과 본질에 따른 박해에 대한 깊은 증오 때문이었다. 그래서 즉각 공산주의 운동에 대한 비판을 형성했으며 거기에는 어떠한 망설임도 타협의 여지도 없었다.

사르트르와의 충돌

아직 공산당과 공산주의에 대해 비판할 준비가 안 돼 있었던 좌파 지식인들은 당연히 벌떼처럼 들고일어나 카뮈를 공격했다. 프랑스 좌파 지식계에서 가장 먼저 『반항하는 인간』에 대한 서평을 게재한 매체는 『레탕모데른』Les Temps Modernes이라는 잡지였다. 그 서평은 한때 좌파 지식계에서 모두와 어깨를 나란히 하고 싸웠던 카뮈가 타락하고 변절하여 적진에 투항했다고 노골적으로 고발했다. 그리고 그가 쓰는 언어가 여전히 좌파적으로 보이긴 하지만 그가 쓴 새 책은 확실히 우파 인사들이나 그 안의 핵심 내용을 받아들이고 수긍할 만하다고 했다.

이 서평을 보고 카뮈는 대단히 분노했다. 강한 배신감을 느끼기도 했다. 왜냐하면 『레탕모데른』의 입장을 결정하던 인물이 다름 아닌 사르트르였기 때문이다. 사르트르가 동의하지 않으면 『레탕모데른』에 그런 서평이 실리는 것이 불가능했다.

이에 카뮈는 반박과 해명의 글을 썼는데 그 글은 공개서한의 형식으로 발표되었다. 그리고 그 공개서한이 지명한 대상은 그 서평의 필자가 아니라 '친애하는 『레탕모데른』 편집자'였다.

그는 서평의 필자와는 논쟁할 생각이 없었고 논쟁할 가치도 없다고 생각했다. 서평의 배후 조종자를 끌어내 직접 싸움을 걸었다. '친애하는 『레탕모데른』 편집자'가 사르트르인 것을 모르는 사람은 없었다. 이에 사르트르도 지지 않고 응수하여 『레탕모데른』 다음 호에 답변을 실었다.

> 친애하는 카뮈에게
> 우리의 우정이 순탄하지는 않았지만 나는 그 우정을 아쉬워하게 될지도 모릅니다. 이제 당신이 그 우정을 끊어 버린다면 그것은 분명 끊어질 수밖에 없었던 것이겠지요. 우리를 가깝게 했던 것들은 많았고 우리를 갈라놓았던 것들은 얼마 되지 않았습니다. 하지만 그 얼마 되지 않는 것들 또한 너무 많았나 봅니다. 우정 역시 극단적으로 되려는 경향이 있기 때문이겠지요. 모든 일에서 일치하거나 불화해야 하고 당파가 없는 사람들조차 상상적인 당파의 투사들로 행동합니다. (장 폴 사르트르 저, 『시대의 초상』, 윤정임 옮김, 생각의 나무, 2009, 120쪽)

위의 서두를 보면 사르트르가 이미 카뮈와 절교한다는 전제 아래 편지를 썼다는 것을 알 수 있다. 두 사람은 한때 가까운 동지로서 함께 실존주의의 철학 이념을 발전시켰으며 손을 잡고 협업하기도 했다. 카뮈는 사르트르의 소설을 각색해 무대극으로 공연했다. 하지만 두 사람의 우정에는 확실히 '순탄하지 않은' 점이 계속 존재했다. 그중 하나는 카뮈가 자신은 실존주의자가 아니라며 거듭 부인해 사르트르의 심기를 불편하게 한 데에서 비롯되었다. 아마도 사르트르는 속으로 "사람들이 내가 실존주의의 주인공이라고 생각하는 것 때문에 굳이 그렇게 선을 긋는 겁니까? 당신의 사상과 사람들이 인정하는 실존주의가 그렇게 밀접한데도 말입니다!"라고 투덜거렸을 것이다.

이미 절교를 예감했기에 사르트르는 전혀 사양하지 않고 줄줄이 공격적인 언사를 써 내려갔다.

> 당신은 과거에는 가난했지만 지금은 가난하지 않습니다. 한 명의 부르주아가 되었죠. 자신을 고통받는 이들의 형제라고 부르려면 삶의 매 순간을 그들에게 바쳐야 하는데, 그런 관점에서 보면 당신은 근본적으로 그들의 형제가 아닙니다. (『시대의 초상』, 120쪽)

사르트르는 카뮈가 이미 '부르주아'로 변해 더 이상 '고통받는 이들'의 고통을 이해하지 못하는 탓에 고통받는 이들을 해방시키려는 세력을 거침없이 비판할 수 있는 것이라고 꼬집었다. 그리고 또 아래와 같이 말했다.

당신은 죽음에 반항하지만 도시를 둘러싼, 폭력이 가득한 여러 지역에서 사람들은 당신처럼 추상적인 죽음에 반항하지는 않습니다. 그들은 사망률을 높이는 사회적 조건에 반항하지요. 한 아이가 죽을 때 당신은 무엇을 합니까? 당신은 이 세계가 부조리하다고 질책합니다. 존재해서는 안 되는, 눈도 멀고 귀도 먼 신을 지적하기도 하는데, 그 신은 당신이 혐오를 표현하려고 특별히 창조해 낸 것이죠. 죽은 아이의 아버지는 실업자이거나 쥐꼬리만 한 임금을 받는 저숙련 노동자입니다. 아마도 그가 부조리보다, 눈도 멀고 귀도 먼 신보다 더 아이의 죽음에 책임이 있을 겁니다. (『시대의 초상』, 120쪽)

사르트르는 글솜씨가 대단히 뛰어나서 우리는 그의 글에 감동하고 설득되기 쉽다. 만약 우리가 카뮈를 먼저 읽은 적이 없고, 또 카뮈가 무엇을 생각하고 무엇을 주장했는지 깊이 이해하지 못했다면 말이다.

사르트르는 사회학으로 철학에 대항했고 현실의 사회적 고통으로 철학적 논리를 풍자했으며 직접적인 감수성으로 철학적 사유의 간접성과 추상성을 평가 절하했다. 사실 이런 논법이 얼마나 불공정한지 사르트르보다 더 잘 아는 사람은 없었을 것이다. 왜냐하면 철학이 무엇이고 철학적 사유와 사회 현상의 표현 사이에 얼마나 큰 간격이 있는지 사르트르보다 더 잘 아는 사람은 없었기 때문이다.

하지만 카뮈를 반박하고 공격하기 위해 사르트르는 철학을 버렸고 사회학 쪽에 서서 철학을 비웃었다. 혹은 더 근본적으로 말하자면 그때『반항하는 인간』을 쓴 카뮈의 가장 주된 정체성은 역시 철학자 내지는 철학적 사유자였지만 사르트르는 점차 철학과 철학자의 본령에서 벗어나 이미 문화·사회 운동의 스타로 변해 있었다. 사르트르의 입장은 차라리 끊임없이 군중의 갈채와 인정을 구하는 스타에 가까워서 어려운 문제를 묻고 추상적인 답을 제공하는 철학자와는 거리가 멀었다.

사르트르의 편지가 발표된 후 두 사람의 논쟁은 바로 승부가 가려졌다. 카뮈는 좌파 진영에서 이질적인 존재가 되어 많은 친구에게 손가락질당하고 따돌림당했다. 사르트르가 이렇게 카뮈를 비참한 지경에 빠뜨리자 평소 사르트르를 싫어하고 반대하던 사람들, 예컨대 또 다른 스타 평론가 레몽 아롱* 같은 이들이 적극적으로 카뮈를 지지했다. 하지만 이는 카뮈를 더 난처하게 만들었을 뿐이다. 그들은 모두 영락없는 우파였기 때문에 그들의 지지는 카뮈

* Raymond Aron(1905~1983). 프랑스의 정치 사회학자, 철학자. 사르트르와『레탕모데른』을 함께 창간했다. 후에 사르트르와 결별하고 반마르크스주의로 일관하였다. 저서로『지식인들의 아편』등이 있다.

에 대한 사르트르의 고발을, 즉 카뮈가 이제 부르주아로서 적의 편에 넘어갔다는 주장을 증명해 주는 것이나 다름없었다.

재판관 겸 참회자

카뮈와 사르트르의 논쟁은 논리적 차원의 승부가 아니었고 그럴 수도 없었다. 당시 사회적 분위기와 프랑스 좌우 진영의 상황이 사르트르에게 승리를 가져다주었다. 큰 타격을 입은 카뮈는 승복하지 못하고 여러 차례 다른 답변과 견해를 제안하려 했지만 그 전장에서는, 특히 사르트르를 상대해서는 전혀 승산이 없었다.

격분을 못 이긴 카뮈는 한 가지 결정을 내렸다. 소설을 써서 사르트르를 비롯해 자신을 공격한 이들의 허위를 폭로하기로 한 것이다. 본래는 단편을 쓸 생각이었지만 나중에 장편으로 늘어났고 그것은 그가 뒤이어 출판한 또 하나의 중요한 작품, 『전락』이 되었다.

『전락』에서 인기 절정의 변호사이자 적극적인 자선가인 클라망스는 으스스한 가을밤에 다리를 건너다가 갑자기 다리 위에서 웃음소리를 듣는다. 그 정체불명의 웃음소리는 본래 멋지고 아름답게만 보였던 그의 인생이 와해될 것을 예고했다. 애써 잊으려 했던 과거의 한 사건을 그에게 상기시켰기 때문이다.

2, 3년 전 그날처럼 똑같은 가을밤에, 똑같이 그 다리를 건너다가 그는 한 젊은 여자의 곁을 지나갔다. 그런데 그가 막 스쳐 지나가자마자 그 여자가 그의 등 뒤에서 차가운 강물 속으로 몸을 던졌다. 그는 그녀가 물에 빠지는 소리를 똑똑히 들었다. 하지만 그는 걸음을 멈추지 않았다. 그는 계속 앞으로 걸어가며 속으로 생각했다. '너무 늦었어, 너무 멀어'라고.

카뮈는 툭하면 '행동'을 강조하는 이들이 모두가 잘 못 보고 잘 알지 못하는 어두운 밤에 보이곤 하는 반응을 복수 삼아 묘사하고 풍자했다. 그런 추운 날씨에 사람을 구조하러 물에 뛰어든다면 고통스러울 뿐만 아니라 구조에 성공할 가능성도 크지 않았다. 더욱이 성공해도 알아줄 사람이 없을 것이라는 게 더 큰 문제였다. 이런 조건들로 인해 클라망스는 본능적으로 되돌아가지 않고, 행동하지 않는 쪽을 택했으며 차라리 마음속에서 서둘러 자기 위안의 핑계를 찾았다.

하지만 카뮈는 역시 뛰어난 사유자이자 소설가였고 그래서 이 이야기를 꺼내놓았을 때 어쨌든 소설을 너무 간단하고 투명하게, 또 그들에 대한 자신의 분노와 불만을 발산하는 게 고작일 정도로 단순하게 쓸 수는 없었다.

본래 쓰려던 단편을 장편으로 늘리고 또 본래 적들에 관해 쓰려던 내용에 자기 견해도 엮어 넣으면서 풍자와 복수의 메시지는 모호해져 버렸다. 그 대신 『전락』에서 카뮈는 또 하나의 특수한 인물형인 '재판관 겸 참회자'를 창조했다.

실존주의를 믿고 본질에 반대하는 사람은 필연적으로 남들이 어떤 외적 기준으로 자신을 평가하는 것을 거부한다. 그래서 그는 스스로에 대한 평가자, 재판관이 될 수밖에 없고 또 그래야만 한다. 남들이 그를 비판하면 그는 그것이 틀렸다고 주장하며 또 남들이 그가 인정하지 않는, 그의 존재와 거리가 먼 본질로 그를 규제하고 정의해도 그는 받아들이지 않는다. 하지만 그러면서 실존주의자는 옳고 그름을 뛰어넘어 무슨 일을 하든 자신이 옳으며 세상에 자신을 비판하고 잘못을 인정하게 할 사람은 없다고 아무려면 주장할 수 있을까?

확실히 사르트르와 반목하는 과정에서, 특히 사르트르와 논쟁하는 과정에서 카뮈는 그런 현상에 대해 깊고 고통스러운 깨달음이 생겼다. 사르트르는 틀릴 리가 없었다.

카뮈를 비롯한 어느 누구도 사르트르의 잘못을 지적할 방법도 자격도 없었다.

카뮈는 소설을 써서 사르트르를 풍자하는 데 그칠 수만은 없었다. 자신의 개성에 따라 그는 계속 근원을 따지고 들어가 "어떻게 실존주의자를 심판할 것인가?"를 논의했다. 남들의 심판을 받지 않으면 자기가 자기를 심판할 수밖에 없고 남들 앞에서 죄를 인정하지 않으면 자기 앞에서 죄를 인정할 수밖에 없다. 이것이 실존주의가 낳은 또 하나의 더 절실하고 더 어려운 도덕이다. 이것은 결코 쉽거나 간단한 일이 아니다. 우리가 자신에게 성실하려면 자신을 향해 죄를 인정하고 참회해야 한다. 그래서 우리가 성실한 그 순간, 우리는 참회하는 죄인인 동시에 참회를 받아들이고 심판을 수행하는 재판관이다.

실존주의자는 어떤 일을 하든 자기 자신의 평가를 통과해야만 한다. 재판관과 참회자, 이 두 가지 역할은 수시로 하나가 되고 분리될 수 없다. 46세에 자동차 사고로 요절하기 전에 카뮈가 가장 애써 사유하고 구축한 것이 바로 이 재판관 겸 참회자 개념이다. 본래 대립하는 두 가지 역할이 실존주의 철학을 경유하여 같은 사람 안에서 통일되어야만 했고 그럼으로써 더 개인적이고, 더 크고, 더 절대적인 도덕적 책임을 창조했다.

실존주의의 원칙에 가장 충실했던 카뮈

카뮈는 자신이 실존주의자인 것을 인정하지 않았지만 그의 사상과 가치와 철학 체계는 줄곧 "존재가 본질에 우선한다"는 신념을 기반으로 삼았다. 따라서 실존주의로 그를 호명하고 설명하는 것이 가장 적절하고 용이하다.

그런데 아이러니하게도 자신이 실존주의자인 것을 인정하지 않은 이 사람이 오히려 동시대의 어떤 실존주의자보다 더 실존주의의 원칙에 충실했다. 사르트르와 메를로퐁티는 카뮈보다 철학적 능력이 한 수 위였으며 철학적 논리도 훨씬 엄밀하고 뛰어났다. 그러나 실존주의를 탄생시킨 근본 가치, 즉 철학은 해석할 뿐만 아니라 인간이 살아가고 존재하는 문제를 해결하는 데 도움이 돼야 한다는 것으로 돌아가 보면 그들은 항상 너무 많은 철학으로 인해 존재를 망각했다. 혹은 자신들의 지나치게 정교한 철학적 능력으로 실존주의의 기본 입장을 왜곡했다.

카뮈가 가장 성실했다. 그의 삶이 가장 불안했고 그 불안은 그 자신의 철학적 선택으로 인해 감내해야만 하는 불안이었다.

옮긴이의 말

카뮈와 나의 '위로 불능증'

나는 1970년대생이며 내 연령대의 '먹물'치고 알베르 카뮈의 영향을 안 받은 사람은 거의 없을 것이라고 확신한다. 그런데 1948년생인 이문열의 『젊은 날의 초상』을 봐도 카뮈의 냄새가 몹시 짙다는 것을 알 수 있다. 더 넓게 보면 1920년대생인 장용학 그리고 손창섭의 1950, 1960년대 작품에서도 카뮈와 사르트르의 실존주의 문학에 진 빚이 확인된다. 한마디로 한국전쟁 이후 적어도 내가 대학을 다녔던 90년대까지 카뮈는 우리 한국의 젊은 지식인들에게 지속해서 강렬한 정신적 자극을 가하고 삶의 자세를 변화시켰다. 그러면 그것은 구체적으로 어떻게 이뤄졌을까? 현실의 고난을 '부조리'로 해석하게 하고 희망에 의지하지 않는 '시시포스적' 전진을 실천의 윤리로 삼게 했다. 카뮈는 지극히 잔인하게 그들을 삶의 벼랑 끝에 몰아세우고 아득한 밑을 바라보며 중얼거리게 했다. "내가 아무리 힘들여 인생의 비탈길을 올라도 다시 저 아래로 굴러떨어질 수밖에 없어. 삶은 결코 인간을 만족시켜주지 않아. 모든 희망은 거짓이야"라고.

나는 대학교 신입생이었던 1990년 '해외문학회'라는 학내 독서 동아리에서 6개월 넘게 카뮈의 책을 탐독할 기회를 가졌다. 그의 전, 후기 소설과 철학서를 골고루 읽었지만 내 영혼을 강하게 사로잡은 것은 역시 부조리 철학의 선언서인 『시시포스의 신화』였다. 학원사 문고판으로 나온 그 책을 몇 번이고 거듭해 읽으면서 희망 없이 스스로를 영원히 채찍질해야 하는 시시포스의 비극적 영웅상이 내 미래상과 겹쳐졌고 그 바람에 평생에 걸친 후유증을 얻고 말았다. 그 후유증에 굳이 이름을 붙인다면 '위로 불능증'이라고 말할 수 있겠다. 바로 나 자신에게든 남에게든 지나가는 말로라도 "괜찮아, 다 잘될 거야"라는 한마디를 도저히

해 주지 못하는 증상이다. 이 부조리한 세상에서 모든 희망은 다 헛된 것이고 핑계에 불과한데 어떻게 무책임하게 그런 거짓된 위로를 할 수 있단 말인가.

모두 알다시피 1997년 IMF 이후, 우리 사회에는 신자유주의와 함께 '자기계발주의'의 열풍이 불었고 그것은 지금도 진행 중이다. 아무리 어렵고 구조적인 문제에 부딪혀도 개개인의 노력과 능력 계발 또는 심리 상태의 긍정적인 전환으로 자기 삶을 근본적으로 개선할 수 있다는, 거의 신앙에 가까운 최면 요법이 자기계발서, 심리서, 에세이에 담겨 무차별로 우리를 '위로 경쟁'에 몰아넣었다. 괜찮아, 잘될 거야, 할 수 있어, 좋아질 거야, 급기야 "정말 간절히 원하면 전 우주가 나서서 도와줄 겁니다"까지……. 카뮈 때문에 이미 '위로 불능증'에 걸려 버린 나는 이런 분위기가 무척 곤혹스러웠다. 그 흔한 위로 한마디를 못 해서 어디를 가나 냉소주의자, 비관주의자로 취급받았다.

물론 그렇다고 내가 정말로 아무 희망 없이 '부조리한 인간'의 전형으로 살아왔다고 자신하지는 못하겠다. 의식적으로는 거창하고 구체적인 희망을 표방하는 일 없이 묵묵히 지금, 현재의 과업에 나 자신을 투여하며 평생을 살아왔지만 무의식 속 막연한 기대까지 다 지우지는 못했을 것이다. 왜냐하면 나 역시 흔하디흔한 근대주의자의 한 사람이기 때문이다. 어제도, 오늘도, 내일도 스스로 설정한 시간표대로 노력하고 단련한다면 결국엔 더 나아진 주체로서 더 나아진 환경을 누리고 살 수 있을 것이라는 고정관념까지 벗어 던지기는 너무나 힘들다. 물론 카뮈라면 이조차도 근거 없는 '부당 전제'라고 혹독히 비판하겠지만 말이다.

양자오 선생의 이 카뮈 해설서를 번역하면서 나는 근 30년 만에 카뮈를 다시 만났고 위와 같이 내가 얼마나 카뮈에게 많은 영향을 받았는지 새삼 절감했다. 동시에 옛날에 카뮈의 거의 모든 저작을 읽으면서 미처 정리하지 못했던 그의 사상 체계를 일목요연하게 이해할 수 있었다. 하지만 고백하건대 나는 이제 더 이상 그에게 영향받고 싶지 않다. 나는 이제 이십 대가 아니라 오십 대다. 나 혼자만 신경 쓰고 살아도 되는 나이가 아니다. 나 자신에게 성실해야 한다는 부담을 조금 덜고서라도 내 주변 사람들에게 "괜찮아, 잘될 거야"라고 말해 주고 싶다. 사실 그들도 그 말이 빈말인 것을 모르지는 않는다. 다만 우리 모두에게는 때로 따뜻하고 달콤한 거짓말이 몹시 필요할 뿐이다.

세계문학공부를 펴내며

사람들은 종종 책과 문학을 분리합니다.

"책은 좋아하지만 소설은 읽지 않는다."

"시는 어렵고 내 취향이 아니다."

무람없이 이야기하며 독서의 대상에서 문학을 제외하지요. 문학의 쓸모를 의심하기도 합니다. 난해하고 당장 써먹을 지식도 아닌 것 같다면서요. 하지만 문학의 힘과 읽는 즐거움, 읽고 난 후의 감동을 경험하고 나누는 사람이 곁에 있으면 그 문을 두드려 보고 싶은 마음이 생길지도 모릅니다. 높은 산을 쉽게 오를 사잇길을 누군가 알려 주고 동행한다면 한번쯤은 같이 오를 마음이 생기는 것처럼요.

세계문학공부는 바로 이런 독자를 위해 기획한 시리즈입니다.

자기 시대, 자기 나라를 대표하는 작가로 불리는 이들이 있지요. 미국의 헤밍웨이, 일본의 하루키, 프랑스의 카뮈, 독일의 릴케, 콜롬비아의 마르케스…… 나는 읽지 않았어도 수많은 작가와 작품이 인용하고 어디선가 들어 본 이름들이 있습니다. "누구누구를 읽지 않고 어디어디 문학을 논하지 말라."와 같은 무섭고도 거창한 말도 간혹 들리지요. 하지만 그런 협박성 추천을 들어도 읽어 볼 엄두가 쉽게 나지는 않습니다. 일단 두껍고, 다른 나라 이야기이고, 한두 권도 아닌데 왜 읽어야 하는지 모르겠으니까요.

이 시리즈를 쓴 양자오 선생은 중화권을 대표하는 인문학자로 세계에서도 보기 드문 전방위적 텍스트 해설 능력을 갖춘 독서가입니다. 당신 자신이 소설가이자 좋은 책을 소개하는 라디오 프로그램의 진행자이며 탁월한 문예비평가이기도 합니다. 선생은 책과 문학의 문 앞에 서서 주저하는 이들을 위해 '명작을 남긴 거장'으로 손꼽히는 작가와 그들이 살았던 시대, 그들의 뛰어나고 독특한 작품을 만든 삶과 체험에 대해 이야기합니다. 기질은 어떻고 무엇을 좋아했는지, 어느 때 어디에 살았고 그때 그곳에서 어떤 일을 보고 겪었는지, 어떤 경험이 이 사람을 이런 작가로 만들었으며 그 모습이 여실히 드러난 대표작은 무엇인지 읽노라면 멀게만 느껴지던 작가가 조금씩 친근해지며 이런 '사람'이 쓴 값진 '이야기'를 읽어 보고 싶어집니다. 오랜 숙원인 '세계문학 읽기'가 시작되는 것이지요.

이미 문학 읽기의 기쁨을 아는 독자에게는 다시 읽기의 즐거움을 함께 맛보자고 제안합니다. "저도 예전에 읽었는데 이번에 다시 읽으니 이런 것들이 보였습니다만……" 하면서요.

읽다 보면 '어, 나도 읽었는데 왜 이건 못 봤지?' 하는 마음이 들며 먼지가 소복이 쌓인 서가에 꽂아 둔 오래된 이야기를 다시 읽고 싶어집니다. 언젠가 해 보려 했던 '다시 읽기'가 시작되는 것이지요.

스스로를 알고 타인을 이해하는 것이 문학 읽기의 쓸모라고 말하는 사람들이 있습니다. 문학은 언제나 우리를 더 나은 사람이 되도록 이끈다고 말하는 사람들도 있지요. 이 책은 우리를 이 쓸모의 바로 앞까지 데려다줍니다. 작가가 궁금해져서 작품 읽기를 시작해 보고 싶은 마음, 다시 읽기를 통해 이전에는 몰랐던 작가의 새로운 모습을 발견하고 싶은 마음, 나아가 작가가 살았던 시대와 세계까지 알고 싶은 마음이 생긴 독자와 함께 읽고 싶습니다.

유유 편집부 드림

자기 자신에게 성실한 사람
: 카뮈 읽는 법

2022년 9월 4일 초판 1쇄 발행
2024년 9월 4일 초판 2쇄 발행

지은이 양자오
옮긴이 김택규

펴낸이 조성웅
펴낸곳 도서출판 유유
등록 제406-2010-000032호 (2010년 4월 2일)

주소 경기도 파주시 돌곶이길 180-38, 2층 (우편번호 10881)

전화 031-946-6869
팩스 0303-3444-4645
홈페이지 uupress.co.kr
전자우편 uupress@gmail.com

페이스북 facebook.com/uupress
트위터 twitter.com/uu_press
인스타그램 instagram.com/uupress

편집 김은우, 김은경
디자인 이기준
조판 정은정
마케팅 전민영

제작 제이오
인쇄 (주)민언프린텍
제책 라정문화사
물류 책과일터

ISBN 979-11-6770-044-5 04800
979-11-89683-93-1 (세트)